岩 波 文 庫

31-196-1

第七官界彷徨・琉璃玉の耳輪

他 四 篇

尾 崎 翠 作

岩 波 書 店

目次

第七官界彷徨

よほど遠い過去のこと、秋から冬にかけての短い期間を、私は、変な家庭の一員としてすごした。そしてそのあいだに私はひとつの恋をしたようである。

この家庭では、北むきの女中部屋の住者であった私をもこめて、家族一同がそれぞれに勉強家で、みんな人生の一隅に何かの貢献をしたいありさまに見えた。私の眼には、みんなの勉強がそれぞれ有意義にみえたのである。私はすべてのものごとをそんな風に考えがちな年ごろであった。私はひどく赤いちぢれ毛をもった一人の痩せた娘にすぎなくて、その家庭での表むきの使命はといえば、私が北むきの女中部屋の住者であったとおり、私はこの家庭の炊事係であったけれど、しかし私は人知れず次のような勉強の目的を抱いていた。私はひとつ、人間の第七官にひびくような詩を書いてやりましょう。そして部厚なノオトが一冊たまった時には、ああ、そのときには、細かい字でいっぱい詩の詰まったこのノオトを書留小包につくり、誰かいちばん第七官の発達した先生のところに郵便で送ろう。そうすれば先生は私の詩をみるだけで済むであろうし、私は私のちぢれ毛を先生の眼にさらさなくて済むであろう。(私は私の赤いちぢれ毛を人々にたいへん遠慮に思っていたのである)

私の勉強の目的はこんな風であった。しかしこの目的は、私がただぼんやりとそう考えただけのことで、その上に私は、人間の第七官というのがどんな形のものかすこしも知らなかったのである。それで私がこの詩を書くのには、まず第七官というのの定義をみつけなければならない次第であった。これはなかなか迷いの多い仕事で、骨の折れた仕事なので、私の詩のノオトは絶えず空白がちであった。

私をこの家庭の炊事係に命じたのは小野一助で、それに非常に賛成したのはたぶん佐田三五郎であったろうと思う。なぜなら、佐田三五郎は私がこの家庭に来るまでの三週間をこの家庭の炊事係としてすごし、その三週間はいろいろの意味から彼にとってずいぶん惨めな月日で、彼は味噌汁をも焦がすほどの炊事ぶりをしたということであった。この家庭の家族は以上の二人のほかに小野二助と、それに私が加わり、私は合計四人分の炊事係であった。みなの姓名を挙げたついでに、私は私自身の姓名などについて言っておこう。私は小野一助と小野二助の妹にあたり、佐田三五郎の従妹にあたるもので、小野町子という姓名を与えられていたけれど、この姓名はたいへんな佳人を聯想させるようにできているので、真面目に考えるとき私はいつも私の姓名にけむったい思いをさせられた。この姓名から一人の痩せた赤毛の娘を想像する人はないであろう。それで私は、もし私の部厚なノオトが詩でいっぱいになったときには、もうすこし私の詩か私自身かに近しい名前を一つ考えなければならないと思っていた。

私のバスケットは、私が炊事係の旅に旅だつ時私の祖母が買ってきたもので、祖母がこのバスケットに詰めた最初の品は、びなんかずらと桑の根をきざんだ薬であった。私の祖母はこの二つの薬品を赤毛ちぢれ毛の特効品だと深く信じていたのである。

特効薬を詰め終ってまだ蓋をしないバスケットに、私の祖母は深い吐息をひとつ吹きこみ、そして私にいった。

「びなんかずら七分に桑白皮《そうはくひ》三分。分量を忘れなさるな。土鍋で根気よく煎じてな。半分につまったところを手ぬぐいに浸して――いつもおばあさんがしてあげるとおりじゃ。固くしぼった熱いところでちぢれを伸ばすのじゃ。毎朝わすれぬように癖なおしをしてな。念をいれて、幾度も手ぬぐいをしぼりなおしてな」

祖母の声がしめっぽくなるにつれて私は口笛を大きくしなければならなかった。しかし私の口笛はあまり利目《ききめ》がなかったようである。祖母はもうひとつバスケットに吐息を吹きこみ、そして言った。

「ああ、お前さんは根が無精な生れつきじゃ。とても毎朝は頭の癖なおしをしてくれぬじゃろ。身だしなみもしてくれぬじゃろ。都の娘子衆はハイカラで美しいということじゃ」

私は吹いている口笛がしぜんと細くなってゆくのをとどめることが出来なかった。私は台所に水をのみに立って、事実大きい茶碗に二杯の水をのみ、口笛の大きさを立てなおすことができた。

私がしばらく台所で大きい口笛を吹いて帰ってくると、祖母は泪《なみだ》を拭きおさめて、一度バスケットにつめた美髪料をとりだし、二品の調合を一包みずつに割りあてているところであった。障子紙を四角に切った大きい薬の包みを一つ一つ作ってゆきながら祖母は言った。――そうはいっても、都の娘子衆がどれほどハイカラで美しいとて人間は心ばえが第一で、むかしの神さまは頭のちぢれていた神さまほど心ばえがやさしかったというではないか。天照大神《あまてらすおおみかみ》さまもさぞかしちぢれたお髪をもっていられたであろう。あにさんたちのいうことをよくきいて、三五郎とも仲よくくらして……そして私の祖母は私の美髪料の包みのなかに泪を注いだのである。

私のバスケットはそんな風でまだ新しすぎたので、それをさげた佐田三五郎の紺がすりの着物と羽織を、かなり古びてみせた。三五郎は音楽受験生で、翌年の春に二度目の受験をするわけになっていたので、彼の後姿は私の眼にすこしうらぶれてみえた。しかし私は三五郎のこんな後姿を見ない以前から、すでに彼の苦しみに同感をよせていた。三五郎は国もとの私にいくたびか手紙をよこし、受験生のうらぶれた心もちを、ひどく拙い字と文章とで書き送っていたのである。

三五郎と私が家に着いたとき、家のぐるりに生垣になっている蜜柑《みかん》の木に、さしわたし四分ばかりの蜜柑が葉と変りのないほどの色でつぶつぶとみのり、太陽にてらされていた。この時私ははじめて気がついた。私の手には蜜柑の網袋がひとつ垂れていて、これは私が汽車のなかでたべのこした一袋の蜜柑を、知らないではだかのまま手に垂らして来たものである。それにつけても、この家の生垣は何と発育のおくれた蜜柑であろう。――後になってこの蜜柑は、驚くほど季節おくれの、皮膚にこぶをもった、種子の多い、さしわたし七分にすぎない、果物としてはいたって不出来な地蜜柑となった。すっぱい蜜柑であった。けれどこの蜜柑は、晩秋の夜に星あかりの下で美しくみえ、そして味はすっぱくとも佐田三五郎の恋の手だすけをする廻りあわせになった。三五郎はさしわたし七分にすぎないすっぱい蜜柑を半分たべ、半分を対手にくれたのである。しかし三五郎の恋については、話の順序からいっても、私は後にゆずらなくてはならないであろう。

このような生垣にとり巻かれた中の家というのは、ひどく古びた平屋建で、入口に張られた三枚の名刺が際だって明るくみえるほどであった。小野一助、小野二助、佐田三五郎の三枚の名刺は、先に挙げた二枚だけが活字で、三五郎の分は厚紙に肉筆で太く書いた名刺であった。「受験生とは淋しいものだ。一度受験して二度目にも受験しなければならぬ受験生はより淋しいものだ。こんな心もちは小野一助も、二助も、とっくに忘れているだろう。小野町子だけが解《わか》ってくれるだろう」と私に書き送った佐田三五郎は、彼自身の名刺の姓名だけでも筆太に書いて、彼の心を賑やかに保つつもりになったのであろう。

三五郎は玄関わきの窓から家のなかにはいり、じき玄関をあけてくれたので、私はじき名刺をながめることを止して三五郎の部屋にはいったが、しかしついでながらさっきの三五郎の手紙のつづきは次のようであった。

「こんな心もちを小野二助がとっくに忘れている証拠には、彼は僕の部屋と廊下一つだけ隔てた彼の部屋で、毎夜のようにこやしを煮て鼻もちのならぬ臭気を発散させるので、おれは二助の部屋からいちばん遠い地点にある女中部屋に避難しなければならぬ。

こやしを煮ることがいかに二助の卒業論文のたねになるとはいえ、この臭気が実にたびたびの事なのだ。しかしそれは我慢することにしても、女中部屋には電気がないので、宵から蒲団《ふとん》をだして寝てしまわなければならないし、用事のあるときは蠟燭《ろうそく》の灯でやるほかはない。今夜もおれはこの手紙を女中部屋のたたみの上で書いているのだ。おれは悲しくなる。今夜は殊にこやしの臭いが強烈で、こやしの臭いは廊下をななめに横ぎって玄関に流れ、茶の間に流れ、台所をぬけて女中部屋に洩れてくるのだ。おれは悲《かな》しくなって、こんな夜にはピアノをやけむちゃに弾いてやりたくなるよ。

しかしそれも僕は我慢することにしても、女中部屋に先客のあるときはじつに困る。一助氏はふすま一重で二助に隣りあっているので、たいていな臭気には馴らされているようだが、それでもこやしの臭いの烈しすぎる夜には、一助氏がすでに女中部屋に避難して、僕の蒲団のなかで、僕の蠟燭の灯で勉強をしているのだ。そして一助はろくろく本から眼をはなしもせずおれに命じるには、

「なにか勉強があるのなら、蠟燭をもう一つつけて尻尾の方にはいってはどうだい、どうもこやしをどっさり煮る臭いは勉強の妨げになるものだからね。アンモニアが焦げると硫黄《いおう》の臭気に近づくようだ」

おれは女中部屋から引返し、おれの部屋の窓を二つとも開けはなしておいて銭湯に行

く。それから夜店のバナナ売りを、みんな売れてしまうまで眺めているのだ。でなければ窓を二つとも開けはなした部屋に一助の蒲団を運んできて、なるたけ窓の方の空気を吸うように努めながら、口だけあいて声はださない音程練習をしてみるのだ。一助も二助も夜の音楽は我慢ができないから、音楽は昼間みんなのいないうちに勉強しておけというのだ。おれはいつになったら音楽学校にはいれるのだろう。自分ながら知らぬ。小野町子の予想を知らしてくれ。町子の書いてくれる考えはおれを元気にしてくれ。

二助はまだこやしを煮止めないから、今夜はもうひとつ大切なことを書こう。これはこのあいだから書こう書こうと思いながら書けないでいた大切なことなんだ。おれはいま、小野町子にだけ打ちあけたいことを持っている。そのつもりでいてほしい。じつはこうなんだ。

このあいだ、分教場の(おれが毎日の午後通っている音楽予備校は分教場という名前の学校なのだ)先生が、おれの音程練習をわらった。おれの半音の唱いかたが際どいといって、おれの耳に「プフン」ときこえたところの鼻音で、一つだけわらったんだ。おれは悲観して分教場を出たので、帰りにマドロスパイプのでかいやつを一本買ってしまった。この罪は、おれの気まぐれの罪ではなくて、おれの音程練習を怒らずにわらった分教場の先生の罪だとおれは思うが、小野町子はどう思うか。人間というものは自己の失敗をわらわれるよりはむしろ怒鳴られた方が常に愉快ではないか！　殊にわらいというものは短いほど対手を悲観させるものではないか！

パイプ屋の店でおれのほしいと思ったマドロスパイプは、おれの想像の三倍にも高価だったので、おれは一助氏から預かっていた『ドッペル何とか』という本の金も、ほとんどパイプにとられてしまったわけだ。以来おれは一日のばしに丸善に寄るのをのばしている。それからおれは一助氏には、毎日丸善にお百度を踏んでいて、丸善にはまだ『ドッペル何とか』が来ていないと言ってあるのだ。

おれはマドロスパイプをまだ一度もすってみないでピアノのうしろにしまっていたので、一助氏も二助氏もいない午前中に通りがかった屑屋にパイプをみせたら、屑屋は三十銭という値をつけた。何ということだこれは。おれは屑屋をうらやましいと思ったり、三十銭で『ドッペル何とか』を買えたらなあと思ったりしたよ。そして最後に僕が願ったのは、小野町子が一日も早く僕のところにきて僕の窮境を救ってくれることだ。もし旅立ちがおくれるようだったら、すぐお祖母《ばあ》さんから町子がもらって、それを僕に送ってくれ。『ドッペル何とか』は多分六円する。僕が一助氏から預かっていたのは六円であった」

この手紙が私の旅立ちを幾日か早めたことは事実である。しかしこれは三五郎の窮境を救うためではなかった。彼の消費は私の旅立つ前すでに補われていて、その補った金というのは、私の祖母が私の襦袢にポケットを縫いつけ、その中に入れてくれた金であった。祖母は言ったのである――都にゆけばじき冬になる。都の冬には新しいくびまきが要るであろう。いなかの店のくびまきは都の娘子衆のくびまきに見劣りのすることは必定であろ。この金で好いた柄のを買いなされ。一人で柄がわからんじゃったら三五郎に歩んでもらって、二人でとっくり品さだめをして、都の衆に劣らぬよい柄のを買いなされ。

襦袢のポケットの金は、丁度《ちょうど》私に好都合であった。私はひそかにその紙幣を五円一枚と一円とに替え、そして三五郎のいってよこした定額を紙幣で三五郎への手紙に封じた。それから四枚の一円をもとのポケットに入れ、ホックをかけておいた。祖母は私の襦袢のポケットにホックをもつけてくれたのである。私の祖母はホックというものはたいへん便利なものだといって、私の着古した夏の簡単服のホックをいくつか針箱にしまっていた。

私の旅立ちを早めたのは、漠然としたひとつの気分であった。

三五郎は玄関わきの一坪半の広さをもった部屋に、ピアノと一緒に住んでいた。ピアノはまことに古ぼけた品で、これがもし新築家屋の応接間などにあったら、りっぱな覆布をかけておかなければならなかったであろう。このピアノは家つきの品で、三五郎がこの古びた家屋と共に家主から借り受けているのだといった。ピアノの傍には一個の廻転椅子がそなわっていて、この方は天鵞絨《ビロード》の布よりもはみ出した綿の部分の方が多かった。三五郎はその椅子の上に一枚の風呂敷をかけ、その上に腰をかけ、網袋の蜜柑をたべながら私に話した。私はバスケットの傍で聴いていた。三五郎のうしろには蓋をあけたままのピアノがあって、その鍵の上には一本のマドロスパイプが灰をはたかないままで載っていた。三五郎が話したことは——家つきピアノがあったためにこんな古ぼけた平家を借りてしまったのだが、三週間住んでみて、こんな厄介な家はないと思って居る。小野二助と一緒に住む以上は、二階建でなくてはだめだ。ピアノがなくてもいいからもうすこしは新しい、二階に二室ある二階建をみつけて、二助と一助を二階に住まわせ、階下では僕と町子とで住もうではないか。(三五郎は蜜柑の皮をピアノの鍵の上におき、次の蜜柑をとった)二人で探せばじきすてきな家がみつかるよ。二助は勝手に二階でこやしを煮たらいいだろう。臭気というものは空に空に昇りたがるものだから、階下に住んでいる僕たちには関係なしだ。もし一助氏が階下に避難する夜には、こやしも試験管で煮るときにはそれほどでもないが、二助が大きい土鍋で煮だすとまったく我慢がならないからね。だから一助氏は当然、ときどきは階下に避難するさ。そしたら僕の部屋を一助に貸すから、僕は町子の部屋に避難しよう。二助たちと階上階下に別れて住むようになれば、僕も夜の音程練習を唱ってもいいしね。今の状態では、午後は分教場に行くし、夜は一助たちから練習を止められているし、まるで僕の勉強時間がないんだ。午前中は、一助氏と二助が出かけてしまうとばかに睡《ねむ》いだけだよ。何しろ毎朝はやく起きて朝飯を作るのは僕にきまっていたんだから。はじめの約束では、二助は、町子の来るまで炊事を手つだってやると言ってながら、一度だって手つだったためしがないんだ。卒業論文の研究で宵っぱりをするという口実の下に、二助くらい朝寝をする人間はいないね。その上しょっちゅう僕にこやしの汲みだしを命じるくらいだ。ともかく今の状態では僕はまた失敗にきまっている。僕は二度とも音楽学校につづけて落っこちたくはない。だから二人でできるだけ早く二階家をみつけることにしよう。一助と二助のいない間にさっさと引越しをして、それには引越しの荷車代がいるけど、町子は持っているだろう。いくらも掛りゃあしないんだ。東京に来たてというものは、誰のポケットにも多少の余裕はあるものだから、もちろん一助と二助には絶対にだまっていて断行するんだ。すっかり荷物をはこび、二階の設備が終ったところで、一助氏の病院と二助の学校とに速達をだしといてやればいいんだ。この家の玄関に移転さきを張りだしとくだけでもいい。

彼等はただ自分の部屋が一つあって、勉強だけ出来れば満足しているよ。飯でもよほど焦がさなければ文句はいわないほどだ。二助の試験管や苗床や土鍋の類がとても厄介な荷物だが、それは僕と町子とが手ですこしずつ運ぶんだ、仕方がない。だからあまり遠くには越せないし、したがって引越し代はあまりかからないわけだ。

蜜柑の皮がいくつかピアノの上に並び、網袋の蜜柑がなくなったとき、三五郎はマドロスパイプを喫《す》いはじめた。そして新しい話題に移った。彼のマドロスパイプは手紙に書いてあったほど大きくなかった。——このあいだの金で僕はじつに安心した。すぐ丸善で例の本を買って一助氏にわたし、一助氏はいまその本を研究している。この本の『ドッペル何とか』という名前を日本語になおすと「分裂心理学」というのだ。一助氏のつとめている病院は、この分裂心理というのをもった変態患者だけを入院させる病院で、医者たちはそれ等の患者を単一心理に還すのを使命としている。こんな心理学の委《くわ》しいことは僕等にはわからないが、一助氏の勉強は二助のように家庭で実験をしないだけは助かる。それからあの金は月末におやじから送ってきたときに返す。

私はもうさっきからバスケットの蓋をあけ、丹波名産栗ようかんのたべのこしや、キャラメルなどをたべていた。もう午《ひる》すぎで、私は空腹であった。三五郎も私の手から栗ようかんをとって口に運び、また彼はバスケットの中から生ぼしのつるし柿をとりだして私にも分けてくれた。これは祖母が道中用に入れてくれた品で、私はこんな山国の匂いのゆたかなものを汽車のなかでたべることはすこし気がひけたので、たべたいのを忍んでいたつるし柿であった。

見うけたところ三五郎も空腹そうで、彼は煙のたちのぼるマドロスパイプをピアノの上におき、椅子から下りてきて、しきりにバスケットの中を探しはじめた。けれど、三五郎はピアノを粗末に扱いすぎないであろうか。このピアノの鍵はひと眼みただけで灰色とも褐色ともいえる侘しい廃物いろではあったが、ピアノという楽器にはちがいないのである。この楽器の鍵の上には蜜柑の皮につづいて柿のたねがたくさん並び、柿のたねにつづいてパイプが煙を吐いていた。

三五郎は私が浜松で買った四つの折をバスケットの外に取りだし、一つの封を切った。中には焦茶いろの小粒のものがいちめんに詰まっていた。三五郎はつまんでたべてみて、「ばかにからいものだね。うまくない。もっとうまいものはないのか」

私もはじめて浜松の浜納豆というものをたべてみた。たべてみた結果は三五郎とおなじ意見であった。浜納豆は小野一助が浜松駅で忘れずに買って来るよう私に命じたもので、彼の端書《はがき》は「数箱買求められ度《たく》、該品は小生好物なれば、浜松駅通過は昼間の方安全也と思惟す。夜間は夢中通過の虞《おそれ》あり」と結んであった。

三五郎はついにバスケットのいちばん底にあった私の美髪料の包みをあけた。彼にきかれて私がその用途を話したとき彼はいった。

「そんな手数はいらないだろう。今ではちぢれ毛の方が美人なんだよ。おかっぱにして焼鏝《やきごて》をあてた方がよくはないか」

私は襦袢の胸に手をいれ、かなり長くかかって襦袢のポケットから四枚の一円紙幣をだすことができた。そして三五郎にたのんだ。あの金は返してくれないで、これを足してくびまきを一つ買ってほしい。

「そうか。では預かっておく。合計十円のくびまきだね。もうじき月末には、いい柄のを買いにつれてってやるよ。しかし丁度腹がすいたから昼飯をたべに行こう。さっきからすいてるんだが、支度をするのは厄介だし、丁度金がなかったところだ。今月はパイプでひどいめに逢ったからね」

玄関をしめに行った三五郎は、私の草履をとってきて窓から放りだし、つづいて私を窓から放りだした。

炊事係としての私の日常がはじまった。家庭では家族がそれぞれ朝飯の時間を異にしていたので、朝の食事の支度をした私は、その支度をがらんとした茶の間のまんなかに置き、いつ誰が起きても朝の食事のできるようにしておいた。それから私は私の住いである女中部屋にかえり、睡眠のたりないところを補ったり、睡眠のたりている日には床のなかで詩の本をよみ耽る習慣であった。旅だつとき、私は、持っているかぎりの詩の本を蒲団包みのなかに入れたのである。しかしまことに僅かばかりの冊数で、私はそれだけの詩の本のあいだをぐるぐると循環し、幾度でもおなじ詩の本を手にしなければならなかった。

毎朝時間のきまっているのは分裂心理病院につとめている一助だけで、あとはまちまちであった。二助は学校に出かける時間がちっとも一定しなかったが、毎朝きまって出かける十分前まで朝寝をし起きるなり制服にきかえ、洗顔、新聞、食事などの朝の用事を十分間ですますことができた。家庭に最後までのこるのは常に三五郎で、彼は午前中しか勉強時間がないといったに拘らず、午前中朝寝をした。そして彼が午に近い朝飯をたべるときは必ず女中部屋の私をよび、私といっしょに朝飯をたべることにしていた。

佐田三五郎が午後の音楽予備校に出かけた後が私の掃除時間であったが、この古ぼけた家の掃除に私はそう熱心になるわけにはいかなかった。殊に小野二助の部屋に対しては手の下しようもないほどであった。二助は家中でいちばん広い部屋を占め、その部屋は床の間つきであったが、半坪のひろさをもった床の間はいちめんの大根畠で、いろんな器に栽培された二十日大根が、発育の順序にしたがって左から右に並べられ、この大根畠は真実の大根畠と変らない臭いがした。したがって二助の部屋ぜんたいに大根畠の臭いがこもっていた。しかしこの大根畠の上には代用光線の設備があって、夜になると七つの豆電気が光線を送るしかけになっていた。

二助は特別に大きい古机をもっていて、ここもまた植物園をかねていた。古机の上には、紙屑、ノオト、鉛筆、書籍、小さい香水の罎《びん》などと共に、私の知らない蘚《こけ》のような植物が、いくつかの平べったい器の湿地のうえに繁茂し、この湿地もまたこみいった臭気を放っていたのである。

二助の部屋の乱雑さについて、私はいちいち述べるのが煩瑣《はんさ》である。たたみの上には新聞紙に積んだ肥料の山がいくつか散在し、そのあいだを罎につめた黄《き》ろい液体のこやしが綴っていた。三五郎の不満のたねとなっている例の土鍋は、日によって机の上、床の間、椅子の上などに移動し、ピンセット、鼻掃除の綿棒に似た綿棒。玩具のような鍬《くわ》、おなじくシャベル等の農具一式、写真器一個、顕微鏡一個、その他、その他。

この乱雑な百姓部屋を、どう私は掃除したらいいだろう。これは解決を超えた問題ではないか。一度私は床の間にはたきをかけようとして、いくつかの試験管をならべた台をひっくり返してしまった。私はこの百姓部屋を、普通の部屋なみに扱いすぎたのだ。それ以来二助の部屋の掃除は品物のない部分につもっている塵《ちり》を手で拾っておくほか仕方がなかった。

私のひっくり返した一組の試験管には、黄《き》ろい液体に根をおろした二つ葉の二十日大根が、たいへんな豊作で繁茂していた。二助は耕作者としてこんなに成功していたのに、私のはたきは、このひとうねの大根を根柢からひっくり返し、試験管をこなごなにし、黄ろいこやしは私の足にはねかかった。そしてこやしをはなれた二十日大根は、幾塊のつまみ菜となってたたみの上に横《よこた》わった。

その日の夕方学校から帰ってきた二助を、私はつまみ菜の傍に案内しなければならなかった。日ごろの時間どりからいえば、私はもう夕飯の支度を終っている時刻であったが、この夕方の私は夕飯どころの沙汰ではなく、私の顔には泪のあとがのこっていた。二助の失望をどんな心で私はきいたことか。彼は「むうん」とひとこえ、地ひびきにも似たひくい歎声をもらしたのである。それから漸《ようや》く会話の音声をとりもどして彼は言った。

「この部屋にはたきを使っては、じつに困る。幸いこの試験管は、昨夜写真にうつしておいたから、不幸中の幸いだ。(それから彼は私に背中をむけた姿勢で独語した)女の子はじつによく泣くものだ。女の子に泣かれると手もちぶさただ。なぐさめかたに困る。(それから彼はくるりと此方《こちら》を向いて)この菜っぱを今晩おしたしに作ってみろ。きっとうまいはずだ」

私は急にわらいだしそうになったので、いそいで三五郎の部屋に退いたが、ここでまた私の感情は一旋回した。私は丁度音楽予備校から帰ったばかりの三五郎の紺がすりの腕を泪でよごしてしまったのである。三五郎は新聞紙で私の鼻のあたりを拭いたり、紺がすりの腕を拭いたりして、それから二助の部屋に行った。

廊下一つをへだてた二助の部屋では次のような問答があった。

「へえ、どうしたんだ、この菜っぱは」

「どうも女の子が泣きだすと困るよ。チョコレエト玉でも買ってきてみようか」

「チョコレエト玉もわるくはないが、早く夕飯にしたいな。おれはすっかり腹がすいている」

「おれも腹がすいてるんだが、チョコレエト玉は君の分じゃない。女の子にくれてみるんだ。君は早くこの菜っぱを集めて、おしたしに作ってみろ。おれの作った菜っぱはきっとうまいはずだ。こやしが十分に利いてるからね」

「しかし、こやしに脚を浸けていた菜っぱを――」

「歎かわしいことだよ。君等にはつねに啓蒙がいるんだ。こやしほど神聖なものはないよ。その中でも人糞はもっとも神聖なものだ。人糞と音楽の神聖さをくらべてみろ」

「音楽と人糞とくらべになるものか」

「みろ。人糞と音楽では——」

「そうじゃないんだ、音楽と人糞では——」

「トルストイだって言ってるんだぞ——音楽は劣情をそそるものだ。そして彼は、こやしを畠にまいて百姓をしたんだぞ」

「ベエトオヴエンだって言ってるぞ——」

私はもうさっきから泪をおさめて二人の会話をきいていたが、やがて台所に退いた。


二助のとなりの一助の部屋はずっと閑素《かんそ》で、壁のどてら一枚のほかには書籍と机のある、ありふれた書斎であった。ここでは安心して掃除することができ、また私はときどき私の詩集をよみ飽きたときには一助の部屋にきて、一助の研究している分裂心理というのを私も研究することにした。

「互いに抗争する二つの心理が、同時に同一人の意識内に存在する状態を分裂心理といい、この二心理は常に抗争し、相敵視するものなり」

私はそんな文章に対してずいぶん勝手な例をもってきて考えた。――これは一人の男が一度に二人の女を想っていることにちがいない。この男はA子もB子もおなじように愛しているのだが、A子とB子は男の心のなかで、いつも喧嘩《けんか》をしているのであろう。

こんな空想は私を楽しくしたので、私は次をよみつづけた。

「分裂心理には更に複雑なる一状態あり。即ち第一心理は患者の識閾上に在りて患者自身に自覚さるれども、第二心理は彼の識閾下に深く沈潜して自覚さるることなし。而して自覚されたる第一心理と、自覚されざる第二心理もまた互いに抗争し敵視する性質を具有するものにして、識閾上下の抗争は患者に空漠たる苦悩を与え、放置する時は自己喪失に陥るに至るなり」

この一節もまた私の勝手な考えを楽しませた。――これは一人の女が一度に二人の男を想っていることにちがいない。けれどこの女はA助を愛していることだけ自覚して、B助を愛していることは自覚しないのであろう。それで入院しているのであろう。

こんな空想がちな研究は、人間の心理に対する私の眼界をひろくしてくれ、そして私は思った。こんな広々とした霧のかかった心理界が第七官の世界というものではないであろうか。それならば、私はもっともっと一助の勉強を勉強して、そして分裂心理学のようにこみいった、霧のかかった詩を書かなければならないであろう。

しかし私の詩集に私が書いているのは、二つのありふれた恋の詩であった。私はそれを私の恋人におくるつもりであったけれど、まだ女中部屋の机の抽斗《ひきだし》にしまっていた。私の机は佐田三五郎が四枚の紙幣の中から買ってきてくれた品であった。そして三五郎は粘土をこねて私の机の上に電気スタンドを作ってくれ、のこった粘土で彼のピアノの上におなじ型の電気スタンドを作った。そのために彼は音楽予備校を二日休み、粘土こねに熱中した。彼は女中部屋でその仕事をしたので、そのあいだ私は女中部屋で針金に糸をあみつけた不出来な電気笠を二つ作った。

佐田三五郎の感じかたには、すべてのものごとにいくらかの誇張があった。小野二助がこやしを調合して煮る臭いはそれほど烈しくはなかったし、三五郎が夜ピアノを止められているというのも当っていなかった。三五郎は早寝をしない夜はこやしがたまらないといって女中部屋に避難し、そうでない夜はピアノを鳴らしながらかなり大声で音程練習をした。それから受験に必要のないコミックオペラをうたい、ピアノを掻きならした。けれど三五郎のピアノは何と哀しい音をたてるのであろう。年とったピアノは半音ばかりでできたような影のうすい歌をうたい、丁度粘土のスタンドのあかりで詩をかいている私の哀感をそそった。そのとき二助の部屋からながれてくる淡いこやしの臭いは、ピアノの哀しさをひとしお哀しくした。そして音楽と臭気とは私に思わせた。第七官というのは、二つ以上の感覚がかさなってよびおこすこの哀感ではないか。そして私は哀感をこめた詩をかいたのである。

けれど私は哀感だけを守っていたわけではなかった。三五郎がオペラをうたいだすと、私は詩集を抽斗にしまって三五郎の部屋に出かけ、二人でコミックオペラをうたった。二助が夜の音楽について注意するのは、コミックオペラの声の大きすぎる時だけであった。

「二人とも女中部屋に行ってやれ。そんな音楽は不潔だよ」

三五郎と私とがオペラの譜面とともに女中部屋に来ると、女中部屋では一助が避難していて、私の机で読書している。そして彼は私たちをみると彼の研究書をもって部屋へ帰ってゆく。そして三五郎と私とは、もはやコミックオペラをうたう意志はないのである。

「僕がしょっちゅう分教場の先生から嗤われるのはピアノのせいだよ。まったく古ピアノのせいだよ」

三五郎は大声でコミックオペラを発散させたのちの憂愁にしずみ、世にもしめやかな会話を欲しているのだ。私もおなじ憂愁にしずみ、しめやかな声で答えた。

「そうよ。まったくぼろピアノのせいよ」

「音程の狂った気ちがいピアノで音程練習をしていて、いつ音楽学校にはいれるのだ。勉強すればしただけ僕の音程は狂ってくるんだよ。勉強しないで恋をしている方がいいくらいだ」

「ピアノを鳴らさないことにしたら――」

「あればしぜん鳴らすよ。女の子が近くにいるのとおんなじだよ」

三五郎と私とはしばらく黙っていて、それからまた別な話題を話すのである。

「どうもあのピアノは縁喜がわるいんだ。鳴らしてるとつい悲観してしまうようにできているよ。場末の活動写真にだってこんな憂欝症のピアノはないからね。僕は一度調律師に見せてくれと家主に申しこんだら、家主は、とんでもない！ といったんだ。こんなぼろピアノに一銭だって金をかける意志はありません！ 屑屋も手をひいたピアノです！ あの音楽家にはほとほと手をやきましたよ！ あいつが一銭でも家賃をいれたためしがありますか！ その揚句が、やくざなピアノを残して逃げだしてしまったのです！ 捨てようにも運搬費がかかるんでもとの場所においてある始末です！ あのピアノが不都合な音をだすとおっしゃるなら、いっさい鳴らさないで頂くほかはない！ 僕はピアノの修繕はあきらめて、屋根の穴だけはふさいでくれと頼んだんだ。ピアノを鳴らしていると、丁度僕の頸に雨の落ちてくるところに穴がひとつあいていたからね。家主はさっそく来て屋根の穴をふさいで、それから生垣の蜜柑の熟れ工合をよくしらべていったよ。おそろしいけちんぼだ。

あのピアノは、きっと音楽学校に幾度も幾度もはいれなかった受験生が、僕の部屋に捨てておいたピアノだよ。その受験生は国で百姓をしているにちがいない。僕も国にいって百姓をしようと思うんだ」

私は鼻孔からかなり長い尾をひいた息をひとつ吐き、ひそかに思った。三五郎が国で百姓をするようになったら、私も国で百姓をしよう。

「しかし悲観しない方がいいね。女の子に悲観されると、こっちも悲観するよ。百姓のはなしは、オペラのうたいすぎた時思うだけだよ。僕はもうコミックオペラをうたわないでまじめに勉強するよ。約束のしるしに、オペラの楽譜をみんな町子にやろう。一枚のこらずやってしまおう」

三五郎は彼の部屋にのこしている楽譜をも取ってきて、オペラの楽譜全部を私にくれた。私は楽譜を机の抽斗の奥ふかくしまい、これで三五郎と私とは、怠けがちな過去の生活に大きいくぎりをつけた気がしたのである。

私は新しい希望が湧いたので三五郎にいった。

「ピアノの蓋に錠をかっておくといいわ。鍵は私が匿しとくから」

「鍵なんか家主だって持ってやしないよ。しかしもう大丈夫だ。僕はもう絶対にピアノは鳴らさない。僕はこれから一生懸命健康な音程練習をするんだ」

私が誰にも言わなかった一つのことがらを三五郎に打明けたのは、こんな夜のことであった。私は詩人になりたいというひそかな願いを三五郎に打明けたのである。三五郎はまるで私の予期しなかったほどの歓びを爆発させ、私のちぢれた頭を毬のように腕で巻き、更に私を抱きあげて天井に向ってさしあげた。そして私たちは、詩と音楽とを一生懸命に勉強することを誓い、コミックオペラのような不潔な音楽はうたわないことを約束した。

しかし三五郎と私の約束はじき破れた。私たちは幾たびかコミックオペラの合唱をくり返したのである。


月末に、三五郎はくびまきを買ってくれないで却《かえ》ってたちもの鋏《ばさみ》をひとつ私に買ってくれた。

私の祖母の予想ははずれなかったようである。私はバスケットの底の美髪料をまだ一度も使わなかった。それで私の頭髪は鳶《とび》いろにちぢれて額に垂れさがり、私はときどき頭をふって額の毛束をうしろに追いやらなければならなかった。私の頭髪はいよいよ祖母の泪にあたいするありさまであった。そんなありさまも三五郎にたちもの鋏を思いつかせる原因になったのであろう。

その夜、三五郎は百貨店の包紙を一個私の部屋にはこんだ。彼は紙の中からたちもの鋏と、まっくろなボヘミアンネクタイとを取りだし、そして私に詫びた。

「くびまきは買えなかったから来月にしてくれないか。今日分教場の先生に嗤われてネクタイをひとつ買ってしまったんだ。先生に嗤われてみろ、きっと何か買いたくなるものだよ。あとで考えると役にたたないものでも、その場では買いたくなるものだよ。それあ僕はボヘミアンネクタイに合う洋服なんか持っていないさ。ただ先生に嗤われると、何か賑やかなやつを買いたくなるんだ。丁度百貨店のエレベエタアでボヘミアンネクタイをさげたやつと乗りあわしたから、それで僕も買ったんだよ。くびまきはまだ急がないだろう」

私は三五郎の心理にいちいち賛成であった。まだくびまきのぜひ要る季節ではないし、私の行李《こうり》のなかには灰色をした毛糸のくびまきがひとつはいっていたのである。

「仕方がないからネクタイはこの部屋の飾りにしよう」

三五郎は女中部屋の釘にボヘミアンネクタイをかけた。私の部屋にはいままで何ひとつ飾りがなかったので、まっくろなボヘミアンネクタイは思いつきのいい装飾品となった。

「女の子の部屋には赤い方がよかったかも知れない。まあいいや、髪をきってやろう。赤いちぢれ毛はおかっぱに適したものだよ。うるさくなくて軽便だよ。きっと美人になるよ」

私はとんでもないことだと思った。そしてはじめて決心した。バスケットの美髪料は毎日使わなければならないし、髪も毎日結おう。

私は急に台所のこんろに火をおこし、美髪料の金だらいをかけた。

私がそのとき頭を解いたのは美髪料でちぢれをのばすためであったにも拘らず、三五郎はそのとき東西文化の交流という理論を私に教えて、ついに私から髪をきる納得を得てしまった。その理論というのは、東洋の法被《はっぴ》が西洋にわたって洋服の上衣《うわぎ》になったり、西洋の断髪が東洋にきておかっぱになったりするのは、船や飛行機のせいで、これは時代の勢いだから仕方がないという理論であった。そして三五郎はつけ加えた。かずらの薬でちぢれ毛をのばすのは祖母の時代のこのみで、孫たちは祖母のこのみをそのまま守っているわけにはいかないのである。

三五郎はこの理論を教えこむためにかなり時間をとったので、話の中途で台所からものの焦げる匂いがしてきた。金だらいの美髪料がみんな発ってしまったのである。金だらいに水をかけながら私は髪をきってしまおうと思った。

しかし、三五郎が机の上に立てかけた立鏡を私はみたくもなかったので、私は眼をつぶっていた。

「痩せた女の子にはボオイスアップという型がいいんだ」

私は何も答えなかった。私の思ったのはおばあさんはどうしているであろうということであった。

最初のひとはさみで、厚い鋏の音が咽喉《のど》の底にひびいたとき、私は眼をひとしお固くし、心臓のうごきが止みそうであった。私の顔面は一度蒼くなり、その次に真赤になった感じであった。

「はなを啜《すす》るんじゃない」

三五郎はうつむきがちになってゆく私の上半身を幾度か矯《た》めなおし、このとんでもない仕事に熱中している様子であった。私はつぶった眼から頤《おとがい》にかけて泪をながし、ずいぶん長い時間を、泪を拭くこともならなかった。

左の耳の側で鋏が最後の音を終ると同時に私はとび上り、丁度灯を消してあった三五郎の部屋ににげ込んだ。私の頸は急に寒く、私は全身素裸《すはだか》にされたのと違わない気もちで、こんな寒くなってしまった頸を、私は、暗い部屋のほかに置きどころもなかったのである。——私の頸を、寒い風がいくらでも吹きぬけた。

「おばあさんが泣く」三五郎の部屋のくらがりで、私はまことに祖母の心になって泣いたのである。「おばあさんが泣く」

二助が部屋からでてきて、丁度廊下にやってきた三五郎にきいた。

「どうしたんだ」

「おかっぱにしてやったんだけど、いきなり逃げだしたんだ。まだ途中だし困ってしまうよ」

「よけいなもの数奇《ずき》をするからだよ。ともかくあかりをつけてみろ」

三五郎が電気をつけた。私はピアノの脚部の隅っこに頸をかくしていた。

「みてやるから、よく見えるところに出てごらん」と二助がいった。彼は制服の上にしみだらけの白い上っぱりを着て、香水の匂いをさせていた。彼はこやしをいじりながらときどき香水の罎を鼻にあてる習慣であった。

二助は私の頭の周囲を一廻りした後、

「平気だよ。丁度いいくらいだ。女の子は頭はさっぱりした方がいいんだよ。そんなに泣くものじゃない」

そして二助は香水の罎から私の頭に香水をたっぷり振りかけてくれた。

一助もいつしか部屋の入口に立っていて、彼も私の頭について一つの意見をのべた。

「おかっぱはあまりいいものじゃないよ。しかしじき伸びるだろう。すこしのあいだ我慢しなさい」

そして彼は部屋に帰っていった。

二助は私のうしろに立っていて三五郎に命じた。

「この辺の虎刈りをすこし直してやったらいいだろう。この部屋では電気が暗いから、僕の部屋でやったらいいだろう」

二助の部屋では、かなりの臭気がこもっていたけれど、部屋のまんなかに明るい電気が下っていて、頸の刈りなおしに適していた。二助はその上に大根畠の人工光線をもつけ、新聞紙の肥料の山を二つほど動かし、その跡に土鍋のかかった火鉢を押しやった。これはみんな二助が三五郎に腕前をふるわせるための設備で、彼は虎刈りはみっともないということを二度ばかり呟いた。私の頸にはよほど眼につくだんだらがついていたのであろう。

三五郎は部屋のまんなかに私を坐らせ、丁度電気の真下で刈込みをつづけることになった。二助は上っぱりのポケットから垂れていたタオルをはずして私の肩を巻き、香水の鬘を私の横において三五郎にいった。

「今夜はすこし臭くなるつもりだから、ときどき香水を当てたらいいだろう。女の子にもときどき当ててやれ」

三五郎は私の頸に櫛を逆にあて、鋏の音をたてた。彼は折々臭気を払うために鋭い鼻息を吐き、それは一脈の寒い風となって私の頸にとどいた。しかし私はもう泣いていなかった。ひととおり泣いたあとは心が凪《な》ぎ、体は程よく草臥《くたび》れていたのである。ただ私の身辺はいろんな匂いでかためられていて、肩のタオル、私の頭から遠慮もなく降りてくるゆたかな香水の香、部屋をこめている空気などが私を睡らせなかった。

二助は土鍋をかき廻し、試験管を酒精ランプにかざし、土鍋に粉の肥料を加え、また鬘のこやしを加え、団扇《うちわ》でさましたこやしを蘚の湿地に撒き、顕微鏡をのぞき、そしてノオトに書き、じつに多忙であった。

睡りに陥りそうになると私は深い呼吸をした。こみ入った空気を鼻から深く吸いいれることによってすこしのあいだ醒め、ふたたび深い息を吸った。そうしてるうちに、私は、霧のようなひとつの世界に住んでいたのである。そこでは私の感官がばらばらにはたらいたり、一つに溶けあったり、またほぐれたりして、とりとめのない機能をつづけた。二助は丁度、鼻掃除器に似た綿棒でしきりに蘚の上を撫でているところであったが、彼の上っぱりは雲のかたちにかすみ、その雲は私がいままでにみたいろんなかたちの雲に変った。土鍋の液が、ふす、ふす、と次第に濃く煮えてゆく音は、祖母がおはぎのあんこを煮る音と変らなかったので、私は六つか七つの子供にかえり、私は祖母のたもとにつかまって鍋のなかのあんこをみつめていたのである。――丁度二助がそばにやってきたので、私はつとめて眼をあけた。二助は私の肩のタオルを彼の手ふきにも使うために来たので、彼は熱心に手を拭いたのち、さっさと行ってしまった。二助が机のそばに行ってしまうと、私の眼には机の上の蘚の湿地が森林の大きさにひろがった。二助はふたたび綿棒をとって森林の上を撫で、箒《ほうき》の大きさにひろがった綿棒をノオトの上にはたいた。

それから二助が何をしたのかを私は知らない――私の眼には何もなく、耳にだけあんこの噴く音が来たのである。私が次に眼をあいたのは三五郎の不注意から私の頸に冷たいたちもの鋏が触れたためで、そのとき二助はしきりに顕微鏡をのぞいていた。

「蘚の花粉というものは、どんなかたちをしたものであろう」私は心理作用を遠くに行かせないために、努めて学問上のむずかしいことを考えてみようとした。「でんでん虫の角のかたちであろうか」しかしじき心は遠くに逃げてしまい、私の耳は、二助のペンの音だけを際だって鮮《あざや》かにきいた。

「うつむきすぎては困る。また泣きだすのか」

三五郎の両手が背後から私の両頬を圧した。それはだんだん前屈みになってゆく私の姿勢をなおすためであったが、彼の右手はたちもの鋏を置かないままだったので、鋏のつめたい幅がぴたりと私の頰を圧し、鋏の穂は私の左の眼にたいへんな刃物にみえてしまった。私はたちまち立ちあがり、二助のそばに行った。しかし二助のそばに立ったときもう私は睡くなっていた。私はただ睡いのである。それで、中腰になって顕微鏡をのぞきながらノオトを書きつづけている二助の背中に睡りかかった。二助は姿勢を崩さないで勉強をつづけた。

「どうしたんだ。我儘《わがまま》は困る」と三五郎が言った。「すこしだけだんだらが残っているんだ。あと五分だけ我慢しろ」

「睡いんだね。夢でもみたんだろう」二助はやはりペンの音をたてながら言った。「すこしくらいの虎刈りは、明後日になれば消えるよ。ともかくおれの背中からとってくれなければ不便だ。伴《つ》れてって寝かしてやったらいいだろう」

私は二助の背中から彼の足もとに移り、たたみに置いた両腕に顔をふせてただ睡ってしまいそうであった。

「もう一つだけだんだらを消せば済むんだ。消してしまおう」

三五郎はそのために二助の足もとにきた。

私はそれきり時間の長さを知らなかったが、そのうち三五郎の手で女中部屋に運ばれた。つめたい部屋に運ばれた時に、私はすっかり睡気からさめた。

三五郎はすでに寝床としてのべてあった掛蒲団のうえに私を坐らせ、彼自身は私の机に腰をかけていて言った。彼は組んだ脚の上に一本の肱をつき、そのてのひらに顔をのせていたので、抑えつけられた唇から無精な発音がでた。

「さっぱりした頭になったよ。重そうでなくて丁度いい。頸の辺はむしろ可愛いくらいだよ。明日は一助氏の鏡をもってきて、二つの鏡で頸を映してみせてやろう。おやすみ」

三五郎は机から立ちあがり、また腰を下し、前とおなじ姿勢をとり、そして前とおなじ発音で言った。

「今夜はたぶん徹夜だよ。二助がこやしを二罎ほど汲みだせと命じているし、二助の蘚が今晩から恋をはじめたんだ。おれは徹夜で二助の助手をさせられるにちがいない。おやすみ」

しかし、三五郎はやはり手のひらに顔をのせていて、立ちあがろうとはしなかった。

しばらくだまっていたのちに、三五郎は頰杖を解いて腕ぐみになおし、腕の環に向って次のようなとりとめのないことを言ったのである。

「こんな晩には、あれだね、あのう、植物の恋の助手では、あれなんだよ。つまり、つまらないんだよ。しかし、あのう、じつはこうなんだ。蘚の恋愛って、変なものだね。おやすみ」

彼はいきなり私の頸に接吻をひとつした。それから私を抱いたままで机に腰をかけ、私の耳にいった。

「泣くんじゃないよ。今晩二助は非常に忙しいし、二助くらい女の子に泣かれるのを怖れている人間はいないからね。二助は泣いてばかしいる女の子に失恋したことがあるんだ。それ以来二助は植物の恋愛ばかし研究しているし、女の子に泣かれるのは大きらいなんだ。今晩も町子に香水をかけてくれたり、タオルをかけてくれたりしたろう。二助は女の子には絶対に泣かれたくないんだよ。だから泣くんじゃない」

私は泣きだしそうではなかったので、三五郎の胸のなかでうなずいた。

「しかし、女の子というものは、こんな晩には、あとで一人になってから、いつまでも泣いてるものではないのか。（私は三五郎の胸のなかで頭をふった。私はあとで泣きそうな不安を感じなかったのである）ならいいけど、もし泣きだされると、二助はきっと恐怖して、どうしたんだときくからね。きかれたって僕は訳をはなしたくない。こんなことがらの訳は、一助氏にも二助にも話さないでおいた方が楽しいにきまっているだろう」

私は三五郎の胸のなかでうなずいた。それで三五郎は私の耳からすこし遠ざかった。

「なんしろ二助は今晩蘚の恋愛の研究を、一鉢分仕上げかかっているんだ。二助の机の上では、今晩蘚が恋をはじめたんだよ。知ってるだろう、机のいちばん右っ側の鉢。あの鉢には、いつも熱いくらいのこやしをやって二助が育てていたんだ。熱いこやしの方が利くんだね、今晩にわかにあの鉢が花粉をどっさりつけてしまったんだ。蘚に恋をはじめられると、つい、あれなんだ、つまり——まあいいや、今晩はともかくそんな晩なんだ。僕は蘚の花粉をだいぶ吸ってしまったからね。

ともかくいちばん熱いこやしが、いちばん早く蘚の恋情をそそることを二助は発見したんだ。熱くないこやしと、ぬるいこやしと、つめたいこやしとをもらっているあとの三つの鉢は、まだなかなか恋をする様子がないと二助は言っていたよ。町子は二助の論文をよんだことがあるか。(この問いに対して、私は、かすかに、自信のない頭のふりかたで答えた)そうか。しかし僕は町子も一度よんでみた方がいいと思う。二助の机の上にノオトが二つあるだろう。一つが二十日大根の論文で一つが蘚の論文なんだ。二十日大根の方は序文がおもしろいだけで、本論の方はそうおもしろくない。蘚の方はとてもおもしろいから僕はときどき読むことにしてあるんだ。植物の恋愛がかえって人間を啓発してくれるよ。二助氏は卒業論文に於てはなかなか浪漫派なんだ。ただ僕にしょっちゅうこやしの汲みだしを命じるから困る。汲みだしといえば僕なんだ。仕方がないから僕は垣根のすっぱい蜜柑をつづけさまに二つもたべてから汲みだしをやるんだ」

しかし、私はさっき三五郎の胸のなかで嘘をひとつ言った。私は、もう以前から二助の論文のノオトを二つとも読んでいたのである。「荒野山裾野の土壌利用法について」というのが二十日大根の方の研究で、その序文は二助の抒情詩のようなものであった故に私の心を惹き、「肥料の熱度による植物の恋情の変化」(これが蘚の研究であった)は、私のひそかな愛読書となっていた。

けれど私はそれ等の論文をよんだことを、何となく三五郎に打ちあけてしまうことができなかった。蘚の論文は、丁度、よんだことを黙っていたい性質の文献で、「植物ノ恋情ハ肥料ノ熱度ニヨリテ人工的ニ触発セシメ得ルモノニシテ」とか、「斯《か》クテ植物中最モ冷淡ナル風丰《ふうぼう》ヲ有スル蘚ト雖《いえど》モ遂ニソノ恋情ヲ発揮シ」とか、「コノ沃土ニ於ケル蘚ノ生殖状態ハ」などという箇処によって全文が綴られていたのである。

二十日大根の序文は、これはまったく二助の失恋から生れた一篇の抒情詩で、「我ハ曽《か》ツテ一人ノ殊ニ可憐ナル少女ニ眷恋《けんれん》シタルコトアリ」という告白からはじまっていた。「噫《ああ》マコトニ泪多キ少女ナリキ。余ノ如何《いか》ナル表情ニ対スルモ常ニ泪ヲ以テ応ヘ、泪ノホカノ表情ニテ余ニ接シタルコトアラズ。哀シカラズヤ、余ハ少女ノ泪ヲ以テ、少女ガ余ニ対スル情操ノ眼瞼《まぶた》ヨリ溢ルルモノト解シタルナリ。サレド少女ニハ一人ノ深ク想ヘル人間アリテ、ソハ余ノホカノ青年ナリキ。而《しこ》ウシテ少女ノ泪ハ、少女ガ余ノ悲恋ヲ悲シム泪ナリキ。余ハ少女ノ斯《かか》ル泪ヲ好マズ、乃《すなわ》チ漂然トシテ旅ニ出ズ。

余ハ荒野山三合目ノ侘シキ寺院ニ寄寓シ、怏々トシテ楽《たのし》マズ。加フルニ山寺ノ精進料理トイフモノハ実ニ不味ニシテ、体重ノ衰フルコト二貫匁《かんめ》ニ及ビタリ。

一日麓《ふもと》ノ村ヨリ遥々余ニ面会ヲ求メ来レル一老人アリ。彼ハ荒野村ノ前々村長トカニテ、彼ハ白面ノ余ヲ途方モナキ学究ト誤認シ、フトコロヨリ一個ノ袋ヲ取リ出ダシテ余ノ面前ニオキ、礼ヲ厚クシテ余ニ一ツノ懇願ヲ提出セリ。袋ノ中味ハ黄色ッポイ土ニシテ、老人曰ク、コハ荒野山裾野ノ荒蕪《こうぶ》地《ち》ナリ。貴下ハ肥料学御専攻ノ篤学者ニアラセラルル由、何卒貴下ノ御見識ニテ裾野一帯ノ荒蕪地ヲ沃土ト化サシメ給ヘ。ワガ裾野一帯ハ父祖ノ昔ヨリ広漠タル痩土ニシテ、桑ハ固ヨリ、大根モ牛蒡《ごぼう》モ稗《ひえ》モ実ラヌ荒蕪ノ地ナリ。先年村民合議ニヨリ、先《ま》ヅ稗ノ種子ヲ撒キテ稗ヲ実ラセ、実リタル稗ニ鳥雀ノ類ヲヨビヨセ、鳥雀ノ残シユク糞ニテ荒野ヲ沃土ト化サム決議イタシ、第一着手トシテ稗ノ種子幾石《いくこく》ヲ撒キタレド、アア、稗ノ芽モ出ネバ鳥雀ノ類モ集《あつま》ラズ、稗ノ種子幾石ハ空シク瘦土ニ委シタル次第ナリ。モシ貴下御専攻ノオ力ニヨリテ、ヨキ肥料御教示ヲ給ハランニハ、ワガ歓《よろこ》ビ如何バカリナラン。村民共ノ歓喜、アア、如何バカリニ候ハン。ヨキ智恵ヲ垂レ給ヘ。猶《なお》願クバ村民一同ニ一場ノ御講演ヲモ給ハリタク、御研究ニテ御多忙ノ折カラ、万一御承諾ヲ得タラムニハ、老人コレヨリ馳セ帰リテ村内ニフレ廻リ、折返シオ迎ヘノ若者ヲモ差シツカハシ申スベシ。枉《ま》ゲテ御承諾ヲ給ヘ。

余ハ茫然トシテ、老人ノ紋ツキ羽織ニ見トルルコトシバラクナリキ。

ソノ日、余ハ宵闇ニマギレテ侘シキ山寺ヲ出発セリ。住職ハ余ノ村人ニ発見サルルヲ気ヅカヒテ、余ニ隠簑《かくれみの》ノ如キ一枚ノ藁製ノ外套ヲ借与ス。余ハコノ外套ヲ頭ヨリ被リテ村ヲ抜ケ、村ハヅレノ柿ノ木ニ尊キ外套ヲ懸ケオキタリ。

余ガ東京ノ下宿ニ着キタル時ハ、恰《あたか》モ小野一助ガ彼ノ下宿ヨリ来リテ余ヲ待チタル時ニ相当シ、一助ハ余ニ一週間ノ入院ヲ強請セリ。余ハ憤然トシテぽけっとヨリ土袋ヲ取リイダシ、荒蕪地ヲ沃土ニ変ヘム決心ヲ為シタリ。余ハ仮令《たとい》失恋シタリトハイヘ、分裂病院ニ入院スル必要ヲ毫《ごう》モ認メザルナリ。

其後一助ハ佐田三五郎ニ命ジテ、廃屋ニモ等シキ一個ノ家ヲ借リウケ、一助、余、三五郎ハ、各々下宿生活ヲ解キテ廃屋ノ住者トナル。余ハワガ居室ノ床ノ間ヲ大根畠ニ仕立テ、荒野山麓ノ瘦土ニ種々ノ肥料ヲ加ヘテ二十日大根ノ栽培ニ努ム。ソノ過程ハ本論ニ於テ述ベムトス。序論終リ」

さて、私は二助の論文のことでいくらか時間をとってしまったけれど、私はここでもとの女中部屋の風景に還らなければならないであろう。

女中部屋の机の上では、やはり三五郎と私とがいて、三五郎の膝の上での私の心理は、私がすでに二助の抒情詩をよんだことと、そして蘚の論文をもよんでいたことを、三五郎にだまっていいたい心理であった。これはまことに若い女の子が祖母や兄や従兄に対して持ちたがる心理で、私はすでに蘚の花粉なぞの知識を持っていたことをやはり自分一人のひそかな知識としておいて、三五郎には蔽《おお》っておきたかったのである。

二助の部屋の臭いが廊下にながれ、茶の間を横ぎり、台所にきて、それから女中部屋の私たちを薄く包んだ。しずかな晩であった。

三五郎はしずかな声でいった。

「しかし、垣根の蜜柑もいくらかうまくなったよ。おやすみ」

三五郎はふたたび私に接吻をした。それから私を掛蒲団の上におき二助の部屋に出かけた。

これは私が炊事係になって以来はじめての接吻であった。しかし私は机に肱《ひじ》をつき、いまは嘘のように軽くなってしまった私の頸を両手で抱え、そして私は接吻というものについて考えたのである。——接吻というものは、こんなに、空気を吸うほどにあたりまえな気もちしかしないものであろうか。ほんとの接吻というものはこんなものではなくて、あとでも何か鮮かな、たのしかったり苦しかったりする気もちをのこすものではないであろうか。

三五郎と私との接吻は、十四の三五郎が十一の私に与えた接吻とあまり変りのないものであった。十四の三五郎と十一の私とは、祖母が檐下《のきした》に干していた一聯のつるし柿をほしかったので、三五郎は私を肩ぐるまにのせ、私が手をのばしてうまくつるし柿を取ることができた。そのとき三五郎は胸いっぱいにつるし柿を抱えている私を地上におろし、歓喜のあまり私に接吻をしたのである。それから十七の三五郎が祖母の眼の前で十四の私に接吻をしたとき、祖母はいった。ああ、仲のよい兄妹じゃ、いつまでもこのように仲よくしなされ。——三五郎と私とは、幼いころからいったいにこんな接吻の習慣を持っていたのである。

私たちの家族が隣人をもったのは、佐田三五郎が私の髪をきってしまった翌日のことであった。その朝、私はまず哀愁とともに眼をさました。台所から女中部屋にかけて美髪料を焦がした匂いが薄くのこり、そして私を哀愁にさそったのである。もし祖母がいたならば、祖母は私のさむざむとした頭に尽きぬ泪をそそいだであろう。そして祖母は頭髪をのばす霊薬をさがし求め、日に十度その煎薬で私の頭を包むであろう。

私は祖母の心を忘れるために朝の口笛が必要であった。口笛を吹き吹き、私は釘から一枚の野菜風呂敷をはずし、机の上の立鏡に向って頭を何でもない風にかくす工夫をめぐらした。しかし、私の口笛は心の愉しいしるしとして三五郎の耳にとどいたようである。三五郎は彼の部屋から私のコミックオペラに朝の伴奏を送ってよこした。彼はもともと侘しい音程をもった彼のピアノをなるたけ晴れやかにひびかせるために音程の狂った箇処を彼自身の声楽で補った。この伴奏のために私たちの音楽はいつもよりずっと愉しそうな音いろを帯び、そして意外な反響を惹きおこした、小野二助の部屋から、二助自身の声楽が起ったのである。二助は私たちといっしょになって早朝のコミックオペラをうたいだした。これはまことに思いもかけない出来ごとで、私が二助の音楽を聴いたのはこの朝が最初であった。しかし、私は、なんという楽才の兄を持っていたことであろう。私は口笛をやめ、野菜風呂敷を安全ピンで頭に止めようとしていた作業をやめて二助の声に耳をかたむけないわけに行かなかった。二助のコミックオペラは家つきの古ピアノの幾倍にも侘しく音程が狂い、葬送曲にも似た哀しさを湛《たた》えていたのである。しかし、二助自身はなかなか愉しそうな心でうたいつづけた。三五郎が急に伴奏をやめても、二助は独唱でうたいつづけた。伴奏がなくなると、二助のうたっている歌詞は彼の即興詩であることがわかった。「ねむのはなさけば、ジャックは悲しい」とうたわなければならないところを、二助は「こけのはなさけば、おれはうれしい、うれしいおれは」などとうたっていた。

私は伴奏をやめてしまった三五郎の心理を解《わか》りすぎるくらいであった。伴奏を辞退した彼は、ピアノに肱をつき、二助が音楽の冒瀆《ぼうとく》を止めるのを待っていることであろう。私も女中部屋でおなじ心理を持っていた。

独唱がやんだと思うと二助は彼の部屋から三五郎に話しかけた。

「植物の恋愛で徹夜した朝の音楽というものは、なかなかいいものだね。疲れを忘れさしてよろこびを倍加するようだ。音楽にこんな力があるとは思わなかったよ。僕もこれからときどき音楽を練習することにしよう。五線のうえにならんでるおたまじゃくしは、何日くらいで読めるようになるものだい。二週間あればたくさんだろう。二つめの鉢が恋愛をはじめるまでに二週間ある予定だから、そのあいだに僕はおたまじゃくしの研究をしよう」

三五郎は返事のかわりにピアノをひどくかき鳴らし、それから別のオペラを弾きはじめた。彼は二助のあまり知らないような唄を選んだにも拘らず、この朝の二助は決してだまっていなかった。二助はひどい鼻音の羅列でピアノについてきたのである。こんな時間のあいだに私はもはや祖母の哀愁を忘れ、そしてむろん合唱の仲間に加わった。

早朝の音楽はついに小野一助の眼をさました。一助は、彼の部屋で、眼をさましたしるしに二つばかり咳をし、それから呟いた。

「じつに朝の音楽は愚劣だ」

一助はさらに咳を二つばかり加えた。

「今日はいったい何の日なんだ。みんな僕の病院に入れてしまうぞ。僕はまだ一時間十五分も睡眠不足をしている」

三人のうち誰も合唱をよさなかったので、一助はいくらか声を大きくした。

「三人のこらず僕の病院に入れてしまいたいな。三五郎、ピアノをよして水をいっぱい持ってきてくれ。食塩をどっさり入れるんだ。朝っぱらの音楽は胃のために悪いよ。君たちの音楽は、ろくな作用をしたためしがない」

三五郎が台所で食塩水の支度をしているあいだに、一助と二助とは部屋同志で話をはじめた。二人とも寝床にいる様子であった。それで三五郎はコップの水を持ったまま私の部屋に道よりした。三五郎は女中部屋の入口でコップの水を半分ばかりのみ、それから私の机にきて腰をかけた。徹夜のためであろう彼はよほど疲れていて、憤《おこ》りっぽい顔ではほとんど机いっぱいに腰をかけ、そして無言であった。私は二本の安全ピンで野菜用の風呂敷を頭にとめたままこの作業を中止していたため、風呂敷ののこった端は不細工なありさまで私の肩に垂れ、幾本かの安全ピンは三五郎のお尻のしたに隠されてしまった。私は一時も早く安全ピンを欲しいと思っているにも拘らず、三五郎は私の安全ピンを遮っている事実をすこしも知らないありさまで、彼はただ膝のうえのコップをながめ、そしてときどきまずそうにコップの塩水をなめた。三五郎の様子では、彼はどうもまた国へいって百姓をすることでも考えているようであった。この想像は、私にしぜん遠慮がちなためいきをひとつ吐かせてしまった。すると三五郎ものみかかっていたコップに向って、よほど大きいためいきをひとつ吐いた。

こんな時間のあいだに、一助と二助とは彼等同志の会話をすすめていた。一助はもはや音楽の悪い作用のことや、食塩水のことも忘れはてた様子で、たいへん熱心に話しこんでいた。

「人間が恋愛をする以上は、蘚が恋愛をしないはずはないね。人類の恋愛は蘚苔類からの遺伝だといっていいくらいだ。この見方は決してまちがっていないよ。蘚苔類が人類のとおい祖先だろうということは進化論が想像しているだろう。そのとおりなんだ。その証拠には、みろ、人類が昼寝のさめぎわなどに、ふっと蘚の心に還ることがあるだろう。じめじめした沼地に張りついたような、身うごきのならないような、妙な心理だ。あれなんか蘚の性情がこんにちまで人類に遺伝されている証左でなくて何だ。人類は夢の世界に於てのみ、幾千万年かむかしの祖先の心理に還ることができるんだ。だから夢の世界はじつに貴重だよ。分裂心理学で夢をおろそかに扱わない所以《ゆえん》は――」

一助があまり夢中になりすぎたので、二助はひとつの欠伸《あくび》で一助の説を遮り、そしていった。

「蘚になった夢なら僕なんかしょっちゅうみるね。珍《めず》らしくないよ。しかし、僕なんかの夢はべつに分裂心理学の法則にあてはまっていないようだ」

「どんな心理だね、その蘚になったときの心理は。いろいろ参考になりそうだ。委しくはなしてみろ」

「しかし、言ったとおり、僕はべつに分裂医者の参考になるような病的な夢はみないつもりだ。それより僕は徹夜のためじつに睡くなっている」

「僕だって睡眠不足をがまんして訊いてるんだ。分裂心理学では、人間のあらゆる場合の心理が貴い参考になるんだぞ。いったい二助ほど分裂心理の参考にされるのを厭う人間はいないようだ。それも一種の分裂心理にちがいない」

「そんな見方こそ分裂心理だよ。人間を片っぱし病人扱いにするのはじつに困った傾向だ」

「みろ、そんな見方こそ分裂心理というものだ。ひとの真面目な質問に答えようとはしないでただ睡ることばかしを渇望している。僕の病院にはそんな患者がどっさり入院しているよ。こんなのを固執性というんだ」

「いくら病名をおっ被せようとしても僕は病人ではないぞ。そのしるしには、僕はどんな質問にでも答えてやれる。僕は何を答えればいいんだ」

「さっきも訊いたとおり、小野二助が蘚になった夢をみたときの、小野二助の心理を、誇張も省略もなく語ればいいんだよ」

「どうも、心理医者くらいものごとを面倒くさくしてしまうものはいないようだ。こんな家庭にいることは、僕は煩瑣だ。下宿屋の女の子は年中僕の前で泣いてばかしいたにはいたが、心理医者ほど僕を苦しめはしなかったと思う。僕はいっそ荷物をまとめて、あの下宿屋にまい戻ろうかしら」

「変な思い出に耽るんじゃない。僕はもうさっきからノオトとペンを用意して待っているんだぞ。あまり早口でなく語ってみろ」

「僕は、ただに、もとの下宿に還りたくなった。そこには、僕の――」

「いまだにそんな渇望をもっているくらいなら、即日入院しろ。僕が受持になって、下宿屋の女の子のことなんか一週間で忘れさしてやるとも。丁度第四病棟の四号室があき間になっている。昨日までやはり固執性患者のいた部屋だ」

「僕はあくまで病人ではないぞ。蘚や二十日大根をのこしておいて僕がのんきに入院でもしてみろ。こやしは蒸れてしまうし、植物はみんな枯れてしまうにちがいない」

「もし二助が健康体なら、この際僕にさっさと夢の心理を語るはずだよ」

「語るとも。こうなんだ。僕が完全な健康体としてしょっちゅうみる蘚の夢というのは、ただ、僕自身が、僕の机のうえにある蘚になっている夢にすぎないよ。だから僕は人類発生前の、そんな大昔の、人類の御先祖に当るような偉い蘚の心理には、夢の中でさえ還ったためしがない。それだけの話しだよ。僕はもう睡ってもいいだろう」

「もっと、ありったけを言ってしまうんだ。どうも二助の識閾下には、省略や隠蔽の悪癖が潜んでいるにちがいない」

「僕は、僕の識閾下の心理にまで責任をもつわけにはいかないね。じつに迷惑なことだ」

「だから識閾下の問題は僕がひき受けてやるよ。それで、いま僕の知りたいのは、さっきから幾度となくきいているとおり、二助が蘚になっている夢の中の蘚の心理だ。隠蔽しないで言ってみろ。僕の病院では、隠蔽性患者の共同病室だってあるんだぞ。十六人部屋で、野原のようにひろい病室なんだ。たしか寝台が二つほどあいていたと思う」

「僕はそんな寝台に用事のないしるしに、夢の心理をはなすよ。いいか。僕は、僕の机のうえの、鉢のなかの蘚になっているんだ。だから小野二助という人物は、僕のほかに存在しているんだ。そして僕は、ただ、小野二助が僕に熱いこやしをどっさりくれて、はやく僕に恋愛をはじめさしてくれればいいと渇望しているのみだよ。そのほかの何でもありやしないよ。僕はただ、一刻もはやく恋愛をはじめたいだけだよ」

「それから」

「そして眼がさめると、僕はもとの小野二助で、蘚は二助とは別な存在として二助の机の上にならんでいるんだ。僕の夢についてはこれ以上語る材料がないから僕はもう寝る。これ以上に質問はないだろう」

「あるとも。次の質問の方が貴重なくらいだ」

「僕はいっそ女中部屋に避難したいくらいだ。迷惑にもほどがある。今日は午後一時から肥料の講義をききのがしてはならない日だ。僕は肥料のノオトだけにはブランクを作りたくない」

「じつはこうなんだ。僕の病院に――」

「僕はどんな病室があいていたって一助の病院に入院する資格はもっていないぞ」

「入院のことでないから安心しろ。じつはこうなんだ。僕の病院に、よほどきれいな――（一助はここでよほどしばらく言葉をとぎらした）――人間がひとり入院しているんだよ」

「その人間は、男ではないだろう」

一助は返辞をしなかった。

このとき、女中部屋では佐田三五郎がコップの塩水をかなり多量に一口のみ下し、そして三五郎は私にいった。

「僕はじつに腹がすいている。何かうまいものはないのか」

私ははじめて解《わか》ることができた。今朝からの三五郎の不機嫌はまったく空腹のためであった。

私は女中部屋の窓の戸をあけ、窓格子のあいだから外にむかって手をのばした。私の手が漸く生垣の蜜柑にとどいたとき三五郎はいった。

「蜜柑は昨夜のうちに飽食した。僕はいま胃のなかがすっぱすぎているんだ。僕と二助とはどうも蜜柑の中毒にかかるにちがいない。こんどから、二助が徹夜を命じたら炊事係も徹夜しなければ困る。徹夜くらい腹のすくものがあるか。何かうまいものはないのか」

私はくわいの煮ころがしがいくつか鍋にあることを思いだしたので、台所に来た。そしてついに鍋は見あたらなかった。

「何かないのか」

私は炊事係として途方にくれた。昨夜の御飯がいくらかのこっているはずの飯櫃《めしびつ》さえもなくなっていたのである。

「そんなものはむろん昨夜のうちに喰べてしまったよ。あの飯櫃はよほどながく大気のなかにさらして、中の空気を抜かないとだめだ。二助の部屋にすこしでも置いたものは、何でもそうだ。何かうまいものはないのか」

私は戸棚をさがして漸く角砂糖の箱と、お茶の缶をひとつ取りだすことができた。私の台所には、そのほかにどんな食物があったであろう。お茶の缶のなかには二枚の海苔《のり》がはいっていた。

三五郎は角砂糖をたべては塩水をのみ、海苔をたべては塩水をのんだ。彼はずいぶんまずそうな表情でこの行動をくり返した。

こんな時間のあいだに、一助と二助はふたたび会話をはじめた。

「この際睡ってしまわれては困る」と一助がいった。「僕はぜひ今朝のうちにきいておきたい質問をもっているんだ。もうすこしだけ我慢できるだろう」

二助は返辞しなかった。

「睡ってしまったのか」一助はいくらか声を大きくした。

「僕は睡るどころではない。さっきも訊いたとおり、その人間は男ではないだろう」

「そんな興味はよした方がいいだろう。悪癖だよ。話の中途で質問されることは僕は迷惑だ」

「一助氏こそ隠蔽癖をもっているようだ。僕は睡ることにしよう」

「睡られては困るよ、じつはこうなんだ、その人間は男ではない患者で、蘚のようにひっそりしていて、僕の質問に決して返辞をしないんだ」

「その質問はどんな性質のものか、やはりききたいね」

「それあ、いろいろ、医者として、治療上の質問だとも。治療以外のことで僕はその患者に質問したためしがない。二助はどうも穿鑿性《せんさくせい》分裂におちいっているようだ。主治医と患者のあいだの問答は当事者二人のあいだの秘密であって、二助の穿鑿はじつに迷惑だ」

「そんなおもしろくない話に対しては、僕はほんとに寝てしまうぞ」

「じつはこうなんだ」一助は急に早口になった。「その患者は僕に対してただにだまっていて、隠蔽性分裂の傾向をそっくり備えているんだ。これは、よほど多分に太古の蘚苔類の性情を遺伝されているにちがいない。典型的な蘚の子孫にちがいない」

「平気だよ。種がえりしたんだ。僕は動物や人間の種がえりの方はよく知らないが、なんでも、いつか、何処《どこ》かで、尻尾をそなえた人間が生れたというじゃないか。医者がその尻尾をしらべてみたら、これはまったく狐の尻尾であって、これは人間が進化論のコオスを逆にいったんだという。じつにうなずけるじゃないか。人間が狐に種がえる以上は、人間の心理が蘚に種がえるのも平気だよ」

「僕は平気ではないね。なぜといって、よく考えても見ろ。主治医が病室にはいっても、笑いも怒りもしないんだよ。僕はまるで自信をなくしている」

「泣きもしないのか」

二助の質問はたいへん乗気であったのに対して、一助はひどくしょげた答えかたをした。

「泣いてくれるくらいなら、僕はいくらかの自信を持ち得たろうに」

「しかし、泣く女の子には、あらかじめ決して懸念しない方がいいね。ひとたび懸念してしまうと忘れるのになかなかの月日が要るものだし、そんな月日の流れはじつにのろいものだよ。僕は——」

二助の会話はしだいに独語に変り、ききとれない呟きはしばらくつづいた。

一助は二助の呟きに耳をかたむけている様子であったが、しばらくののち彼は急いで二助の呟きを遮った。

「そんな推測は僕には必要ではない。決して必要ではない。僕はただ、一人の主治医として患者に沈黙されていることが不便なだけだ。僕たちの臨床では、主として主治医と患者との問答によって病気をほぐして行くんだ。そこにもってきて患者に沈黙されることは、主治医としてよほどの痛手ではないか。察してもみろ、患者が識閾の下で何を渇望しているかを知る手段がないのだぞ。そこにもってきて、主治医以外のもう一人の医員がいうには、これはおお、何という典型的な隠蔽性分裂だ！　僕もこの患者を研究することにしよう！　といったんだ。しかしこれは口実にきまっている。そのしるしには、あいつはしばしば僕の患者にむかって、ひとつの質問をくり返しているんだ。もう長いことくり返しているんだ。この質問は治療上にはちっとも必要のない質問で、患者をくるしめるに役だつ質問なんだ。僕にしろ、こんなおせっかいをされたくない。患者がたった一度だけ口をひらき、そしてあいつにむかって拒絶してくれたら、僕はじつに安心するだろうに」

「女の子というものは、なかなか急に拒絶するものでないよ。拒絶するまでの月日をなるたけ長びかせるものだよ。あれはどういう心理なんだ、僕は諒解にくるしむ」

「僕の場合は病人だから、健康体の女の子とおんなじに考えられては困る。非難は医員のやつに向けろ。あいつは主治医のいないときに限り病室にはいって行くんだぞ。悪癖にもほどがある。僕はいずれあの医員の分裂心理もほぐしてやらなければならないだろう。

それで、主治医にしろ、自分の患者をだらしのない医員に任しておくわけにはいかないだろう。だからあいつが病室にはいって行くたびに、主治医も病室に行くんだ。するとあいつは手帖にむかい、鉛筆をなめるふりをしているんだ。その手帖は、じつに主治医の関心にあたいする手帖で、主治医はあいつの手帖をみてやりたいんだ。じつに見てやりたいんだ。しかしあいつは手帖を一度だってポケットのそとに置きわすれたためしがない。そのくせあいつは主治医が病室に持ってきた診察日記を主治医の手からとりあげ、よほど深刻な表情でしらべるんだ。これはあいつが主治医と患者とのあいだの心の進展をしらべるためなんだ。

僕の病院では、毎日こんな日課がくり返されている。僕は、毎日がまるでおもしろくない」

「そんなとき、人間はあてどもない旅行に行きたいものだよ」

「僕は、むしろ、あてどもない旅行に行きたい」

「僕は家族の一人にそんな旅行に行かれることを好まないね。のこった家族は、たれ一人として勉強もできないにきまっている」

「僕にしろ、二助の旅行中には本を一ぺエヂもよめなかった。診察日記もかけなかったほどだ。僕はそれをがまんしてきたんだぞ。こんどは二助ががまんしろ」

「ともかく、一度患者の女の子にものを言わせて見ろ。そのとき、女の子の返辞が受諾なら、あてどもない旅行に行かなくてもいいだろう」

「そんな幸福を、僕は、思って見たためしがない。僕は旅行に行ってしまおう」

「被害妄想はよせ。そんな被害性分裂におちいっていると、却って一助氏を病院に入れてしまうぞ。旅行に行くのは拒絶された上でたくさんだ。そのときは荒野山のお寺に行くといいね。僕はお寺の坊さんに紹介状をかくことにしよう。あのお寺は精進料理だけど、庫裡《くり》の炉のそばに天井から秤を一本つるしてあって、体重をはかるに不便しないからね。精進料理というものは、どうも日課として体重をはからせたくするようだ」

「それは料理のせいではなくて失恋のせいだよ。失恋者というものは、当分のあいだ黙りこんで肉体の痩せていく経路をながめているものだよ」

「はじめ、秤の一端に手でつかまってぶらさがったとき、いくらか塩鮭になったような気がするが、向うの一端では坊さんが分銅をやったり戻したりして、じつに長い時間をかかって、正確に体重をはかってくれるよ。丁度ぶらさがっているとき炉の焚火がいぶって、燻製の鮭の心境を味わうこともできるよ。それからその鮭をたべたくなるんだ。あれは僕の心理が、鮭の心理と、小野二助の心理と二つに分裂するにちがいない。

それから、麓の村から一人の老人がたずねてくるにきまっているからね、僕は一助氏に伝言をひとつ托することにしよう。荒野山の裾野の土壌は絶望です、と伝えてほしい」

「この際絶望という言葉はよくないだろう。僕ならもうすこしのぞみのありそうな言葉を選ぶつもりだ。縁喜のわるいにもほどがある」

「言葉だけかざってても仕方がないよ。あの裾野の土壌は、ただ地球の表面をふさいでるだけで、耕作地としては絶望だよ。僕の二十日大根がこんなに育ったのは、裾野の土のせいではなくて、僕の調合したこやしのせいだからね。僕はあの老人の参考のために、一助氏に処方箋を一枚托することにしよう、僕の調合したこやしの処方箋を。そしたらあの老人は僕の調合したこやしがどんなに高価なものかを知って、裾野の利用法をあきらめるにちがいない」

「僕は山寺にゆくことをよそう。老人は裾野の土地を愛しているんだ。何をもってしてもあきらめきれない心理で愛しているんだ。僕はそんな老人の住む土地に出かけていって、同族の哀感をそそられたくないよ」

「僕の調合した処方箋で、老人がなおあきらめをつけない様子だったら、一助氏は老人を診察する必要があるよ。したがって氏はぜひお寺に出かけなければならないわけだ。老人は、どうも偏執性分裂をもっているよ。ともかく僕は二十日大根の研究をうち切ることにしよう。大根畠をとりはらって、床の間には恋愛期に入った蘚の鉢をひとつずつ移していくんだ。僕はそうしよう。僕はうちの女の子に大根畠の掃除を命じることにしよう。僕の勉強部屋は、ああ、蘚の花粉でむせっぽいまでの恋愛部屋となるであろう。二十日大根のノオトは、どうも卒業論文にあたいしないようだ。卒業論文にしろ恋愛のある論文の方がおもしろいにきまっている。さて僕は睡ることにしよう」

「僕は、今朝から、まだ早朝のころから、じつに貴重な質問をききのこしている」一助はひどく急ぎこんでいった。「こうなんだ。あれほどにおもい隠蔽性患者は、十六人部屋に移して共同生活をさした方がいいんだが、患者自身が決して一人部屋から出ようとしないんだ。あれは、やはり、人間の祖先であった太古の蘚苔類からの遺伝であって、蘚苔的性情を遺伝された人間というものは、いつもひとところにじっと根をおろしていたい渇望をもっているんだ。じつに困る。一人部屋は主治医にとって都合がいいが、同時にもう一人の医員にとっても都合がいいんだよ」

「どうも、恋愛をしている人間というものは、話をその方にばかり戻したがって困る。むしろ女の子を退院させろ」

一助は返辞のかわりとして深いためいきをひとつ吐いた。それで二助は次のようにいった。

「僕はのろけ函をひとつ設備することにしよう。僕の友だちに一人の男がいて、彼はとても謹厳な男なんだぞ。その部屋にはのろけ函という函をひとつそなえてあるんだ。一度金を入れたら、決して金の還ってこない函なんだぞ。訪問者のはなしの性質によっては五十銭玉を二つでも入れなければならない意味の函なんだ。僕の友だちは絶えずこの函を鍵であけ、それから映画館に行くことにしている。そして彼は一年中映画女優に恋愛をしているんだ」

「彼の罰金は、何処ののろけ函に入れるのか」

「僕の友だちは、肉体をそなえた女に恋愛をするのは不潔だという思想なんだ。だから映画の上の女優に恋愛をしても罰金はいらないにきまっている」

「どうもその男はすばらしい分裂をもっているようだ。僕はぜひその男を診察することにしよう。今日のうちにその男を僕の病院につれてきてくれないか」

「僕は年中こやし代に窮乏している。僕はのろけ函の収益でこやしを買うことにしよう」

「僕の質問は学問に関する質問であって、まるでのろけ函にあたいしない質問なんだ。僕はいよいよきくことにしよう。こうなんだ、昨夜二助が徹夜をして一鉢分をしあげた蘚の恋愛は、どんな調子のものだろう。僕が非常に委しく知りたいのはこの問題なんだ。僕は蘚にそっくりの性情をもった患者の、不幸な主治医だろう。それで、僕は蘚の恋愛を僕の患者の治療の参考にしたいと思うのだが、やはりあれだろうか、二助の机のうえの蘚は、隠蔽性を帯びた黙った恋愛をしたり、二人のうちどっちを恋愛しているのか解らないような分裂性の恋愛をしたであろうか」

「僕の蘚は、まるで心理医者の参考になるような恋愛はしないよ。僕の蘚はじつに健康な、一途な恋愛をはじめたんだ。蘚というものはじつに殉情的なものであって、誰を恋愛しているのか解らないような色情狂ではないんだ。こじつけにもほどがある」

「ああ、僕は治療の方針がたたなくて困る。二助の蘚はA助とB助のうち、しまいにA助の方だけを恋愛していたことが解るような、そんな方法はないのか。あったら実験してみてくれないか。そしたら僕は二助の方法を僕の患者に応用することが出来るんだ」

「みろ、僕の部屋は蘚の花粉でむせっぽいほどだ。これは蘚が健康な恋愛をしているしるしで、分裂心理なんか持っていないしるしなんだ」

「二助は蘚の分裂心理を培養してみてくれないだろうか。熱いこやしとつめたいこやしをちゃんぽんにやったら、僕の治療の参考になる蘚ができないだろうか」

「なんということを考えつくんだ。僕がそんな異常心理をもった蘚を地上に発生させるとは、もってのほかだ。ひとたび発生さしてみろ、その子孫は、彼等の変態心理のため永久に苦しむんだぞ。僕は一助氏一人の恋愛のために植物の悲劇の創始者になることを好まない。まるでおそろしいことだ。僕は睡ることにする」

「こんな際にねむれるやつはねむれ。豚のごとくねむれ。ああ、僕は眼がさめてしまった」

一助の深い歎息とともに会話は終りをつげた。

一助と二助の会話はよほどながい時間にわたったので、このあいだに私は朝飯の支度を終り、金だらいの底をもみがくことができた。そして三五郎はもう以前に私の部屋で深い睡りに入っていたのである。

一助はもう朝の食事をしなければならない時刻であったが、彼は起きてくる様子はなくて、彼の部屋からは幾つかの重い息が洩れてきた。最後に彼は小さい声で独語をひとつ言い、それから家中がひっそりした。

「僕は治療の方法をみつけることができなかった。ああ、ひと朝かかってみつけることができなかった。僕は今日病院を休んでしまおう」

このとき、私の勉強部屋は三五郎の寝室として使われていたので、私は本を一冊茶の間にもちだし食卓の上で勉強していた。しかし私の頭工合は軽いのか重いのか私にもわからない気もちで、私は絶えず頭を振ってみなければならなかった。そして読書はなかなかはかどらなかったのである。私の頭髪は長い黒布で幾重にも巻きかくされ、黒布の両端はうしろで結びさげにしてあって、丁度私の寒い頸を保護するしかけになっていた。しかし、私の頭は何と借りものの気もちを感じさせるのであろう。――私はいくたびか頭をふりそして本はいつまでもおなじペエヂを食卓のうえにさらしていた。私はちっとも勉強をしないで、却って失恋についての考察に陥ったのである。

私の頭を黒いきれで巻いたのは佐田三五郎の考案であって、彼は角砂糖と海苔とでいくらか徹夜のつかれをとりもどし、それとともに私の頭の野菜風呂敷をにがにがしく思いはじめたのである。彼は私の頭をまるで不細工なことだといい、もっとも野蛮な土人の娘でもそんな布の巻きかたはしないものだといった。彼はそんな呟きのあいだに私の頭から二本の安全ピンをのぞき、風呂敷をとってしまった。

「泣きたくても我慢するんだ。女くらい頭髪に未練をかけるものはないね。じつに厄介なことだ。一助氏の鏡をかりてきて二つの鏡で頭じゅうをみせてやったら、泣くどころじゃないんだがなあ。みろ、一助氏はいま失恋しかかっているんだぞ。（このとき一助と二助とはまだ会話の最中であった）僕はこの際一助氏の部屋に鏡をとりに行くことを好まないよ。だから、目下のところは、鏡をみてしまったつもりで安心していればいいんだ。その心理になれなくはないだろう」

私はやはり頭を包むものをほしかった。外ではすでに朝がきていて、もしむきだしの頭で井戸に水をくみに行くならば、晩秋の朝日はたちまち私の頸をも照らすであろう。そして私はこんな頭を朝日にさらす決心はつかなかったのである。

私がふたたび野菜風呂敷をとり膝のうえで三角に折っているとき、三五郎はついに立ちあがって釘の下に行った。そして彼が釘のボヘミアンネクタイに向って呟くには、

「せっかくのおかっぱをきれで包んでしまうとは、これはよほどの隠蔽性にちがいない。じつに厄介だ。僕はまるで不賛成だが、しかし、女の子の渇望には勝てそうもない」

そして三五郎はネクタイのむすび目を解き、ボヘミアンネクタイを一本の長い黒布として、私の頭髪を巻いたのである。

「こんな問題というものは」三五郎は私の頸にきれの房を垂れながらいった。「外見は

むしろ可愛いくらいであるにも拘らず、外見を知らない本人だけが不幸がったり恥しがったりするんだ。女の子というものは感情を無駄づかいして困る。それから、はやく飯を作って一助を病院にやってしまわないと僕は睡れなくて困る。なにか失恋者どもをだまらせる工夫はないのか。せめて僕はこの部屋で睡ってみることにしよう」

このとき一助と二助とはまだ会話の最中であった。そして三五郎は床にはいるなり睡ってしまった。

佐田三五郎は睡り、小野二助は睡り、そして小野一助はだまってしまった後では、家の中がしずかになり、朝飯の支度を終った私が失恋について考えるのに適していた。この朝は、私の家族のあいだに、失恋に縁故のふかい朝であって、私の考えごとはなかなか尽きなかった。しかし、私はどうも頭の工合が身に添わなくて、失恋についてのはっきりした意見を持つわけにはいかなかったのである。私はついに自信のない思いかたで考えた――失恋とはにがいものであろうか。にがいはてには、人間にいろんな勉強をさせるものであろうか。すでに失恋してしまった二助は、このような熱心さでこやしの勉強をはじめているし、そして一助もいまに失恋したら心理学の論文を書きはじめるであろうか。失恋とは、おお、こんな偉力を人間にはたらきかけるものであろうか。それならば(私は急に声をひそめた考えかたで考えをつづけた)三五郎が音楽家になるためには失恋しなければならないし、私が第七官の詩をかくにも失恋しなければならないであろう。そして私には、失恋というものが一方ならず尊いものに思われたのである。

私がこんな考察に陥っていたとき、ふすま一枚をへだてた一助の部屋で、一助が急に身うごきをはじめた。彼は右と左と交互に寝がえりをくり返している様子で、そして彼は世にも小さい声で言ったのである。

「僕はこんな心理になろうと思って僕の病院を休んだのではない。人間の心理くらい人間の希望どおりにいかないものがあるか。あたまをひとつ殴りつけてやりたいほどだ。心臓を下にして寝ていると、脈搏がどきどきして困る。これは坊間でいうところの虫のしらせにちがいない。心臓を上にして寝てみると、からだの中心がふらふらして困る。これはやはり虫のしらせの一種にちがいない。僕はまるで乏しい気もちだ。何かたいせつなものが逃げてゆく気もちだ。ふたたび心臓を上にしても、みろ、やはり虫のしらせがおさまらないじゃないか。これは、よほど、病院の事態に関する虫のしらせにちがいない。僕は今にして体験した。人間にも第六官がそなわっているんだ。まちがいなくそなわっているんだ。人間の第六官は、始終ははたらかないにしろ、ひとつの特殊な場合にはたちまちにはたらきだすんだ。それは人間が恋愛をしている場合なんだ。僕はもういちど心臓を下にしてみることにしよう。みろ、依然として第六官の脈搏が打つじゃないか。僕はまるっきり乏しい気もちだ。ああ、僕の患者は、いまどうしているだろう。誰がいま、僕の患者の病室にはいっているであろう。僕はこうしてはいられない。(一助は急にとびあがった)僕は病院にいってみなければならない」

一助が茶の間にでてくる前に私は台所に避難していた。黒布で巻かれた私の頭を一助の眼にさらしたくなかったのである。私はさらに女中部屋に避難しなければならなかった。一助は台所にきて非常に急いだ洗顔をし(彼は洗面器を井戸ばたに持ってゆく時間を惜しみ、丁度私がみがいておいた小さい金だらいで洗顔した)じき茶の間に引返した。私は熟睡をつづけている三五郎の顔のそばから台所に引返した。

私は一助からいちばん遠い台所の一隅に坐り、いま女中部屋からとってきた私の蔵書の一冊を読むことにした。けれど此処でも私の読書は身に添わなかった。障子一枚の向うで、一助が曽っていったことのない食事の不平を洩らしたからである。

「どうもこの食事はうまくない。じつにわかめと味噌汁の区分のはっきりしない味噌汁だ。心臓のどきどきしてるときにこんな味噌汁を噉むのは困る」

私はこんな際に一枚の海苔もなくなっていることを悲しみ、戸棚をあけてみた。丁度戸棚のいちばん底に、浜納豆の折がひとつのこっていた。これは私がとっくに忘れていた品で、振ってみると乏しい音がした。私は腕のとおるだけの幅に障子をあけ私の腕を五寸だけ茶の間の領分にいれ、漸く浜納豆の折を茶の間におくことができた。

浜納豆は急に一助の食慾をそそり、一助はこの品によって非常に性急な食事を終り、そして食後の吐息とともに意見をひとつのべた。

「浜納豆は心臓のもつれにいい。じつにいい。もつれた心臓の消化を助ける。僕は僕の病院の炊事係にこの品の存在を知らして、心臓のもつれた患者の常食にさせよう。これはじつにいい思いつきであって、心臓のほぐれたときにのみ浮ぶ心理なんだ。心臓のほぐれは浜納豆を満喫した結果であって、僕はこの品の存在をぜひ僕の病院の炊事係に知らせ――しかし、僕は、食後、急にのんびりしたようだ。病院の事態を思えばのんびりしすぎては困る。僕はこうしてはいられない」

そして一助はあたふたと勤めに出かけた。

のこった二人の家族は熟睡をつづけ、私は茶の間にかえり、私の家庭はじつに静寂であった。この静寂は私の読書をさまたげ、却って睡りをさそった。

三五郎の部屋では、寒い空気のなかに、丁度三五郎の寝床がのべてあった。私は早速睡りに入ろうとしたが、二助の部屋からつづいている臭気のなごりと寒さとのために、私はただ天井をながめているだけであった。丁度私の顔の上に天井板のすきまがひとつあって、その上に小さい薄明がさしていた。三五郎の部屋の屋根の破損は丁度垣根の蜜柑ほどのさしわたしで、私は、それだけの大きさにかぎられた秋の大空を、しばらくながめていた。この閑寂な風景は、私の心理をしぜんと次のような考えに導いた――三五郎は、夜睡る前に、この破損のあいだから星をながめるであろうか。しばらく、星をながめているであろうか。そして午近くなって三五郎が朝の眼をさましたとき、彼の心理にもこの大空は、いま私自身の心が感じているのとおなじに、深い井戸の底をのぞいている感じをおこさせるであろうか。第七官というのは、いま私の感じているこの心理ではないであろうか。私は仰向いて空をながめているのに、私の心理は俯向《うつむ》いて井戸をのぞいている感じなのだ。

そのうち私は睡りに陥った。

この日の午後に、三五郎と私とは、二助の大根畠の始末にとりかかった。この仕事を私たちに命じたのは小野二助で、そのために三五郎は音楽予備校を休んだのである。三五郎の部屋で私は意外に寝すごしてしまったので、二助は私をおこすのによほど骨折った様子であった。私が夢のさかいからとびおきて蒲団の上に坐ったとき、私の眼のまえに二助が立っていて、二助は肥料学の講義に遅刻することをたいへん恐怖しながら（そのしるしは彼の早口にありありとあらわれていた）命じた。

「今日のうちに二十日大根の始末をしといてくれ。たいせつなことは……寝ぼけていては困る。しっかりと眼をあくんだ。僕はまるで風と話しているようだ。たよりないにもほどがある。（しかし私はあながち寝ぼけていたのではなく、一方では頭の黒布を二助に対して気兼ねに感じていたのである。ボヘミアンネクタイは私が睡っていたあいだにかなりゆるんでしまい、布の下からは頭髪が遠慮なくはみだしているようであった）たいせつなことは、今日こそ、菜っぱを、一本もむだにしないで、おしたしに作ることだ。解ったのか。（私はうなずいた）僕はぜひ僕の処方箋のもとに栽培した菜っぱの味を味《あじわ》ってみる必要があるんだ。これは僕の肥料処方箋が人間の味覚にどうひびくかの実験だから、菜っぱを捨てられてはじつに困る。ごまその他の調味料は最少限の量を用い、菜っぱ本来の味を生かすおしたしを作ってみろ。ああ、僕はいま、たいせつな講義に遅刻しかかっている。それから、大根畠をよした床の間は、発情期に入った——（ここで二助は急に言葉をきり、ひどくあわてている気配であった）いや、そうじゃないんだ。どうも、徹夜の翌日というものは、ありのままの用語をつかいすぎて困るようだ。じつに困る。ともかく、僕の部屋の床の間は、蘚のサロンになるということなんだ。三五郎に命じてくれ、例の鉢を、そういえば三五郎は知っているからね、そのひと鉢を非常に鄭重に床の間に移す——しかし、僕は、ついに遅刻しかかっている。僕はとてもこうしていられない」

そして二助はあたふたと学校にでかけた。

私はよほどたくさんの仕事をひかえている気もちで責任がおもかったので、三五郎のところに来てみた。私が女中部屋の入口に坐ったときは、女中部屋の入口に位置している三五郎の顔が眼をさましたときであった。私は三五郎に相談した。

「大根畠をとってしまわなければならないの。けれど——」

私がわずかこれだけ話しかかったとき三五郎はいった。

「何ということだこれは。あの百姓部屋から大根畠をとってしまうとどうなるんだ。大根畠のない室内に、こやしだけ山積してみろ、こやしの不潔さが目だつだけじゃないか。きたないにもほどがある」

「床の間を、蘚のサロンにしておけって二助氏がいったの——」

「すてきなことだ。これはすてきなことだ。二助氏の考えはじつにいい。もともと二助の部屋は百姓部屋すぎるよ。大根畠と人工光線の調和を考えてみろ。不調和にもほどがある。豆電気というものは恋愛のサロンにのみ適したものなんだ」

「でも、分教場をあんまりたびたび休んでもいいの」

「休むとも。僕は絶えずその方が希望なんだ」

三五郎はとび起きて身支度をした。彼は台所に行き、私が炊事用の手ふきとして使っている灰色の手ぬぐいを頭に結んだのである。三五郎の態度は私を刺戟した。私もゆるんでいる頭ぎれを締めなければならないであろう。

私がボヘミアンネクタイの結びめを解こうとあせっているとき、三五郎は一挙に私の頭ぎれをもぎとり、皺になったボヘミアンネクタイをながながと女中部屋の掛蒲団のうえに伸べた。

「そっちの端をしっかりつかまえているんだ。頭ばかし振るんじゃない。まるで厄介なことだ」

三五郎は私の机の下から結髪用の櫛をとりだして私に与えた。そして私は漸く額の毛束をとめることが出来た。

掛蒲団の上では、三五郎と私とが、両端をおさえているボヘミアンネクタイをぱたぱたと叩いた。これは私の頭ぎれの皺をできるだけのばすためで、私たちはたいへん熱心に叩いた。

三五郎と私との朝飯はもう午をすぎていて、二人とも頭ぎれを巻いた食事であった。けれど三五郎は何を考えはじめたのであろう、彼はさっきとび起きたときの勢いに似合わず黙りこんでしまい、そして考え考えたべている様子であった。私はこのような沈黙時間を好まなかったので、今私の心でいちばん重荷になっている二十日大根の始末について三五郎に相談した。よほどたくさんあるはずのつまみ菜を、私は最初どんな器で洗ったらいいのであろう。これは炊事係にとってじつに迷いの多い仕事であった。

「水汲みバケツのなかでこやしのついた品を――」

「食事中によけいな話題をだすんじゃない。こんな時にはこやしに脚をつけている大根のことなんか考えないで、しずかに蘚のことを考えるんだ。蘚の花粉というものは……」

三五郎は急に番茶を一杯のみ、急にはものを言わなかった。私はこのような話題をつづけられることを好まなかったので、丁度三五郎が沈黙に陥っているあいだに三五郎のそばを去り、二助の部屋の雨戸をあけに行った。若い女の子にとっては、蘚の花粉などの問題は二人同志の話題としないで、一人一人で二助のノオトを読めばよかったのである。

私が縁の雨戸をあけ終って二助の部屋にはいったとき三五郎はやはり私にとっては好ましくない状態にいた。彼は二助の椅子に腰をかけ、机に二本の頬杖をつき、そして蘚の鉢をながめていたのである。二本の肱のあいだにはペエヂを披《ひら》いた論文があった。

こんな状態に対して私はさっさと仕事をはこぶ必要があったので、私は障子ぎわに立っていて室内を見わたした。けれど、二助の勉強部屋は何と手のつけられないありさまであろう。室内はまったく徹夜ののちの混乱に陥り、私は、何から手をつけたらいいか解らないのである。私はついに飯櫃のそばにぼんやりと立ちつくし、そして混乱した室内風景のなかに、私の哀愁をそそる一つの小さい風景を発見した。三五郎のかけている椅子の脚からこやし用の土鍋のある地点にかけて、私の頭髪の切屑が、いまは茶色っぽい粉となって散り、粉のうすれたところに液体のはいった罎があり、粉のほとんどなくなった地点に炊事用の鍋があった。そして私はいまさらに祖母のことや美髪料のことを思い、ボヘミアンネクタイに包まれた私の頭をふったのである。

三五郎はやはりおなじ状態をつづけていて蘚をながめ、それからノオトをながめ、また蘚をながめて取りとめのない時をすごしていたが、不意に私に気づいた様子で言った。

「何だってはなを啜《すす》るんだ」

そして三五郎はすこしのあいだ私の顔をながめたのち、初めて私のみている地点に気づいたのである。三五郎は頭をひとつふり、やはりたたみの上をみていて呟いた。

「どうも僕はすこし変だ。徹夜の翌日というものは朝から正午ごろまで睡っても、まだ心がはっきりしないものだろうか。僕は大根畠の排除にちっとも気のりしないで、却ってぼんやりと蘚のことを考えていたくなったんだ。女の子と食事をしているときふっとそんな心理になってしまったんだ。しかし、たたみのうえにこぼれている頭髪の粉って変なものだな。ただ茶色っぽい粉としてながめようとしても決してそうはいかないじゃないか。女の子の頭髪というものは、すでに女の子の頭から離れて細かい粉となっても、やはり生きているんだ。僕にはこの粉が生きものにみえて仕方がないんだ。みろ、おなじ粉でも二助の粉肥料はただあたりまえの粉で、死んだ粉じゃないか。麦こがしやざらめ砂糖と変らないじゃないか。しかし頭髪の粉だけは、そうはいかないんだ」

三五郎は何かの考えをふるい落す様子で頭を烈しく振り、そしてふたたびノオトに向った。

三五郎の様子では大根畠の始末はいつ初まるのか見当もつかなかったので、私は飯櫃の蓋をあけてみた。飯櫃のなかには一粒の御飯もなくて二本の匙がよこたわり、二本の匙は昨夜二助と三五郎とがどんな食べかたをしたかを示すに十分であった。それから私は炊事用の鍋の蓋をあけてみた。そして私は此処でも徹夜者たちの空腹を十分に偲ぶことができた。鍋のなかには、くわいの煮ころがしのお汁までも完全になくなっていたのである。私は飯櫃のなかに鍋をいれ、そして台所にはこんだ。

私が雑巾バケツをさげて帰ってきても、三五郎はやはり机についていて、熱心な態度で蘚の論文をよんでいた。そして私は一人で大根畠の始末にとりかかった。私は右手で試験管一個分の二十日大根をつまみあげ、左手にさげたバケツの水のなかに浮かせ、次の試験管にかかり、そしてしばらくこの仕事をつづけた。

三五郎と私は丁度たたみを一畳半ほどへだてて背中をむけ合った位置にいてそれぞれの仕事をつづけていたが、雑巾バケツの水面が二十日大根で覆われたころ、三五郎はたたみの上にノオトを放りだし、そして向うをむいたままで言った。

「今日のうちに引越しをしてしまおうじゃないか。丁度大根畠は今日でなくなるし、引越しをするにはいい機会だよ」

私は雑巾バケツをさげたまま三五郎の背中をみた。彼は頭を両手で抱え、それを椅子の背に投げかけた怠惰な姿勢をとっていた。

三五郎は私の返辞をまたないで次のような独語をつづけ、そして私は彼の独語のあいだ彼の背中をながめることを止したり、またながめたりしていた。

「僕は、なんだか、あれなんだ、たとえば、荷物をうんと積んだ引越し車を挽いてやりたい心理状態なんだ。何しろ今日は昨夜の翌日で、昨夜は二助の蘚が恋をはじめたり、花粉をつけたり、ひいては僕が花粉をどっさり吸いながら女の子の頭を刈ってやったり、それから……ああ、女の子は昨夜がどんな日であったかを覚えていないのか。女の子というものはそんな翌日にただ回避性分裂に陥っているものなのか。僕は二助のノオトを持っているのに、女の子の方では二人で蘚の論文を読もうとはしないで却って雑巾バケツを持ちだして来るじゃないか。だから僕は大根畠の試験管を叩きこわしてやりたい心理になるんだ。僕はぼろピアノを叩き割っても足りないくらいだ。僕は結局あれなんだ、何かを摑みつぶしてやりたいんだ。だから僕は、摑みつぶす代りとして引越し車の重たいやつを挽くんだ」

三五郎は急に椅子から立ちあがり、さっき放りだしたノオトを拾った。そして彼は披《ひら》いたノオトを楽譜のつもりで両手にもち、曽つて出したことのない音量でコミックオペラをうたったのである。けれど三五郎の音楽はただ破れるほどの大声で何かの心理を発散させるための動作で、ただ引越し車を挽く代りの動作であった。そして三五郎はつねに大根畠の方に背を向けていた。

三五郎がうたいたいだけをうたい終るにはよほどの時間を費したが、そのあいだ私はただ三五郎の背中をみていた。そして私は三五郎がコミックオペラを止め、二、三度頭をふり、そして頭の手拭いを結びなおしたとき部屋を出た。私は雑巾バケツの野菜を一度井戸ばたにあけて来なければならないのである。

私がふたたびバケツとともに部屋にかえったとき、三五郎は大根畠の前に来てバケツを待っているところであった。彼は大根畠の取片づけに気の向いたしるしとして私を天井にさし上げ、私をたたみの上に置くと同時に熱心に働きはじめた。三五郎がせっせと野菜の収穫をしながらうたいはじめた音楽は、平生どおりの音量の音程練習であった。そして彼は音程が気にくわないと収穫を中止し、作物のとり払われた試験管の列をピアノの鍵《けん》として弾きながら練習した。

私が二人の隣人に初対面をしたのは、丁度二十日大根でいっぱいになった雑巾バケツをさげて玄関を通り掛ったときであった。けれど私の家庭では音楽のため隣人に迷惑をかけなかったであろうか。二人の女客は、もうせんから来訪していたさまで玄関に立ちつくしていたのである。私の眼には最初二人の訪客が一つの黒っぽいかたまりとしてみえた。これは彼女たちの服装の黒っぽいためで、一人は全身に真黒な洋服をつけ、すこしうしろの方に立っている一人は黒い袴をつけていた。そして彼等が二人の来訪者であると知ったとき私は玄関のたたみのうえに坐り、お辞儀をした。しかし、私たちの家庭の空気や私の身なりなどは、来訪者にあまり愉快な印象を与えていないようであった。私の頭にはネクタイの黒布が巻きつき、私の膝のそばには大根畠の匂いをもったバケツがならび、そして奥の方ではまだ三五郎の音楽がつづいていたのである。このような状態のなかで訪客の一人は(これは洋服をつけた方の客で、先生のようにみえた)私に向って隣家に越してきたことを言いかかり、すぐやめてしまった。そして私は漸く三五郎を呼んでくることを思いついた。

しかし三五郎が玄関に出てきても、私たちは隣人に快い感じを与えることは出来なかった。三五郎と私とはやはり二人とも頭ぎれを巻いていて、二人は玄関のたたみのうえに並んで坐ったのである。先生の隣人は何の感興もない様子で隣人としてのもっとも短い挨拶を一つのべ、三五郎と私とは言葉はなくてただお辞儀をした。このとき、もう長いあいだうしろの方に立っていた訪客は(これは黒い袴をつけた方の客で、生徒のようにみえた)ふところから紙片を一枚とりだし、なるたけ玄関の隅の方においた。それは丁度障子のかげから半分だけみえている雑巾バケツのそばであった。そして三五郎と私とは、隣人たちの帰っていった玄関で、しばらくは引越し蕎麦《そば》の切手をながめていたのである。

私の家庭がたえず音楽で騒々しいのに引きかえて、隣人の家庭はつねに静かであった。そして初対面のとき黒い袴をつけていた生徒の隣人と私との交遊は、前後を通じて非常に静粛で寡黙なものであった。これは隣人と私とが互いの意志をつたえるのにほとんど会話を用いないで他の方法をとったためであった。

この隣人は彼女もまたとなりの家庭の炊事係で、女中部屋の住者であった。彼女は初対面のとき黒い洋服をきていた先生の隣人と二人分の炊事係で、黒い袴は彼女が夕方から夜にかけて講義をききに行くときの服装であった。私の隣人は昼間を炊事係として送り、夜は夜学国文科の聴講生として送っていたのである。それから、初対面のとき先生のようにみえた隣人は、事実宗教女学校という学校の英語の先生で、彼女はすべての物ごとに折目ただしい思想をもっている様子であった。先生の思想は、たとえば、二人の若い炊事係が井戸ばたなどで話をとりかわすのは決して折目ただしい行動ではないというような思想ではないであろうか。

さて二人の炊事係の交遊ははじめ井戸ばたではじまった。丁度二助の大根畠を取りはらった翌日のことで、私は雑巾バケツでつまみ菜を洗い、隣人は隣家の雑巾バケツで黒い靴下を二足あらっていた。そして私たちはすこしも会話のない沈黙の時間を送り、そのあいだに行動でもって隣人同志の交情を示したのである。——隣人の洗い終った靴下が石鹸の泡をおびた四つの黒いかたまりとして私の野菜のそばに並んだとき、私は二十日大根の一群を片よせ、隣人はその跡に彼女の雑巾バケツを受け、そして私はポンプを押した。これは丁度私がポンプの把手の近くにいたためであった。けれど私の押しているポンプは非常に乱調子で、そのために隣人の雑巾バケツには水が出たり出なかったりした。私はもはや頭ぎれを巻いていなかったので、私の頭髪はポンプの上下と共にたえず額に垂れかかり、そして私はたえず頭をふりながらポンプを押したのである。この状態をみた隣人は彼女の頭から小さいゴムの櫛を一枚とり、井戸の周囲を半廻りして私の頭髪をとめてくれた。

私はこの日の朝からもう頭ぎれを巻いていなかった。朝眼をさましたとき、私の頭ぎれはすでに私の頭をはなれて女中部屋のたたみのうえに在った。そして私は、もはや頭髪をつつむことを断念したのである。三五郎の買ったボヘミアンネクタイは、いまは、ひとつの黒いかたまりとなって美髪料とともに私のバスケットの中に在った。

隣人が四本の靴下を蜜柑の垣に干す運びになったとき、私は三本の靴下をさげて垣根までついて行った。隣人は彼女の手にあった一本を干し、二本目を私の手からとり、そして私の手に最後の一本がのこったとき私は蜜柑のうえにそれを干した。そして私たちは無言のまましばらく靴下の雫《しずく》をながめていたのである。

最後に隣人は私の野菜の始末を手つだってくれたので、私は意外に早く二十日大根の臭気をのぞくことができた。隣人と私とは私の雑巾バケツで洗った分を隣人の雑巾バケツに移し、それから笊《ざる》にあげる手順をとった。そして最後に隣人と私とはかわるがわるポンプを押し、ずいぶん長いあいだ二十日大根に水を注いだのである。

野菜がすっかり清潔になったとき、私ははじめて隣人に口を利いて遠慮がちにつまみ菜をすすめてみた。隣人はやはり遠慮がちに私の申出でを断り（それは彼女の家族がたぶん食べないであろうという理由からであった）そして蜜柑の木に仮干しをしてあった四本の靴下をさげて彼女の家庭に帰った。

夕方に、私は台所の上り口に腰をかけ、つまみ菜の笊をながめて考え込んでいた。二助の栽培した二十日大根をいよいよ調理することに対して、私にはなお多くのためらいがのこっていたのである。けれどこの問題は丁度前後して帰ってきた三五郎と二助とによっていろんな方面から考察されることになった。ひと足さきに帰ってきたのは三五郎の方で、彼は非常にうれしそうな様子で台所を横ぎり女中部屋の障子をあけてみた上ではじめて台所口の私に気づいた。三五郎は右手に一本のヘヤアイロンをもっていて、ときどき私の頭髪を挟みあげ、またヘヤアイロンを音楽の指揮棒のように振ったりしながら言ったのである。

「今日分教場の先生にほめられたから頭の鏝《こて》を買ったんだ。非常にほめられると、やはり何か買いたくなるものだね。僕は先生から三度うたわされて三度ほめられたんだ。（三五郎は音楽をうたい、指揮棒を波のように震わせた。このとき二助は丁度台所にきて三五郎のうしろに立っていた）今晩は町子の頭をきれいにしてやるから七輪の火を消さないでおくんだ。忘れてはいけないよ」

「いろんな方向に向っている髪をおなじ方向に向けてしまうといいね。しかし僕は腹がすいた。早く僕の作物でおしたしを作らないと困る」

「僕はこんな作物のおしたしはどうもたべたくないね。（三五郎は笊をとりあげて鼻にあててみた）みろ、やっぱり大根畠そっくりの匂いがしている」

二助も笊の匂いをしらべてみて、

「これは二十日大根そのものの匂いだよ。こやしの匂いはちっとも残っていないじゃないか。試験管のことを忘れて公平に鼻を使わないと困る」

三五郎はふたたび笊をしらべたのち私にきいた。

「ほんとにすっかり洗ったのか」

それで私は昼間隣人と二人で二十日大根を洗った順序を委しく物語ったのである。すると三五郎は急に笊をおいて言った。

「隣人の靴下を二足あらった雑巾バケツで菜っぱを洗ったのか」

「ええ。それから長いことかかって笊のうえから水をかけたの」

「何にしてもきたないことだよ。この二十日大根は隣家の雑巾バケツを通して隣家の先生の靴下に触れたんだ。それに僕はどうも隣家の先生を好まないよ。第一初対面の時に僕は汚ない手拭いで頭をしばっているところを見られているし、それに、何となく、あれなんだ、欠点を挙げられそうな気がして、僕は、隣家の先生がけむったいんだ。威厳のありすぎる隣人だよ。だから僕は今日分教場の帰りに、宗教女学校の帰りの先生と同じ電車にのり合わしたけど、電車を降りてうちに帰るまで決して隣家の先生の前を歩かなかったんだ。だから僕は先生の真黒な靴下をよくみたが、あんな棒のような、ちっとも膨らみのない脚は、ただけむったいだけだよ。あんな靴下を洗濯したバケツで洗った菜っぱの味は、けむったいにきまっている」

「平気だよ。もともとこの二十日大根は僕が耕作した品なんだ。隣家の雑巾バケツの中を二、三分間くぐってきたことはまるで問題じゃないよ。僕は隣家の先生にはまだ面識をもたないが、三五郎の考えかたにはこのごろどうも偏見があるようだ。こやしを極端にきたながったり、隣家の靴下をけむたがったり、何か一助氏に診察させなければならない心理が生れかかっているのか。公平に考えてみろ、こやしも靴下もことごとく神聖なものなんだ」

「一助氏こそ公平に考えてみろ。(三五郎はヘヤアイロンのさきに一群の二十日大根を挟んで二助の鼻にあてた)それから僕はべつに一助氏に診察させるような心理には陥っていないよ。ただ、おなじ隣人を持つくらいならもうすこし威厳のすくない隣人を持って――」

二助はヘヤアイロンの野菜を大切そうにつまんで笊に還し、そして私にきいた。

「ともかく精密に洗ったんだね」

私はもう一度隣人と代る代るポンプを押した話をくり返した。

「すると、隣家の先生がポンプを押してくれたのか」

「そうじゃないよ。（三五郎は私に代って答えた）解らないにもほどがあるね。隣家の先生はほんのさっき僕と前後して隣家に帰ったと聞かしてあるじゃないか。もう一人生徒の隣人がいるんだよ。黒い袴をはいた生徒なんだ。あれはたぶん夜学国文科の生徒にちがいないね。頭髪が黒くて国文科らしい顔をしているよ。僕はさっき分教場から帰るとき、この隣人にも逢ったんだ」

「黒い袴をはいた女の子なら僕もすれちがったよ。僕は丁度三五郎のじき後から帰って来たからね。あれが隣家の女の子なのか。しかし（二助はしばらく考えこんでいた）僕はもうおしたしを止そう。隣家の女の子は、やはり、あれだよ、つまり、涕泣癖《ていきゅうへき》をもっていそうなタイプだよ。太ったタイプの女の子には、どうも、泪がありすぎて――（二助は深い追想に耽る様子であった）ともかく僕はあのタイプの女の子が洗ってくれた野菜を好まないよ」

そして二助の耕作した二十日大根は、私の台所で二、三日たつうちに色が蒼ざめ、黄いろに褪せ、ついに白く萎《しお》れてしまったのである。

祖母の送ってくれた栗の小包には三通りの栗がはいっていて(うで栗、生栗、かち栗)幾つかの美髪料の包みも入れてあった。けれど私の頭はもはや三五郎の当ててくれたヘヤアイロンの型に慣れ、そして私自身もすでにアイロンの使いこなしに慣れかかっていたのである。私は哀愁とともに美髪料の包みをバスケットのなかに入れ、そして机の上の三つの皿にうで栗を盛った。二助の部屋からはいつもの匂いがながれ、三五郎はさっきピアノとともに二度ばかり音程練習をしてそれきりだまってしまった。一助の部屋はただひっそりしていて何のおとずれもなかった。そして私は次々に三つの部屋を訪れ、三人の家族の消息を知ることができたのである。

私がうで栗の皿を一助の部屋にはこんだとき、小野一助は何もしていなかった。彼はただ机の下に脚をのばしてたたみの上に仰臥《ぎょうが》し、そして天井をみているところであった。彼の頭の下には幾冊かの書籍が頭の台として重ねられ、それらの書籍は一助の頭の下ではみだしたのや引っこんだのやまちまちであった。一助はこの不揃いな枕の上に両手で抱えた頭をのせ、何ごとかを考えていたのである。私が彼の肱のそばに栗の皿をおいても、一助はやはり天井をみていた。

私は栗のそばに膝をつき、しばらく一助の胸のあたりをみていた。彼の呼吸は幾つかを浅くつづき、その後にはきっと深く吸って深く吐きだす一つの特別な息があった。そして私は、人間がどのような場合にこんな息づかいをするかを偲ぶことができた。

部屋のなかは空気ぜんたいが茶褐色で、一助の胸も顔も、勤めから帰って以来一助がまだ着替えないでいるズボンとワイシャツも、壁のどてらも、そして栗の皿も、みんな侘しい茶褐色であった。これは一助が明るい灯を厭い、机の上の電気に茶褐色の風呂敷を一枚かけているためであった。

私は小野一助が部屋を茶褐色にし、着替えもしないで天井をみている心理を知っていた。一助はこのごろいつもワイシャツとズボンの服装でまずそうに夕飯をたべ、そして洋服のバンドのたけが一寸も不用になったほど痩せてきたのである。私は栗の皿を一助の胸の近くにすすめておいて女中部屋に帰った。

二つ目の皿を二助の部屋にはこんだとき、二助の室内は白っぽいほどに明るくて、二助は相変らず乱雑をきわめたこやしの中で熱心に勉強していた。この部屋は大根畠をとりはらった当日だけいくらか清潔で、今ではふたたび煩瑣な百姓部屋であった。ただ床の間の大根畠が一鉢の黄色っぽい蘚の湿地にかわり、机のうえに四つならんでいた湿地が一つ減っただけであった。

私が足の踏み場に注意をはらいながら二助の机に近づき、皿のおき場処を考えていたとき、小野二助はピンセットを持ったまま栗に気づいた様子であった。彼のピンセットの下には湿地から抜きとられた一本の蘚がよこたわっていた。二助はピンセットをはなさない手で栗を一粒つまんで口にはこびかかったが、ふたたび皿に還し、床の間に出かけ、床の間の蘚をピンセットにつまんで帰ってきた。そして二助はノオトの上の二本の蘚をしばらく研究したのち、栗を一粒つまんでたべたのである。二助の研究は二本の蘚をならべて頭のところを瞶《みつ》めたり、脚の太さを比較したり、息を吹きかけてみたりなかなか緻密な方法で行われた。そしてついに二助は左手の人さし指と拇指《おやゆび》に二本の蘚の花粉をとり、一本ずつ交互に鼻にあてて息をふかく吸いこんだ。これは花粉の匂いを比較するための動作で、二助はしずかに眼をつぶり、心をこめて深い息を吸いこんだのである。けれどこのとき室内に満ちているこやしの匂いは二助を妨げたようであった。彼は右手のピンセットをおき、上っぱりのポケットから香水をだして鼻にあてた。このあいだ左手は大切そうにノオトのうえに取りのけられていて、二助は決して右手に近づけなかった。二助は左の指に香水のつくことをひどく恐怖していたのである。

香水によってこやしの臭気を払ったのち二助はあらためて左指をかたみがわりに鼻にあてて長いあいだしらべ、漸く眼をひらき、そして栗をつまんだ順序であった。このとき私はまだ皿をおかないでいた。けれど二助はなお蘚から眼をはなさないでうで栗を噛み割ったので、うで栗の中味がすこしばかり二助の歯からこぼれ、そしてノオトの上に散ったのである。私は思わず頸をのばしてノオトの上をみつめた。そして私は知った。蘚の花粉とうで栗の粉とは、これはまったく同じ色をしている！　そして形さえもおんなじだ！　そして私は、一つの漠然とした、偉《おお》きい知識を得たような気もちであった。――私のさがしている私の詩の境地は、このような、こまかい粉の世界ではなかったのか。蘚の花と栗の中味とはおなじような黄色っぽい粉として、いま、ノオトの上にちらばっている。そのそばにはピンセットの尖《さき》があり、細い蘚の脚があり、そして電気のあかりを受けた香水の罎のかげは、一本の黄色い光芒となって綿棒の柄の方に伸びている。

けれど、私がノオトの上にみたこの一枚の静物画は、じき二助のために崩された。二助があわてて二本の蘚をつまみあげ、そしてノオトから栗の粉をはたいてしまったからである。二助がふたたびノオトの上に蘚をならべたとき、私は頭をひとつ振り、ノオトの片隅に栗の皿をおいて女中部屋に帰った。

女中部屋で私は詩のノオトをだしてみた。私はいま二助のノオトの上にみた静物画のような詩を書きたいと思ったのである。しかし私が書きかかったのはごく哀感に富んだ恋の詩であった――祖母がびなんかずらを送ってくれたのに、私にはもうかずらをつける髪もない。ヘヤアイロンをあてていてもらいながら頸にうける接吻は、ああ、秋風のように哀しい。そして私は未完の詩を破ってしまった。

私が三つめの皿を運んだとき、佐田三五郎は廻転椅子に腰をかけ、ピアノに背中をむけた姿勢で雑巾バケツをながめていた。この雑巾バケツは、夕方雨の降りはじめたころ私がたたみの上に置いた品であった。私はうで栗の皿をピアノの鍵の上におき、三五郎のそばに立ってしばらくバケツの中をみていた。バケツの底にはすでに一寸ほどの雨水がたまっていて、そのなかに屋根の破損から雨が落ち、また落ちてきた。そして水面にはたえず条理のない波紋が立っていた。

「栗をたべないの」

私は三五郎の膝に栗の皿を移してみた。三五郎はピアノに皿を還し、

「雑巾バケツがあると僕はちっとも勉強ができなくて困る。僕が音程練習をやりかかると、きまってバケツに雨が落ちてきて、僕の音程はだんだん半音ずつ沈んで行くんだ。雑巾バケツの音程はピアノ以上に狂っているよ」

私が女中部屋に帰って生栗の皮をむきはじめたころ、三五郎は急に勉強にとり掛った。彼は雑巾バケツのためにいつまでも不勉強に陥っている彼自身を思い返したのであろう。けれど三五郎は栗をたべては音程練習をうたい、また栗をたべている様子で、このとぎれがちな音楽は非常に佗しい音いろを帯びていた。私は佗しい音楽を忘れるために何か

にぎやかなものを身につけてみたくなったので、祖母の作ったかち栗の環をひとつ頸にかけてみた。祖母の送ってくれたかち栗は、まんなかを一粒一粒針でとおして糸につなぎ、丁度不出来な頸かざりの形をしていたのである。

隣人と私とのあいだに一つの特殊な会話法がひらかれたのは丁度この時であった。隣人もまた隣家の女中部屋の住者で、隣人の窓は私の窓と向いあい、丁度物干用の三叉のとどく距離であった。あいだには蜜柑の垣根が一重あるだけで、隣人が彼女の窓から手をのばすとき彼女の手は垣の向側にとどき、私の手も部屋にいて垣の此方《こちら》側の蜜柑をとることのできる距離であった。そして隣人は、私の膝に栗の皮のたくさん溜ったころ三叉の穂で私の雨戸をノックしたのである。

三叉の穂には筒の形をした新聞紙の巻物が一個下げてあって、新聞紙の表面は雨にぬれ、中には一枚の楽譜がはいっていた。そして手紙にはそこはかとない隣人の心境がただよっていた。

「楽譜を一枚おとどけいたします。私は三日前にこの品を買ってきましたけれど、今日までその始末について何だか解らない考えをつづけていました。今晩学校から帰ってお宅の音楽をきいていましたら、やはりこの品は買ったときの望みどおりの所におとどけしたくなりました。だしぬけをお許し下さい。私の家族はすべてだしぬけなふるまいや、かけ離れたものごとを厭う傾向を持っていますけれど、私はこのごろ何となくその傾向に叛《そむ》きたい心地で居ります。

この品を買った夜は何となく乗物にのりたくない気もちがしましたので、学校から家まで歩いて帰りました。そして私は三十分遅れて帰りました。家族は私の顔いろがすぐれないといって乗物の様子などをききましたので、私は停電だと答えてしまったのです。ああ人間は心に何か哀しいことがあるときこんな嘘を言うと申します。私の家族は夜学国文科などは心の健康にいけないようだから、春からは昼間の体操学校に行ったらどうだろうなどと呟きながら学校案内をしらべました。何と哀しい夜でしょう」

隣人から贈られた楽譜は「君をおもへど　ああ　きみはつれなし」という題の楽譜であった。私は手紙とうで栗とを野菜風呂敷につつみ、隣人とおなじ方法でとどけた。

「さきほどはありがとうございました。今晩は私も栗の皮をむきながら心が沈んでいます。家族たちも一人をのぞくほかはみんなふさいでいますので、これから頂いた音楽をうたって家族たちを賑やかにしたいと存じます。栗をすこしおとどけいたします」

隣人はよほど急いだ様子で、折返し次のことをきいてよこした。この手紙は野菜風呂敷に包んであった。

「いま音楽をうたっていらっしゃる御家族はなぜこのようにとぎれがちな、ふさいだ歌ばかりおうたいになるのでしょう。あなたは栗の皮をむきながら誰のことをお考えになったのでしょう。心がふさいだり沈んだりするのは、人間が誰か一人の人のことを思いつづけるからではないでしょうか。私の心もこのごろ沈んでばかしいます。私の家族のねむりをさまさないように雨戸をしめないで御返事を待ち上げます」

「ピアノのある部屋には夕方から雨が洩りはじめました。この部屋はときどき屋根がいたんで、家族たちにいろんな心理を与える部屋です。せんに私はその破れから空をのぞいていましたら、井戸をのぞいている心地になったことがありますし、今晩はその部屋に住んでいる家族が屋根の破れのためにふさぎ込んでしまいました。雑巾バケツに雨だれの落ちる音はたいへん音楽に悪いと彼は申します。それで栗をたべながらときぐれがちな音楽をうたっているところです。次に私が栗の皮をむきながら考えたのは祖母のことでした。このような雨の夜には祖母もまた栗飯のために栗の皮をむいていることでしょう。こんなことを考えて私は心が沈みました」

「ピアノの部屋の御家族のふさいでいらっしゃるわけとあなたの沈んでいらっしゃるわけをお知らせいただいて、私の心理もなんとなく軽くなりました。さっき申しわすれましたけれど栗をありがとうございました。これから夜ふけまで私は栗をいただいて御家庭の音楽をききましょう。私はもともと音楽をうたうことがたいへん好きですけれど、私の家族はそんなかけ離れたことを好みませんので控えています。けれどうたいたい音楽をうたわないでいることは心臓を狭められるような気がして仕方がありません。それから私の家族は朝早くおき、夜はきまった時間にねむるという思想を持っています。けれど、このごろ私は不眠症のくせがついてしまいました。そして夜ふけまでも御家庭の音楽をきいたりいたします。ピアノのお部屋にバケツのなくなる時を祈念申しあげます。おやすみなさい。

申しおくれましたけれど二伸で申しあげます。私の袴は、家族のスカアトを二つ集めて作ったものです。夜学国文科に入学するとき私は国から海老茶いろの袴をひとつ持って来ましたけれど、この方は不用になってしまいました。私の家族はすべて黒い服装を好んでいます。家族のだしてくれた二つのスカアトは、一つはすこし新らしく、一つの方はよほど古いスカアトでしたから、私の袴は前身《まえみ》と後身《うしろみ》といくらか色がちがいます。私は私の家族のとおい従妹にあたるものですけれど、やはり家族の好みに賛同することができません。私はいつも国から持ってきた袴をはきたいと思っています。おやすみなさい」

長い会話を終ったのち私は楽譜をもって三五郎の部屋に出かけた。三五郎は栗のなくなった皿を鍵盤のうえにおき、そのそばに肱をつき、そして沈黙していた。私が三五郎の顔の下に楽譜をおくと三五郎は標題をよみ、それから表紙をはねて中の詩をよんだ。

「これは片恋の詩じゃないか。どうしたんだ」

「隣人から贈ってきたの」

三五郎はややしばらく私の顔をながめていたのち、独語をひとつ言った。

「どうもこのごろおかしいんだ。僕が電車を降りて坂を上ってくると、むこうは坂を下りてくる運びなんだが、夕方の坂というものは変なものだね。夕方の坂というものは、あれなんだ、すれ違おうとする隣人同志に、わざと挨拶を避けさしたり、わざと眼をそらさしたりするものなんだ。

僕は、このごろ、僕の心理のなかに、すこし変なものを感じかかっている。僕の心理はいま、二つに分れかかっているんだ。女の子の頭に鏝をあててやると女の子の頸に接吻したくなるし、それからもう一人の女の子に坂で逢うと、わざと眼をそらしたくなるし、殊にこんな楽譜をみると……」

三五郎は急に立ちあがって部屋をでた。そしてすぐ帰ってきた。彼は一方の手に心理学の本を一冊抱え、一方の手には栗をひと摑み持っていた。そしてふたたび廻転椅子につき、小さい声で私にいったのである。

「一助氏はじつにふさいでいるね。寝そべって天井ばかしみているよ。栗なんかひと粒もたべていないんだ。(彼は手の栗を鍵盤のうえに移し、深い息を吐き)恋愛はみんなにとって苦しいものにちがいない」

それから彼は心理学のペエヂを披いた。私は侘しい思いでペエヂのうえに眼をおとしたが、「分裂心理は地球の歴史とともに漸次その種類を増し、深化紛糾するものにして」というような一節をよみかかったきり私はピアノのそばをはなれた。私はもはや一人の失恋者にすぎないような気がして、こんな難しい文章をよみ続ける気がしなかったのである。そして私は雑巾バケツのそばに坐り、波紋をみていた。

三五郎が急に本をとじてピアノの上に投げあげ、ピアノとともに片恋の楽譜を練習しだしたとき、私はこの音楽に同感をそそられる思いであった。そして私はふたたび三五郎のそばに立ち、片恋の唄をうたったのである。

片恋の唄は一助の同感をもそそったようであった。三五郎の部屋に出かけてきた一助はやはりズボンとワイシャツの服装でいて、彼はピアノに立てかけてある楽譜に顔を近づけ、しばらくのあいだは歌詞をよんでいた。表紙裏にいくつか並んでいる詩は「きみをおもへどきみはつれなし　草に伏しきみを仰げど　ああきみは　きみはたかくつれなし」というような詩であった。

一助はついに小さい声で合唱に加わった。彼の楽才や声の美醜については述べることを控えなければならないけれど(それはただ、すこしも二助に劣らなかったからである)彼のうたいかたは哀切をきわめていた。一句うたっては沈黙し、一句うたっては考えこみ、そして一助はいつまでも片恋の唄をうたったのである。

けれど私たちの音楽は、小野二助が勉強部屋にいてならべたひとりごとによって終りをつげた。それはごく控え目な、小さい声のひとりごとであった。

「どうも夜の音楽は植物の恋愛にいけないようだ。家族たちの音楽はろくな作用をしたためしがない。宵にはすばらしい勢いで恋愛をはじめかかっていた蘚が、どうも停滞してしまった。この停滞は音楽のはじまると同時にはじまったものにちがいない。こんな晩に片恋の唄などをうたわれては困るんだ。一助氏まで加わって、三人がかりで片恋の唄をうたうやつがあるか。うちの女の子まで今日は悲しそうなうたいかたをするんだ。うたうくらいなら植物の恋情をそそるようなすばらしい唄を選べ」

いつしか雨がやんでいたので、私は一助のうしろから雑巾バケツをさげて三五郎の部屋をでた。廊下から部屋までのあいだ一助はただ頸を垂れて歩いた。

小野二助の二鉢目の蘚が花粉をつけたころ、垣根の蜜柑は色づくだけ色づいてしまい、そして佐田三五郎と私の隣人とは蜜柑をたべる習慣をもっていた。

二助が多忙をきわめている夜、三五郎は二助に命じられてこやしの汲みだしにゆき、そして長いあいだ帰ってこなかった。丁度私が二助の部屋に飯櫃をはこんだとき、（これは二助と三五郎の徹夜にそなえるためで、飯櫃のうえにはべつに鍋一個、皿、茶碗各々二個、箸等のそなえがあった）二助はこやしを待ち疲れているところで、彼は火鉢と机と床の間とのあいだを行ったり来たりしていた。そして私にこやしの様子をみてくることを命じ、上っぱりのありかをたずねた。二助はいつになく制服のままでいて、私は昼間洗濯した上っぱりをまだ外に干し忘れていたのである。

目的の場所に行くと、三五郎はいなくてこやしの罎が二つ土のうえにならび、罎は空のままであった。私は星あかりにすかして漸くそれを認めることができた。物干場は私のいる地点から対角線にあたる庭の一隅にあった。そして三五郎と隣人とは、丁度二助の上っぱりの下に垣をへだてて立っていたのである。

二助から命じられた仕事にとり掛ろうとして、私は、土のうえにいくらでも泪が落ちた。三五郎がそばに来たときなおさら泪がとまらなかったので、私は汲みだし用具を三五郎の手にわたし、そして上っぱりの下に歩いていった。

三五郎が女中部屋に来たとき、私は着物のたもとと共に机に顔をふせていて、顔をあげることが出来なかった。三五郎は室内にしばらくたちどまっていたのち私のそばにあった上っぱりを取り、息をひとつして出ていった。その後三五郎が幾度来てみても私はおなじありさまでいたので、三五郎は一度も口をきかないで息ばかりつき、そして二助の部屋に帰っていった。

最後に三五郎が来たとき、私はあかりが眼にしみて眩しかったので、机に背をむけていた。丁度むこうの釘に一聯のかち栗がかかっていて、これは私の祖母が送ってくれた最後の一聯であった。そして私は羽織の両脇に手を入れ、机にもたれ、この侘しい部屋かざりをみていたのである。

三五郎は机に腰をかけ、しばらくかち栗をながめていた。彼はなにかいいかかってすぐよした。私がふたたび泪を拭いたためであった。三五郎はかち栗をはずして私の頸にかけ、ふたたび机にかけ、そして幾たびか鋭い鼻息をだした。これは三五郎が二助の部屋で吸った臭気を払うための浄化作用のようであったが、耳のうえでこの物音をきいているうちに私はだんだん悲しみから遠のいてゆく心地であった。三五郎は私の胸で栗の糸を切り、かち栗を一粒ぬきとり、音をたてて皮をむき、また一粒をたべ、そしていつまでもかち栗をたべていた。

三五郎の恋愛期間はこの後幾日かつづいただけで短く終った。けれど私はこの期間をただ悲しみの裡《うち》に送ったのである。隣人が夜学国文科から帰る時刻になると、三五郎はこやしがたまらないなどと呟きながら女中部屋に避難し、寝そべって天井をながめては呼吸していた。すると私は詩のノオトをもって一助の部屋に避難した。けれど一助が電気に風呂敷をかけ、そしてただ天井をみていることは私に好都合であった。私は一助に私の泪を気づかれないで時間を過すことができると思ったのである。

茶褐色の部屋のなかで、私はどてらの衿垢《えりあか》を拭いて一助の脚にかけたり、一助の上衣にブラシュをかけたり、別なネクタイをとりだして壁にかけたり、何か一助の身のまわりの仕事をさがした。そして仕事がなくなると一助の机にむかい、私のノオトに詩を書こうとした。一助の机の前には丁度彼の脚がはいっていていくらか狭められていたけれど、私はその脚と並んで坐り、一助の顔に背中をむける位置を好んだ。そして一助は私が脚のそばに行くと、ズボンにつつまれた彼の脚を隅っこの方に片づけ、私の詩作のために彼の机を半分わけてくれたのである。けれど私は、はなを啜るのみで詩はなんにもできなかった。

家族のなかでかわらず勉強しているのは小野二助ひとりで、彼はすでに二鉢目の研究を終り、三つ目の蘚にとりかかっている様子であった。そして隣室のこやしの匂いや二助のペンの音は、私にひとしお悲しかった。

隣家の移転はひっそりしていて、私が家族たちの部屋を掃除しているあいだに行われたようであった。この日の午後私は二助の部屋でよほど長い時間を費してしまい、予定の雑巾がけを怠ったほどで、これは私が二助の論文を愛誦したからである。小野二助は学校に出かけるとき私に命じた――机のうえで最も黄いろっぽい鉢を床の間に移しといてくれ。この鉢はひと眼みただけでそれと解る色を呈しているから女の子も間ちがえることはないであろう。それから、女の子が僕の上っぱりを洗濯してくれたために僕自身が身ぎれいになって部屋のなかがきたなく見えるようだ。なるたけ清潔にしてみてくれないか。つまり僕の室内を僕の上っぱりに調和するように掃除すればいいわけだ、しかし、うちの女の子はこのごろすこしふさいでるね。このごろちっとも音楽をうたわないし、いまはうつむいて、何か黒いものを縫っているが、何を縫っているんだ。

私は黒い肱蒲団を一つ縫いあげ、二つ目を縫っているところであった。縫いあげた分は小野一助ので、縫っている分は私ののつもりであった。私は一助の室内をなにか賑かにしたいと考え、ついに肱蒲団を思いついたのである。私の材料は、この幾日かを黒いかたまりとなってバスケットのなかに在ったボヘミアンネクタイであった。女中部屋はいろいろの意味から私に隠気すぎるので、私は一助の机のそばで仕事をすることにした。鏝でボヘミアンネクタイの皺をのばし、このネクタイについてのいろんな回想に陥り、そして私は、一助と私と揃いの肱蒲団を作ろうと考えた。この考えは一助に対する同族の哀感の結果であった。

二助の問いに対して、私は一助の机の下にしまっていた肱蒲団をだしてみせた。

「いいねこの蒲団は。うちの女の子はなかなか巧いようだ。(これはすべて二助が私に与えるなぐさめであった)僕にもひとつ作ってくれないか。そうだ、僕は丁度きれいな飾り紐を二本もっている。(二助は境のふすまを開けて赤と青の二本の紙紐をもってきた)これは昨日僕が粉末肥料を買ったとき僕の粉末肥料を包装してあった紐だが、丁度肱蒲団の飾りにいいだろう。僕のを青くして女の子のを赤くするといいね。ふさいでないで赤い肱蒲団をあてたり、それからうんと大声で音楽をうたってもいいよ。僕は昨夜で第二鉢の論文も済んだし、当分暢気だからね。今晩から僕はうちの女の子におたまじゃくしの講義を聴くことにしよう」

そして二助は学校に出かけたのである。

私は家族たちの部屋を掃除し、二助の部屋に対しては特に入念な整理を行い、命じられた鉢をも指定の場処に移し、それから論文をよんだ。

「余ハ第二鉢ノ植物ノ恋情触発ニ成功セリ。

第一鉢——高温度肥料ニヨル実験

第二鉢――中温度肥料ニヨルモノ
第三鉢――次中温度肥料
第四鉢――低温度

今回成功ヲ見タルハ余ノ計画中第二鉢ニアタル鉢ニシテ、右表ノゴトク中温度肥料ニテ栽培ヲ試ミタル蘚ナリ。

余ハ此処《ここ》ニ於《お》イテ、今回ノ研究ニ際シテ余ガ舐メタル一個ノ心理ヲ語ラザルベカラズ。即チ余ハ今回ノ開花ヲ見ルマデノ数日間ヲ焦慮ノ裡ニ送リタリ。花開カムトシテ開カズ、情発セムトシテ発セズ。実ニ焦慮多キ数日間ナリキ。而ウシテ、余ノ植物ノ逡巡低徊ノ状態ハ、余ニ一個ノ懐疑ヲ抱カシムルニ至レリ。余ハ懐疑セリ――余ノ植物ハ分裂病ニ陥レルニ非ズヤ、アア、分裂患者ナルガ故ニ斯《か》ク逡巡低徊ヲ事トスルニ非ズヤ。

余ノ斯ル思想ハ、余ノ恐怖悲歎ニアタヒセリ。余ハ小野一助ノ研究資料トナルゴトキ分裂性蘚苔類ヲ培養セル者ニ非ズシテ、常ニ常ニ健康ナル植物ノ恋情ヲ願ヘル者ナリ。然ルニ、余ノカカル態度ニモ拘ラズ、余ノ植物ハ徒《いたず》ラニ逡巡低徊シテ開花セザルコト恰《あたか》モ一助ノ眷恋セル患者ノゴトシ。

以上ノゴトク不幸ナル焦慮期間中ニ、一夕、余ハ郷里ノ栗ヲチョコレエト玉ト誤認セリ。余ノ視野ノハヅレニ一皿ノチョコレエト玉ノ現レタルハ、余ガ机上ニテ二本ノ蘚ノ比較ヲ試ミ居タル時ニシテ、一皿ノチョコレエト玉ハコトゴトク銀紙ノ包装ヲノゾキ、チョコレエト色ノ皮膚ヲ露ハシ、多忙ナル余ノ食用ニ便ナル玉ナリ。余ハコノ心ヅクシヲ心ニ謝シ、乃チ一個ヲトリテ口辺ニ運ブ。而ウシテ、アア、コハ一粒ノ栗ナリキ」

二助の論文はなお長くつづいていて、栗とチョコレエトを間ちがえた心境などをもし一助に語るならば、一助はすぐ二助を病院に運ぶから、極秘に附しておかなければならないことや、二鉢目の蘚が将に花をひらこうとする状態のままで数日間ためらっていたのは、これはまったく中温度肥料を用いたせいで、二助の蘚は決して分裂病ではなく、非常に健康な恋愛をはじめたことなどを委しく記録してあった。

論文の終ったとき、私は障子のあいだから、家主の老人が蜜柑を収穫している光景をみた。この収穫はいつからはじまったのであろう。私は障子をもうすこしあけ、二助の土鍋のそばに坐って庭の光景をながめていた。老人は毛糸のくびまきを巻いていて、さしわたし七分にすぎない蜜柑を一つもぎ、足もとの小さい笊にいれ、また一つもぎ、垣根に沿ってすこしずつ進んだ。笊がいっぱいになると大きいぬの袋に蜜柑をあけ、また収穫をした。ぬの袋には口からすこし下ったところに太い飾紐がつき蜜柑の木蔭に丁度きんちゃくの形で据《すわ》りよくおいてあった。そして私はこんなに大きくて形の愛らしいきんちゃくを曽つて見たことがなかった。これはたぶん家主の老人が晩秋の年中行事のために苦心して考案した品であろう。私に気づいたとき家主は蜜柑をざっと一杯はいった笊を手にして縁にきたが、しかしこの老人は私の頭に対してよほど奇異な思いをしたようであった。私は丁度、二助のノオトを読んでいたとき頭髪をうるさく感じたので、近くにあった紐ゴムの環を頭にかけ頭髪を宙に浮かして耳や頸を涼しく保っていたのである。家主は漸く笊の蜜柑を縁にあけ、私に硯と紙とをもとめ、一枚の貸家札をかいた。そして小さい字の註をひとつ書き加えたのである。「隣家にピアノあり、音楽を好む人をのぞむ」――たぶん隣家の先生は従妹の心理状態などをすべて三五郎のピアノにかこつけて引越しを行ったのであろう。家主の老人は、どうもあのピアノは縁喜がよくないようだなどと呟きながら私に糊《のり》をもとめたので、私は一塊の御飯を老人の掌《てのひら》にはこんだ。

私の隣人は手紙をひとつ三叉の穂に托し、蜜柑の木から私の居間の窓にわたしていて、私がそれを手にしたのは夕方であった。丁度私の窓さきまで収穫をすすめてきた家主は何かおまじないのようなものがあるといって私に注意したのである。

「昨夜、夜ふけに私の家族が申しますには、私に神経病の兆候があるようだからもうすこし静かな土地へ越した方がいいであろう、心臓病のためにもピアノのない土地の方がいいであろうと申しました。私は急に悲しくなって、御家族から六度ばかり蜜柑をいただいたことや、蜜柑はいつも半分ずつであったことや、それから三叉の穂で会話をとり交したことをみんな言ってしまいました。私の家族は、そんなかけ離れたふるまい、そんなかけ離れた会話法は、それはまったく神経病のせいだから、いよいよ土地を変えなければならないと申しました。そして体操学校の規則書をとる手つづきをいたしました。でも御家族と私とのとり交わした会話法は家族の思っているほどかけ離れたものではないと思います。私の国文教科書のなかの恋人たちは、みんな文箱という箱に和歌などを托して——ああ、もう時間がなくなりました。私の家族はすっかり支度のできた引越し車のそばでしきりに私を呼んでいます」

私がいくたびかこの手紙をよんだころ、家主の老人はぬの袋を背にして帰途についた。老人の背中はきんちゃく型の袋で愛嬌深く飾られていた。そして私の家庭の周囲には一粒の蜜柑もなくなり、ただ蜜柑の葉の垣が残ったのである。

私の恋愛のはじまったのは、ふとした晩秋の夜のことであった。この日は夕飯の時間になっても一助が勤めから帰って来なかったので、食卓に集ったのは二助と三五郎と私とであった。そして食事をしたのは二助と三五郎の二人にすぎなかった。私は二人の給仕をつとめながらまだ一助の身の上を思っていたのである。

食事を終って勉強部屋に帰った二助は、小さい声で呟いた。

「一助氏はどうしたんだ。あてどもない旅行にいってしまったのか」

三五郎はしばらく食卓に頬杖をついていたのち私の部屋に行き、私の机に頬杖をついた。そして三五郎は頬杖をしない方の手で私の肱蒲団を持ってみたり、私のスタンドを置きなおしてみたり、私のヘヤアイロンで彼の頭をはさんでみたりしたのである。三五郎は茶の間と台所のさかいも、台所と女中部屋のさかいも閉めないでいたので、彼の動作は食卓のそばの私にもみえた。三五郎はついに彼の部屋に行き、「みちくさをくったジャックは　ねむの根っこに腰をかけ　ひとり思案にしずみます」というコミックオペラをすこしばかりうたった。これは、はじめ赤毛のメリイを愛していたジャックが途中で道草をはじめて黒毛のマリイと媾曳《あいびき》をして、そしてしまいにはまた赤毛のメリイが恋しくなったというような仕組のオペラであった。三五郎は元気のないうたい方でジャックの心境をすこしばかりうたい、しばらく沈黙し、それから外に行ってしまった。そして彼と入違いに八百屋の小僧が電話を取りついできたのである。

「柳《やなぎ》　浩六《こうろく》の宅から小野一助様の御家族に申上げます」

八百屋の小僧が電話の覚書をこれだけ読みあげたとき、小野二助が出てきて覚書をとり、そして部屋に帰った。私も二助の部屋について行くと、二助は小僧のつづきを次のとおり読みあげた。

「小野一助様は今日夕刻主人柳浩六と同道にて心理病院より当方に立寄られ、夕食は主人とともにしたためられました。御心配下さいませぬよう。さて夕食後、小野一助様は主人柳浩六と主人居間にていろいろ御相談中でありますが、何やらお話がこみ入ってまいりまして、御両人は急に大声でどなり合い、また急に黙ったりなされます。お話は心理病院に入院中の患者様につきまして、御両人が知己《ちき》あらそいをして居られる様子に見受けます。一方が十三日に主治医になったと申されますと、いま一方は既に十二日には予診室にて知己になったと申されますやら、よほど難かしい打合せになりました揚句、小野一助様の申されますには、一助様の本棚のもっとも下の段に『改訂版分裂心理辞典』と申す書籍がありまして、その左側に茶色の紙で幾重にも包んだ四角形の品があり、それを至急持参してもらいたいと申されました。四寸に五寸くらいの四角形と申されます。火急の折から使者はどなた様にてもよろしく、要はひと足も早く御来着下されますよう」

二助は一助の部屋で指定の品をさがし、三五郎の部屋に行ったが、三五郎はまだ不在であった。二助は部屋に帰って来て指定の品を私に与えた。

「僕が行くと非常に手間どるから、使者は女の子がつとめてくれないか。この電話をかけた老人は柳浩六氏の家に先代からつとめている従僕で、僕の顔をみるとたちまち懐古性分裂に陥るんだ。浩六氏や一助氏が心理病院につとめていることを非常に恐怖して、僕が百姓の学問をしているのを非常に好んでいるからね。だから僕の顔を見ると電話のとおり鄭重な用語でもって浩六氏の親父のはなしを四時間でもつづけるんだ。困る。では道順を説明してやろう」

二助は丁度手近にあった新聞紙に大根や林の形を描き、彼の学問にふさわしい手法で道順を説明した。

「通りを横ぎってバナナの夜店のうしろから向うにはいって行くんだ。少し行くと路の両側が大根畠になっているだろう。するともう遠くの方で鶏小舎《にわとりごや》の匂いが漂ってくるから(二助は一本の大根のうえに湯けむりのような線の細いものを四、五本描いた。これは私が大根畠にさしかかったとき匂ってくるはずの鶏小舎の匂いであった)この匂いを目あてに歩けばいいんだ。するとだんだん鶏糞の匂いがはっきりして来て、しぜんと鶏小舎に突きあたるからね。(鶏小舎を一棟描き)幾棟も鶏小舎がならんでいて、僕はこの家でときどき肥料を買うことにしている。ここの鶏糞は新鮮で、非常に利くんだ。(二助はここで椅子からふり返り、室内の肥料の様子を見わたした。けれど二助はすこし落ちつきすぎていないであろうか。私はいま火急の使者に立たなければならないのである)丁度僕の鶏糞がきれかかっているから今晩買ってきてくれないか。鶏の糞を一袋といえばいいんだ。一助氏の話はどうせ長びくにきまっていて帰りには肥料屋が寝てしまう虞《おそ》れがあるから、行きに買っといてくれ。肥料を買ったのち右の方をみると楢林《ならばやし》があって、そのさきのある一軒屋が柳浩六氏の家だよ。解ったろう」

二助は鉛筆をおき、なお二、三の注意を加えた。玄関をはいると稀薄な香気に襲われるような心理が涌くが、これは浩六氏の親父が漢法の医者であった名残《なご》りだから平気だ。ただ、従僕の老人が何処にいてもなるたけ彼の方を省みないようにしろ。彼はよく玄関の椅子にかけていたり、炉の部屋にいたりする習慣をもっているが、彼がたとい玄関口の椅子にいて眼をあいていても、なるたけ知らない顔で通過することだ。でないと老人はたちまち昔ばなしをはじめ、先代の先生の頃には当病院の玄関は患者の下足でいっぱいでしたといい始める。帰りは一助氏を待っていて一緒に帰ったらいいだろう。

電話を受けとってからもうよほどの時間がたっていたので、私はいそいで毛糸のくびまきをつけ、そして出かけた。通りの街角で私は三五郎の後影《うしろかげ》をみとめた。彼は銭湯に行く姿で夜店のバナナをながめていたのである。

大根畠にさしかかると寒い風が私の灰色のくびまきを吹き、私の頭髪を吹いた。私は三五郎のことを考えて哀愁に沈みながら歩いたので、二助に命じられた買物を忘れるところであったが、すこし後もどりして一袋の鶏糞を買った。そして私は一助にわたす品を左手に抱え、二助の買物を右手にさげて柳浩六氏の玄関に着いたのである。

丁度玄関の椅子はからで（これは三五郎の廻転椅子よりももっと古びた木の腰かけであった）従僕の老人は室内の炉の前で居ねむりをしていた。そして私は深い頬ひげに包まれた従僕の顔を見たときはじめてあたりにただよっている古風な香気を感じ、そしてこの建物が私たちの住んでいる家屋にも増して古びていることに気づいた。

炉の部屋を横ぎって廊下に出ると病室のなごりらしい部屋が二つ三つならんでいて、いちばん奥のが柳氏の勉強部屋になっていた。室内では柳浩六氏と小野一助とが椅子にかけ、そしてたぶん使者を待ち疲れたのであろう、二人とも深い沈黙に陥っていたのである。私は肥料の袋を一助の椅子の後脚にもたせかけ、それから指定の品を一助にわたした。この品は小包み用の紐で緻密に縛りつけてあったので、一助は茶色の紙のなかから役の日記帳をとりだすまでによほど手間どった。それから彼は日記帳ばかりみていて柳氏に言った。

「みろ、僕の気もちは日記帳に文字で記録されている。十三日、新患者入院、余主治医となる。隠蔽性分裂の兆候あり。心惹かるること一方ならず、帰宅してのちまでも――」

「しかし君のうしろにはまだ使者の女の子が立っているんだ。そんな話題はしばらく止《よ》せ」

私は一助のうしろで頭を幾つかふり、くびまきを取った。私の頭髪は途上の風に吹かれたままで、額や耳に秩序もなく乱れている様子であった。

柳氏は一助のとなりに椅子をひとつ運び、そして私をかけさせた。

「僕は、どうも、いま、変な心理でいるんだ。君のうちの女の子の顔を何処かで見た気がする」

「小野二助だろう。二助が勉強している時の顔と、うちの女の子がすこしふさいだ時の顔とは、いくらか似ているようだ」

「どうも小野二助ではないようだ」

「変なことをいってないで話をすすめようじゃないか」

「しかし僕たちの話題に女の子がいては困るよ。それから僕は、どうも、君のうちの女の子が誰かに似ていて、思いだせなくて困る。こんな問題というものは思いだしてしまうまで他の話題に気の向かないものだ」

柳氏が本棚の前を歩いたり、また椅子にもどったりしているあいだに私は空腹を感じてきた。私はまだ今日の夕飯をたべていなかったのである。このとき丁度柳氏は廊下に立って老僕をよび、私のために何かうまいものを買ってくるように命じた。老僕はその命令は素直に受け、そして次のように口説いた。

「若旦那様、もはや心理病院なぞはやめて下さりませ。きっぱりとやめて下さりませ。心理医者なぞは医術の邪道でござります。況《いわ》んや小野一助様と御両人で、一人のヒステリ女を五時間もあらそわれるとは！　ああ、これもみな御両人様が分裂病院なぞと申すも邪道に踏みまよって居られる故でござります。あのような病院とはきっぱり縁をきり、先代の先生がのこされた当病院を――」

「早くうまいものを買ってこないか」

柳浩六氏は部屋に帰るなり本棚から一冊の書籍をぬきだし、そして早速目的のペエヂを披いた。

「いまうちの老人の愚痴をきいてるあいだに僕は思いだしたよ。うちの老人の思想はただうるさいだけだが、不思議に忘れたものごとを思いださせる。懐古性分裂者の思想は、何か対手の忘却にはたらきかける力を持っているのか。（これは柳氏が一助に問いかけた学問上の相談のようであったが、一助は頭をひとつふっただけで答えなかった。彼はいろんなことがらのために話の本題に入れないのを不本意に思っている様子であった）ともかく君のうちの女の子に似ていたのはこの写真だよ。これで僕の心理は軽くなったようだ。似てるだろう」

一助はあまり興味のないありさまで書籍をうけとり、一人の女の小さい写真をながめ、それから私には独逸《ドイツ》文字か仏蘭西《フランス》文字かわからなかったところの文章をすこしのあいだ読んだ。そのあいだ私は女の写真をながめていたが、この写真はよほど佳人で、到底私自身に似ているとは思《おも》われなかったのである。

「似ているだろう」

柳氏が賛成を求めたのに対して一助は私とおなじような意見をのべた。

「どうも異国の文学を好む分裂医者というものは変な聯想能力をもっているようだ。この女詩人とうちの女の子とは、ただ頭髪が似ているよ。こんなだだっ広い類似なら何処にでもころがっている」

そして一助は書籍をとじ、私の椅子の肱かけにおいた。私はその書籍をもって部屋をでた。私は二人の医師の話題を何処かに避けなければならないのである。

丁度次室の扉の前で私は老僕と出逢った。老僕は懐古の吐息とともに、皿と土瓶と茶碗とをのせた盆をはこんできた所であった。そして私は老僕の導くままに次室の客となった。老人があかりをつけると此処はたたみの部屋で、一隅に小さい机がひとつあり、丁度私が書物をみるのに好都合であった。老人は机のうえに盆をおき、そして彼の懐旧心を私に語りたい様子であった。けれど私は彼に対して拒絶の頭をふり、そしてすこし湧いてきた泪を拭いた。ふかい頬ひげのなかから洩れてくる彼の言葉はただ哀愁を帯びていて、私はふたたび聞くこころになれなかったのである。老人は両《ふた》つの掌で私の顔を抱き、そして無言の裡に出ていった。私は泪を拭きおさめ、塩せんべいにどらやきを配した夕食をたべながら書籍のペエヂをさがしに掛った。これは何処かの国の文学史であろうか。それともその国の詩人たちの作品集であろうか。ペエヂのところどころに男の写真があり、たまに女の写真があって、そして他の箇処は私にわからない文字で埋められていた。

隣室ではすでに柳氏と一助の話がはじまっていて、これはまったく老僕の見解どおり、二人の医師が一人の入院患者に対する論争であった。たがいに日記をしらべて患者と知己になった遅速をくらべたり、決して口を利かない沈黙患者が態度でもって二人に示した親愛を論じたり、そして交渉は尽きないありさまであった。

二人が非常にながい沈黙におちいっているあいだに、私はよほど部厚な書物のなかから漸く目的のペエヂをさがしあてることができた。この異国の女詩人ははじめ私が一助の横からみたほどに佳人ではなかった。私はペエヂを横にしたり縦にしたり、いくたびかみた。そしてこの詩人は、やはり一人の静かな顔をした佳人で、そして私はいつまでこの詩人をみても、やはり柳浩六氏の見方に賛同するわけにいかなかった――私自身は佳人に遠いへだたりをもった一人の娘にすぎなかったのである。

辺りが静寂すぎたので私は塩せんべいを止してどらやきをたべ、そしていつまでも写真をみていた。そしてついに私は写真と私自身との区別を失ってしまったのである。これは私の心が写真の中に行き、写真の心が私の中にくる心境であった。この心境のなかで急に隣室の一人が沈黙を破った。私にはどっちの声かわからなかったが、

「ああ、僕はすこし煩瑣になってきた。ありたけの論争ののちには、こんな心理が生れるものか。僕は病院の女の子を断念してもいい心境になったようだ」

するともう一人が僕は断念するといい、また一方が僕は断念したと宣言した。彼等は競争者のいない恋愛に、はりを失った様子であった。そしていまは私も夕食とあついお茶のために睡気をおぼえ、そしてついに写真のうえに顔を伏せてしまった。隣室の友人同志はしずかに何をか語りあっているようであった。

「僕はいよいよこの家を引きあげることにしよう。漢法薬の香気はじつに人間の心理を不健康にするからね。僕が君の患者に心を惹かれたのも、まったく僕がこんな古ぼけた親父の病院に住んでいたからだよ」

「しかし君のうちの老人が承知しないだろう。老人はこの建物のほかに住み場所はないと思っているからね」

「それもまったく漢法薬の香気のためだよ。うちの老人の懐古性分裂はこの建物を出ればその場で治ってしまうよ。何にしても僕は君の患者を断念すると同時にこの建物がいやになった。僕は何処か遠い土地に行くことにしよう」

この会話をなごりとして私は睡りに陥った。

私は自分でたてた皿の音によって仮睡からさめた。隣室も家のなかもただ静寂で、古風な香気だけがあたりを罩《こ》めていた。私が隣室にいってみようと思ったとき、丁度柳浩六氏が境の扉から顔をだした。氏はたぶん机のうえで私が動かした皿の音をききつけたのであろう。「女の子はまだ待っていたのか」

そして氏は机のそばに来て、塩せんべいを一枚たべながら書物の写真をしばらくながめ、それから私をながめた。

「一助氏はさっき帰ったから、僕が送ってやることにしよう」

老僕は丁度玄関の椅子で居睡りをしていて、椅子の脚のところには私のくびまきと肥料の袋とが用意してあった。そして私は毛糸のくびまきをつけ肥料の袋をさげて廃屋のような柳氏の居間を出たのである。

楢林から鶏小舎を経て大根畠の路を歩くあいだ、柳氏は書物のなかの詩人について私に話してくれた。彼女はいつも屋根部屋に住んでいた詩人で、いつも風や煙や空気の詩をかいていたということであった。そして通りに出たとき氏はいった。いちばん欲しいものは何か言ってごらん」

「僕の好きな詩人に似ている女の子に何か買ってやろう。

そして私は柳浩六氏からくびまきを一つ買ってもらったのである。

私はふたたび柳浩六氏に逢わなかった。これは氏が老僕とともに遠い土地にいったためで、氏は楢林の奥の建物から老僕をつれだすのによほど骨折ったということであった。私は柳氏の買ってくれたくびまきを女中部屋の釘にかけ、そして氏の好きであった詩人のことを考えたり、私もまた屋根部屋に住んで風や煙の詩を書きたいと空想したりした。けれど私がノオトに書いたのは、われにくびまきをあたへし人は遥かなる旅路につけりというような哀感のこもった恋の詩であった。そして私は女中部屋の机のうえに、外国の詩人について書いた日本語の本を二つ三つ集め、柳氏の好きであった詩人について知ろうとした。しかし、私の読んだ本のなかにはそれらしい詩人は一人もいなかった。彼女はたぶんあまり名のある詩人ではなかったのであろう。

歩 行

おもかげをわすれかねつつ
こころかなしきときは
ひとりあゆみて
おもひを野に捨てよ

おもかげをわすれかねつつ
こころくるしきときは
風とともにあゆみて
おもかげを風にあたへよ

（よみ人知らず）

夕方、私が屋根部屋を出てひとり歩いていたのは、まったく幸田当八氏のおもかげを忘れるためであった。空には雲。野には夕方の風が吹いていた。けれど、私が風とともに歩いていても、野を吹く風は私の心から幸田氏のおもかげを持って行く様子はなくて、却って当八氏のおもかげを私の心に吹き送るようなものであった。それで、よほど歩いてきたころ私は風のなかに立ちどまり、いっそまた屋根部屋に戻ってしまおうと思った。こんな目的に副わない歩行をつづけているくらいなら、私はやはり屋根部屋に閉じこもって幸田氏のことを思っていた方がまだいいであろう。忘れようと思う人のおもかげというのは、雲や風などのある風景の中ではよけい、忘れ難いものになってしまう。――そして私は野の傾斜を下りつつ帰途についたので、いままで私の顔を吹いていた風が、いまは私の背を吹いた。さて背中を吹く風とは、人間のうらぶれた気もちをひとしお深めるものであろうか。私は一段と幸田氏のおもかげを思いながら家に着いたのである。

家ではまだ雨戸と障子が閉めないでであって、室内では、祖母がひとりごとを言いながら私の衣類をたたんでいるところであった。私の衣類は簡単服、単衣《ひとえ》、ネル、帯などで、これはみな、私が無精のために次から次と屋根部屋の壁につるしていた品々である。

私の祖母は囲炉裏《いろり》の灰に向って簡単服の肩の埃《ほこり》をはたき(私の衣類はみな屋根部屋の埃を浴びていた)膝のうえで私の古びた半幅帯の皺をのばし、そして縁さきに私の立っているのを知らない様子であった。そして彼女は、たえず私にかかわりのある事柄を呟いた。うちの孫はいい具合に松木夫人のところへお萩を届けたであろうか。今ごろは松木夫人の許で、松木氏と夫人とうちの孫と三人でお萩をよばれているだろうか。私はそれが心配である。それとももはやお萩の夕食を終って、松木夫人と街の通りでも歩いているのなら私は嬉しい。お萩をたべているあいだには、松木夫人もうちの孫の運動不足に気づかれたであろう。そして孫を運動に伴《つ》れて出て呉れられたであろう。ああ、うちの孫はこのごろまったく運動不足をしていて、ふさぎの虫に憑《つ》かれている。屋根の物置小舎からちっとも出ようとはしない。ふさぎの虫というのは神経の疲れのことで、神経には甘いものが何よりのくすりだという。ああ、うちの孫はお萩をどっさりよばれて呉れればよいが。そして今晩のうちに十里でも歩いて来ればよいに……

　そして祖母は私の単衣の肩についている屋根部屋の釘跡に息をかけたり、ネルの着物をながめたりして時間を送っていた。私は縁さきで哀愁の頭を振り、ふたたび家を出た。私は最初家を出たときから重箱の包みを一つさげていて、これはもうとっくに松木夫人の許に届いていなければならない品であったが、私の心の道草のためまだ届いていないのだ。

　今日の夕方に、私の祖母は急にお萩を作ることを思いついた。そして大急ぎでお萩を作り、十数個を重箱に詰め、松木夫人の許に届けるよう私に命じた。この命令は、このごろ屋根部屋で一つの物思いに囚われている私を運動させるために祖母が企てたものであったが、(祖母は私のうつらうつらとした状態を、ただ運動不足のせいだと信じていたのである)私は重箱をさげて家を出ると間もなく重箱のことを忘れてしまい、そしてただ幸田当八氏のことのみ思いながら野原の傾斜に来てしまい、そしてついに雲や風の風景のなかで、ひとしお私は悲しい心理になって家に引返したのである。そのあいだ、私はついに重箱のことを忘れどおしであった。

さてふたたび家を出た私は、もう心の道草をすることなく真直に松木夫人の許に着かなければならない。私はふたたび重箱の重さを忘れまいとした。もう夕食の時刻も迫っている。そして私はまだ夕食前であった。祖母は私に夕飯を与えないで重箱の包みを与え、そして私を家の外にやってしまったのである。祖母の楽しい予想によれば、私はまず松木夫人の許でお萩の夕食をよばれて神経の営養をとり、それから松木夫人は運動不足の私とともに十里の道をも散歩しなければならないであろう。重箱のなかのお萩は略《ほぼ》これだけの使命を帯びていた。

私はなるたけ野原の方に迷いださないよう注意しながら松木夫人の宅に向った。けれど、私は、やはり幸田当八氏のことを考えていて、絶えず重箱の重いことを忘れてしまいそうだった。すると私は左手の重箱を右手に持ちかえ、そしてお萩の重いことのみを考えようとした。けれど右手が重くなって三十秒もすると私はすでに幸田当八氏のことを考えていたのである。

さて私の心情をこのように捕えた幸田当八氏について、私はいくらか打ちあけなければならないであろう。私がまだ屋根部屋に移らないでいたある日のこと、私の兄の小野一助が祖母に当てて端書《はがき》の紹介状を一枚よこした。端書は「余の勤務せる心理病院の一医員、分裂心理研究の熱心なる一学徒幸田当八を紹介申上げ候」という書出しで、当八はこのたび広く研究資料を集めるため、各地遍歴の旅を思い立った。当八は余等が分裂心理学の上に一つの新分野を開拓すべき貴重な資料を齎し帰るであろう。余等数人は昨夜当八の門出を送る宴を張り、余は別離の盃にいくらか酔ったようである。そして当八は今日出発した。そのうち祖母の許にも到着するであろう。数日のあいだ滞在するであろう。そして滞在中はいろいろモデルを要するであろう。十分の便誼をたのむ。

小野一助の端書の意味を祖母に理解させるのは、よほど骨の折れる仕事であった。祖母は私たちの家庭に来客のあるということを漸く理解した様子であったが、しかし「モデル」とは何のことであろう。この言葉の意味は、ついに私にも解らなかったのである。この疑問について私が小声で呟いていると、

「お前さんの字引にもありませんのか」と祖母は言った。

「いまどきは、兄さんたちや若い衆のあいだに、いろいろ難かしいことがはやってい て、私等にはとんと解りはせぬ。解るまで字引を引いてみて下され」

「モデルというのは絵かきの使うもので、絵の手本になる人間のことだけど、しかし、医者のモデルというのは字引にも出ていないでしょう」と私は言った。

「これは困ったことになった。モデルというのは手本になる人間のことで、お医者様の手本になる人間というのは――(私の祖母はしばらく思案に暮れていた)ああそうじゃ、お医者様の手本とは病人のことにちがいない」

それから祖母は炉の灰に向って吐息をつき、打ちしめった声で言った。お医者様のモデルが病人のことなら、世の中にモデルの種は尽きないであろう。世の中は病人だらけではないか。松木夫人の弟さんも毎日薬ばかりのんで、おかしな文章を書いて居られるそうじゃ。たぶん頭の病気に罹って居られるのであろう。このあいだも、烏は白いという文章を書かれたという。うちの小野一助や、こんど来られるお客様の病院は、何でも頭や心の病気をほぐしてゆく病院ということじゃ。幸田当八様が来られてモデルが要るようであったらば、第一番に松木夫人の弟さんをモデルにして頂くことにしよう。

けれどこんな話の途中で、私の祖母は急に部屋の心配をはじめた。お客様がみえたら、どの部屋を幸田当八氏の居間にしたものだろうと祖母は苦心をはじめたのである。「座敷では、夜淋しい音がして、お客様が睡れぬと思うのじゃ。秋風の音は淋しい」祖母は私を座敷に伴《つ》れてゆき、室のまんなかに私を立たせ、そしてお前さんのよい耳でよく聴いてみてくれと言った。そして私は、耳の底に、もっとも淋しい秋風の音をきいたのである。これは隣家の垣根にある芭蕉の幹が風に揺れる音であった。

この日のうちに私は屋根部屋に移転した。祖母と私とはしばらく考えた末、私の部屋を来客の居間に充てたのである。私の部屋は二坪半の広さを持っていて、隣家の芭蕉からいくらか遠ざかっていた。

さて私の新居は、旧居よりも一階だけ大空に近かったけれど、たいへん薄暗い場処であった。私の新居には壁の上の方に小さい狐窓が一つしかなかったのである。これはまったく私の祖母が日ごろ物置小舎として使っている純粋の屋根裏で、天井板のない三角形の天井と、畳のない床板とのあいだに在る深さの浅い空間にすぎなかった。とはいえ、狐窓の外にはちょうど柿の枝が迫っていて、私の新居には秋の果物がゆたかであった。

私は狐格子のあいだから柿を取ってはたべ、またたべながら、新《あた》らしい住居の設備をした。そして私はほとんど物置小舎の保存品だけで設備を終ることができた。壁に沿って横《よこた》わっている一個の長持はちょうど人間の寝台によかったので私はその傍に岐阜提灯を一つ吊して電気の代りとした。私の岐阜提灯はもはや廃物となっていて、胴体のあたりがかなり破れていたけれど、しかしこの破損も時には私の役に立つであろう。私がもし無精していて消燈したいときは、寝台から動くことなく提灯の破損を目がけて息をひとつ送ればいい。すると私の送った息は岐阜提灯の骨を越えて直ちに灯を消すであろう。——私が岐阜提灯を吊したのは、ちょうどその動作に適した場処であった。

次に私は四つの蜜柑箱と、一年に一度しか要ることのない正月の餅板とで机を作り、その前にうすべりを一枚敷き、餅取粉の吹きだしている机の片隅に古びた台ランプを一つ置いた。そして最後に私は旧居の壁に懸っていた私の衣類を一枚のこらず屋根部屋の壁に吊した。私は薄暗い屋根部屋に、できるだけ旧居の情趣を与えたかったのである。祖母は夏の簡単服を新居に移すことは不賛成で、もはや秋だから、夏の服は洗濯して蔵《しま》いなされと注意した。しかし私は祖母に賛成することが出来なかった。そして私が古ぼけたおしめの乾籠に腰をかけ、旧居とおなじ順序に並んだ屋根部屋の衣類をながめ、そして柿をたべているとき、階下では祖母が幸田氏の部屋にはたきをかけていた。

私の移転から七日も経ったと思うころ、漸く幸田当八氏は到着した。ちょうど私の祖母は来客を断念しかかったころでお客様は途中でふと気が変って、もはやうちに見えないであろう。お前さんももはや不便な思いで長持のうえに寝ずともよい、もとの部屋に帰って来なされと注意しはじめていたころであった。また私自身も、祖母が囲炉裏の焚火をするたびに、煙はみんな私の住いにのぼって来て窓の狐格子のそとへはなかなか出て行かないので、もう旧居へ帰ってしまおうと考えていたのである。ちょうどこの折に、幸田当八氏は大きいトランクを一個提げて到着した。氏の持物はそれだけであった。そして氏はトランクとともに予定の部屋の客となり、二時間のあいだぐっすり睡り、眼がさめると同時に私の旧居の机に向って何か勉強をはじめた。

夕食後の炉辺で、私の祖母はモデルのことを幸田氏にきいたり、松木夫人の弟のことを告げた。幸田氏は氏の取調べにモデルの要らない旨を答え、(とはいえ、幸田氏は、まったく私自身を研究のモデルに使ったのである)それからトランクの中の書物を一冊取ってふたたび炉辺に帰った。これは戯曲全集第何巻という書物であった。

幸田氏はしばらく書物のペエヂをしらべていたのち、披《ひら》いた書物を祖母にわたし、そのせりふを朗読してくれといった。

私の祖母はよほどあわてて、頭を二つ三つ続けさまに振り、急には言葉も出ないありさまであった。そして祖母は眼鏡をかけていないのに、眼鏡をなおす動作をしたのである。私は炉の部屋の鴨居から老眼鏡をとり、祖母の眼にかけた。

「ああ――」

祖母は指定されたせりふの最初の一句を発音しただけで、次の句を続ける術を知らなかった。幸田氏は熱心な態度で炉の灰をながめ次の句を待っていたが、祖母はすでに戯曲全集を私の膝に移し、眼鏡の汗を拭きながら言った。

「ああ、何とむずかしい文字やら。私にはこのような文字は読めませぬ」

このとき私は漸く理解した。私の祖母は、幸田氏の心理研究の最初のモデルに挙げられたのである。氏はたぶん、人間の音声や発音の仕方によって、人間の心理の奥ふかいところを究めているのであろう。しかし祖母のモデルでは、幸田氏はすこしも成功しなかった。氏は頭を一つ振って立上り、戯曲全集の別の分を取って来て私に与えた。そして私は、ああ、何という烈しい恋のせりふを発音しなければならないのであろう。私はただ膝のうえのペエヂを黙読するだけで、すこしも発音はできなかった。すると幸田氏は「女の子というものはまるで内気なものだ。これでは僕の研究が進まなくて困る。せめてお祖母《ばあ》さんのそばを離れてみよう」

といって、私を氏の居間に伴《つ》れていった。ちょうどこのとき私の祖母は炉辺で眼鏡をかけたまま居睡りに入ろうとするところであった。

けれど私は幸田氏の部屋でも戯曲を朗読することはできなかった。

「まだお祖母さんを恥しがっているのか。仕方がないから二階に行くことにしよう。

二階ならせりふがお祖母さんに聞えないから大丈夫だ」

私は私の部屋の岐阜提灯と台ランプを二つともつけ、それから幸田氏を室内に案内した。幸田当八氏は餅板の机に肱をかけて私の発音を待っていたが、そのうち洋服の肱に餅取粉の附いていることに気づき、粉をはくために狐窓に行った。そして当八氏は窓の柿を数箇とり、私の机のうえに柿をならべたのである。

幸田氏と私とは何時《いつ》とはなく柿をたべはじめていた。幸田氏はもううすべりの上に坐るのは止めて椅子にかけ、そして秋の果物をよほどたくさん喰べたのである。幸田氏のかけている椅子は、私の祖母が屋根裏の片隅に蔵っている古ぼけたおしめの乾籠であった。

柿を一つ喰べると私はふしぎにせりふの発音をすることができた。たぶん、おしめ籠に腰かけて柿を喰べている幸田氏の態度が私の心を解きほぐしたのであろう。

「ああ、フモオル様、あなたはもう行っておしまいになるのでございますか。野を越え谷を越え、ああ、幾山河を行っておしまいになるのでございます」

これは一篇の別離の戯曲であろう。私がそんなせりふを朗読すると、幸田当八氏はまだ柿をたべながら男の方のせりふを受持った。幸田氏のせりふは柿のために疲れたような発音であったが、そのために私たちの朗読は却って哀愁を増した。

幸田氏の滞在はほんの数日間であったが、この期間を私はただ幸田氏と二人で恋のせりふの交換に費した。私がマルガレエテになると幸田氏は柿をたべているファウストになり、私が街女になると幸田氏は柿をたべているならずものになった。そして氏が何を演《や》ってもつねに柿をたべておしめ籠に腰かけていたのは、私を恥しがらせないための心づかいであった。幸田氏のトランクは戯曲全集でいっぱいだった。けれど私たちの朗読に掛けられない恋の戯曲は、もう一ペエヂもなかったであろう。そしてああ、幸田氏はついに大きいトランク一個とともに次の調査地に行ってしまったのである。

私を研究資料として書き入れていた幸田氏のノオトが、どんな内容を持っていたかを私は知らない。私はただ、幸田氏の行ってしまったのちの空漠とした一つの心理を知っているだけである。私はただせりふの朗読に慣れた口辺が淋しく、口辺の淋しいままに幾つでも窓の柿をたべた。当八氏の残していった籠の椅子に腰をかけ、餅板の机に柿をならべ、そして私は幾つでもたべた。私は餅取粉の表面に書いた。「ああ、フモオル様、あなたはもう行っておしまいになりました」

祖母はいくたびか旧居に降りて来ることを命じた。けれど私は屋根部屋に住み、窓の狐格子をとざし、そして祖母の焚の煙に咽んだ。

幸田当八氏に対する私の心境をすこしも知らない私の祖母は、すべての状態を運動不足のためだと信じ、出来るだけ私を歩行させようと願った。そしてついにお萩をつくり、私を松木夫人の許にやったのである。

私のお萩はあまり松木家の夕食に役立たなかった。私が途上であちこちしてるうちに、松木家の夕食は済んでしまったのである。食卓の食器はみんな片づいていて、卓上には食事に関係のない二点の品が載っていた。それは一冊の薄い雑誌と、一罎《びん》のおたまじゃくしとであった。松木氏はおたまじゃくしと雑誌とを代る代るにながめよほど不機嫌な様子で、松木夫人は膝のうえにあまり清潔に見えないところのズボンを一着のせて綻びを縫っていた。以上のような光景のなかに私のお萩はとどいたのである。

松木氏はまずそうな表情でお萩を半分だけ噛みくだし、そして言った。

「何にしても、土田九作くらい物ごとを逆さに考える詩人はいないね。言うことが悉く逆さだ。鳥が白いとは何ごとか。神を恐れないにも程がある。僕は動物学に賭けても鳥のまっくろなことを保証する。お祖母さんのうちの孫娘も一度土田九作の詩を読んでみなさい」

松木氏は雑誌を私の方によこした。そのペエヂには詩人土田九作氏の「からすは白きつばさを羽ばたき、唖々と嗤《わら》ふ、からす嗤へばわが心幸おほし」という詩が載っていた。

この作者は松木夫人の弟で、いつも物ごとを逆にしたような詩を書き、そして常に動物学者の松木氏の悲歎にあたいしていたのである。

「何にしても、あの脳の薬を止《よ》させなければ駄目ですわ」

夫人はやはりズボンを繕いながら言った。このズボンはどうも土田氏のものらしかった。

「あらゆるくすりを止《よ》させなければならない。土田九作くらい薬を用いる詩人が何処にあるか。消化運動の代りには胃酸をのむし、睡眠薬を毎夜欠かしたことがない。だから鳥が真白に見えてしまうのだ」

「だからちょっと外出しても自動車にズボンを破られてしまうのですわ」

「ところでこんど九作の書く詩は、おたまじゃくしの詩だという。ああ、何という恐ろしいことだ。実物を見せないで書かしたら、土田九作はまた、おたまじゃくしは真白な尻尾を振り――という詩を書くにきまっている。まるで科学の冒瀆だ、だから僕は、僕の研究室で、時ならぬおたまじゃくしの卵を孵化さしてやったのだ。眼の前に実物を見て書いたら、土田九作でもすこしは気の利いた詩を書けるであろう。ところで（と松木氏は私に向って）お祖母さんのうちの孫娘は、非常な運動不足に陥っているようだね。だから（と氏は夫人に言った）おたまじゃくしを届けがてら孫娘を火葬場あたりまで伴れていったらいいだろう。ちょうどいい運動だ」

けれど松木夫人はまだズボンの修繕が済まなかったのでおたまじゃくしは私が届けることになった。

私は季節はずれのおたまじゃくしを風呂敷に包み、松木夫人の注意で重箱の包みをもった。土田九作氏がもし勉強疲れしているようだったらお萩をどっさり喰べさしてくれと夫人はいって、九作氏の住居は火葬場の煙突の北にある。木犀《もくせい》が咲いてブルドックのいる家から三軒目の二階で階下はたぶんまだ空家になっているであろう。二階の窓には窓かけの代りとして渋紙色の風呂敷が垂れているからと説明した。

私は祖母の希望どおりたくさんの道のりを歩いた。けれどついに幸田当八氏を忘れることはできなかった。木犀の花が咲いていれば氏を思い、こおろぎが啼《な》いていれば氏を思った。そして私は火葬場の煙突の北に渋紙色の窓を見つけ、階下《した》の空家を通過して土田九作氏の住居に着いた。

九作氏はちょうどおたまじゃくしの詩について考えこんでいるところであったが、私が机のうえにおたまじゃくしの罎をおくと、氏は非常に迷惑な顔をしておたまじゃくしを机の下の暗がりにかくした。氏はおたまじゃくしの詩を書くときその実物を見ると、まるで詩が書けないという思想を持っていたのである。

それから土田氏は私に対し非常に済まない様子で、一つの願いを出した。

「ミグレニンを一オンス買って来てくれないか。二時間前から切れてて頭が苦しい」

私は茶色の一オンス罎を受取って薬局に出かけた。

私が頭の薬を買って帰ってみると、九作氏は重箱をあけてお萩をたべているところだった。

しばらくののち氏は箸をおいて頭をふり、ひとりごとを一つ言った。

「どうも、僕は、いくらか喰べすぎをしたようだ」

九作氏は机の抽斗《ひきだし》をさがして胃散をとりだし、半匙の胃散を服んだ。氏の罐には胃散が半匙しか残っていなかったのである。氏はしばらくのあいだ頭を振ってみたり詩の帳面に向ってみたりして胃散の利目《ききめ》を待っている様子であったが、ついに、ひどく言い難そうな態度で、胃散を一罐買ってきてくれないかと言った。そしてなお萩と胃と頭脳のはたらきとの関係について述べた――甘いものは頭の疲れに好いと人々は信じているようだが、度を過すと胃が重くなる。胃があまりに重くなると、胃の重っくるしさは頭にのぼって来て、頭脳がじっと重くなってしまうのだ。この順序を辿ってみると甘いものの一つであるお萩は、じつに頭に有害なものではないか。

土田九作氏は机の抽斗を閉めることをも忘れて、ただ頭の状態を気にしていた。そして氏の抽斗には、いろんな薬品のほかに何もなかった。

さて私は、ふたたび薬局をさして出かけなければならなかった。それにしても、この一夜は、私に取って何と歩く用事の多い一夜であろう。そして土田九作氏は、何と彼の住居にじっとしていたい詩人であろう。氏はいつもあの二階に籠《こも》っていて、胃散で食後の運動をしたり、脳病のくすりで頭の明哲を図ったりして、そして松木氏や松木夫人の歎きにあたいする諸々の詩を作っているに違いない。——私は途々こんなことを考えて、ついに暫くのあいだ幸田当八氏のことを忘れていた。

私が胃散の罐とともに帰って来ると、土田九作氏はおたまじゃくしの罎を机の上に取りだし、おたまじゃくしの運動をながめつつ何か呟いていた。そして氏は私の帰宅をも知らない様子だった。——僕はついにおたまじゃくしの詩作を断念した。実物のおたまじゃくしをひと目見て以来僕は決しておたまじゃくしの詩が書けなくなった。松木氏は何と厄介な動物を届けてよこしたのだろう。

さて土田九作氏は胃散の封を切って多量の胃散をのみ、詩の帳面に向ったが、しかし氏は一字の詩も書いた様子はなかった。そのあいだ私は罎の中のおたまじゃくしを見ていた。季節はずれの動物は狭い罎のなかを浮いたり沈んだりして、あまり活潑ではない運動をしていた。このおたまじゃくしにも何か悲しいことがあるのであろう——そして私は、ふたたび幸田当八氏のことを思いだし、しぜんと溜息を吐《つ》いてしまったのである。

すると土田九作氏も大きい息を一つして、

「何か悲しいことがあるのか。悲しい時には、あんまり小さい動物などを瞶《みつ》めると心の毒になるからお止《よ》し。悲しい時に蟻やおたまじゃくしを見ていると、人間の心が蟻の心になったり、おたまじゃくしの心境になったりして、ちっとも区別が判らなくなるからね。(そして土田氏は、おたまじゃくしの罎を幾重にも風呂敷で包んでしまい階段の上り口に運んで)こんな時には、上の方をみて歌をうたうといいだろう。大きい声でうたってごらん」

といった。けれど私はついに歌をうたうことが出来なかった。そしてついに土田九作氏は、帳面の紙を一枚破りとり、次の詩を私に教えてくれたのである。しかしこの詩は九作氏の自作ではなくて、氏が何時《いつ》か何処《どこ》かから聞いたのだと言っていた。帳面の紙には――

おもかげをわすれかねつゝ

こゝろかなしきときは

ひとりあゆみて

おもひを野に捨てよ

おもかげをわすれかねつゝ
こゝろくるしきときは
風とゝもにあゆみて
おもかげを風にあたへよ

こおろぎ嬢

名前をあかしても、私たちのものがたりの女主人を知っている人は、そう多くないであろう。私たちのものがたりの女主人は、この世の中で知己《ちき》に乏しく、そしていろんな意味で儚《はかな》い生きものであった。その原因をたずねたら、いろいろ数多いことであろうけれど、しかし、それは、このものがたりに取ってあまり益もないことである。ただ、私たちは曽つて、微かな風のたよりを一つか二つ耳にしたことがある。風のたよりによれば、私たちの女主人がこの世に誕生したとき、社交の神、人間の知己関係を受持つ神などが、髭かげんをあやまったのだという。または、その神々が短《みじ》かい午睡の夢をむすんでいた不運なときに、私たちの女主人がこの世に生を享《う》けたのだともいうことである。また、すこし理屈の好きな風は、私たちに向ってまことらしく言った――この儚いものがたりの女主人の生れた頃は、丁度《ちょうど》神々の国で、何とかという思想が流行していた。この思想のかけらが、ふと、女主人の頭の隅っこにまぎれ込んだものであろう。或《あるい》は心臓の隅っこかも知れない。この何とかという思想は（と、理屈の好きな風は、なおも私たちに向って続けたのである）たいへん静寂な思想であったともいうし、非常に騒々しい思想だったという説もある。神々の国の真相は、われわれ風には摑めそうもないから、それは神様に預けて置こう。それで、この女主人は、神々の静寂な思想のかけらを受けて、騒々しいところ、たとえば人間のたくさんにいるところなどを厭うようになったのか、或は神々の騒々しい思想のために耳がつんぼになったのかも知れない。つんぼというものは、もともと（理屈の好きな私たちの来客は、いくらか声を大きくして、最後の断言をした）社交的性情に乏しいものである！　厭人的性癖に陥りやすいものである！　逃避人種である！

　この理屈好きな風の見解は、私たちに半分だけ解ったような感じを与えた。解らない部分は、私たちも、やはり、神々の国の、霧のなかに預けておくことにしよう。そして私たちは、朧ろげながら思ったことである。このものがたりの女主人は、たぶん、よほどの人間ぎらいなのであろう。それならば、私たちは、よほど心して彼女を扱わなければならない。彼女の影を見失わないように、私たちは静かに蹤《つ》いて行きたいのである。

　ものがたりの初めを、いろんな風のたよりで汚してしまったけれど、私たちは、なお、薬について何程かのたよりを耳にした。聞くところによれば、私たちのものがたりの女主人は、褐色の粉薬の常用者だという。この粉薬の色については、説がまちまちで、私たちはどれを採用していいか解らないのである。褐色でなくて黄色っぽい薬だともいうし、白い細かい結晶体とも聞いた。褐色にみえるのは罎《びん》の色で、だから中味は劇薬にちがいないともいうし、黄色っぽくみえるのは柔軟オブラアトの色だという風説もあった。所詮こんな問題は、煩瑣なものごとをつかさどる神様に預けておくほか仕方もないであろう。ただ私たちは地上の人の子として、薬の色などを受持たれる神の神経が弥《いよ》よ細かに、そして総ゆる感官のはたらきも豊かでいて下さるよう願うのみである。

色はどうにもあれ、私たちの女主人は、一種の粉薬の常用者であった。これは争う余地もない事実であった。けれどその利き目について、私たちは確かな報導をすることが出来ないようである。私たちのものがたりの女主人が、身のまわりの騒々しい思想のために、つんぼにされているかも知れないことは前にも述べたけれど、彼女は、このつんぼの憂愁から自身を救いだすために、このような粉薬を用いはじめたともいうし、よけいつんぼになるために用い続けているともいう。何にしても、これは精神麻痺剤のたぐいで、悪徳の品にちがいない。健康な良心や、円満なセンスを持つ人々の口にすべき品ではないであろう。

それから私たちは、その粉薬の副作用について、一握の風説をきいた。この粉は、人間の小脳の組織とか、毛細血管とかに作用して、太陽をまぶしがったり、人ごみを厭ったりする性癖を起させるということである。その果てに、この薬の常用者は、しだいに昼間の外出を厭いはじめる。まぶしい太陽が地上にいなくなる時刻になって初めて人間らしい心をとり戻し、そして二階の借部屋を出る。（こんな薬の常用者は、えて二階の借部屋などに住んでいるものだと私たちは聞いた）それから彼等が借部屋を出てからの行先について、私たちは悪徳に満ちたことがらを聞いた。こんな粉薬の中毒人種は、何でも、手を出せば摑み当てれるような空気を摑もうとはしないで、何処か遠い杳《はる》かな空気を摑もうと願望したり、身のまわりに在るところの生きて動いている世界をば彼等の身勝手な意味づけから恐れたり、煙たがったり、はては軽蔑したり、ついに、映画館の幕の上や図書館の机の上の世界の方が住み心地が宜しいと考えはじめるということだ。薬品のせいとはいえ、これは何という悪い副作用であろう。この噂をはじめて耳にしたとき、私たちは、つくづくと溜息を一つ吐いて、そして呟いたことであった。この粉薬は、どう考えても、悪魔の発明した品にちがいない。人の世に生れて人の世を軽蔑したり煙たがるとは、何という冒瀆《ぼうとく》、何という僭上《せんじょう》の沙汰であろう。彼等常用者どもがいつまでも悪魔の発明品をよさないならば、いまに地球のまんなかから大きい鞭が生えて、彼等の心臓を引っぱたくにちがいない。何はともあれ、私たちは、せめてこのものがたりの女主人ひとりだけでも、この粉薬の溺愛から救いださなければならない。
けれどそのような願いにも拘らず、私たちはその後彼女に逢うこともなくて過ぎた。するると彼女は、このごろ、よほど大きい目的でもある様子で、せっせと図書館通いを始めてしまったのである。

さて私たちは、途上の噂ばなしなどを意味もなく並べて、よほど時間を取ってしまった。けれど人々はそれ等の話によって私たちのものがたりの女主人を、一人の背徳の女と決めてしまわれなくても好いであろう。何故といえば、私たちが並べた事々は、みな途上の風のたよりである。ただ私たちはものがたりを最初に戻して、この女主人は、あれこれの原因から、名前をあかしてもあかさなくてもの生きものであった。

時は五月である。原っぱの片隅に一群れの桐の花が咲いて、雨が降ると、桐の花の匂いはこおろぎ嬢の住いにまで響いてきた。こおろぎ嬢の住いは二階の借部屋で、三坪の広さを持っていた。障子のそとの濡縁はもうよほど木が古びていて、部屋の女あるじが静かに歩いても、きゅう、きゅう、きゅうと啼《な》く。
今日は丁度あつらえむきの雨で太陽もさほど眩しくはなかったので、こおろぎ嬢は昼間から図書館へ出掛けることにした。ざっと一時間前にとやかく身支度をして、空模様についで考えているあいだに、私たちのこおろぎ嬢は、何となくうつらうつら睡《ねむ》くなって来たので、机の下に足をのばし、頭の下には幾冊かの雑誌を台にして、丁度有りあわせの枕の上で嬢は一時間の仮睡を取ったところであった。そして眼がさめてみると、都合よく雨の音がはじまっていて、身辺には桐の花の匂いがひと頃よりは幾らか白っぽく褪《あ》せ漂っていたわけである。それで、外套だけ羽織れば身支度が終った。こおろぎ嬢の外套はそう新《あた》らしい品ではなくて、丁度桐の花の草臥《くたび》れているほどに草臥れていたのである。左のポケットには、これは外套よりもひとしお時を経た小型の手鞄。右のポケットからは四折りにした分厚な洋紙の端がはみ出していた。こおろぎ嬢の様子は略《ほぼ》こんなありさまで、あまりくっきりと新鮮な風采ではなかった。そして外套の中の嬢自身も、私たちの眼には、やはり外套とおなじほどの新鮮さに見えた。

雨降りの原っぱに出る。桐の匂いが、こおろぎ嬢の雨傘の裡《うち》いっぱいに入ってきた。これは仕方もないことである。この原っぱでは、このごろ、空気のあるかぎり桐の花の匂いもあった次第である。けれどこおろぎ嬢は、此処の空気をあまり歓ばない様子であった。嬢は、鼻孔の奥から、せっかちな鼻息を二つ三つ、続けさまに大気のなかに還した。しかしこおろぎ嬢がこの原っぱを出ないかぎり、吸う息も吸う息も、みな草臥れた桐の花の匂いがした。それでこおろぎ嬢は知らず知らず左手で左のポケットの手鞄をつかみ当てつつ鼻息の運動を幾たびかくり返した。

　雨の降る原っぱを行きながらこおろぎ嬢が桐の花の匂いを拒んだわけについて、私たちは幾らか説明しようと思う。私たちの知るかぎり、桐の花というものは昔から折々情感派などの詩人のペンにも止ったほどの花で、その芳香を拒んだりするのは、よほど罰あたりな態度と思うのである。とはいえ、いまこおろぎ嬢の身のまわりを罩《こ》めている桐の匂いは、もはや散りぎわに近く、疲れ、草臥れ、そしてもはや神経病にかかっているのは争われない事実であった。そしてこおろぎ嬢の方でも、悪魔の粉薬ののみすぎによって、このごろ多少重い神経病にかかってしまった。

　話はいくらか飛ぶけれど、私たちは曽つて分裂心理病院という病院の一医員幸田当八氏を知っていた。幸田当八氏は、曽つて、分裂心理研究に熱心するあまり、ひと抱えの戯曲全集とノオト一冊を持って各地遍歴の旅に発ち、そして到着さきの一人の若い女の子に、とても烈しい恋の戯曲をいくつでも朗読させ、その発音やら心理変化のありさまをノオトに取るなど、神秘の神に多少の冒瀆をはたらいてきた医者であった。当八氏のノオトについて、私たちは愛すべき一握の話題を持っているけれど、それは別の日に残しておいて、私たちはいま、図書館へ向けて雨のなかを歩いているこおろぎ嬢の一つの心理を説くために、曽ての旅で幸田当八氏が発見した学説の片《き》れ端《はし》を思い浮べたいのである。五月の原っぱは一面の糠雨《ぬかあめ》。季節に疲れた桐の匂い。そしてこおろぎ嬢の色あせた春の外套は、借部屋を出て二分あまり、すでにいちめん湿っぽかった。人間の後姿というものは、時に、見るものの心を湿っぽくするものらしい。いま、五月の原っぱの情景に、私たちはしぜんと吐息を一つ洩らしてしまったのである。こおろぎ嬢の風姿は、それはあまり春の光景にふさわしいものではなかった。嬢の後姿を包んでいるものは、一枚の春の外套であるとはいえ、もはや色あせて、秋の外套の呼名にふさわしい色あいであった。そして私たちは、こおろぎ嬢の風姿をいっそ秋風の中に置きたいと思ったことである。さて幸田当八氏の学説は、おおよそ次のようなものであった。——人間が薬品の副作用とか心の重荷などによってひとたび脳神経の秩序をこわしてしまうと、彼は夏の太陽のごとき強烈なものから頻《しき》りに逃避しようとする。同時に彼は、凋落に近い花の芳香のごとき繊弱なものをも拒むようになる。これは罹病者の体質に由来する心理的必然であって、敢《あえ》て余等分裂心理学徒の牽強附会ではないのである！　もしこの罹病者が太陽の光線の強い季節に於《おい》て外出の必要に迫られたらば、彼は昼間の外出を夜に延ばし、または窓をとざした部屋に籠居《ろうきょ》して、雨の降る日まで幾日でも待つであろう。また晩春の桐の花の下などを通らなければならないときは、彼はしきりに鼻孔を鳴らし、性急な鼻息を以って神経病に罹っている桐の芳香を体内に入れないようにするであろう。これを要するに、神経病者は神経病者を拒否するものである。これは同族者への哀感を未然に防ぐためであって、彼と桐の花とは、たとい人類と植物との差ありとはいえ、ひとしく神経病に侵されている廉《かど》をもって同族者である云々。

朧ろな記憶力のために私たちは幸田当八氏の学説を曲げたかも知れないけれど、こおろぎ嬢が桐の匂いを吸わないように努めたのは、丁度以上のような心理からであった。そして嬢は桐のそばを通り抜け、停車場から図書館へ運ばれた。

私たちは、ごく小さい声で打明けることにしよう。悪魔の製剤の命ずるままに、私たちのものがたりの女主人は、このごろ一つの恋をしていたのである。この恋情のはじまりを私たちは何と説明したらいいのであろう。これはなかなか迂遠な恋であった。

一日、こおろぎ嬢は、ふとしたことから次のような一篇のものがたりを発見した。

「むかし、男女、いとかしこく思ひかはして、ことごころなかりけり」

という古風な書出しで、一人の変な詩人の恋愛ざたを述べたものであった。詩人は名をうぃりあむ・しゃあぷ氏といって、ふとした心のはずみから、時の女詩人ふぃおな・まくろおど嬢に想いを懸けてしまった。二人の恋仲は、人の世のあらゆる恋仲にも増して、こころこまやかなものであった。そしていろいろ、こころをこめた艶書のやりとり、はては詩のやりとりもあったという。私たちの国のならいにしたがえば、たぶん

君により思ひ習ひぬ世の中の
　人はこれをや恋といふらむ

かへし

習はねば世の人ごとに何をかも
　恋とはいふと問ひし我しも

などの歌にも似た詩のやりとりがあったのであろう。

けれどここに一つの神秘は、世の人々が、ついぞ、まくろおど嬢のすがたを見かけなかったことである。それ故まくろおど嬢は、時の世の人々にとっては、何となく空気のようにも思える女詩人であった。嬢は、人に知られない何処《どこ》かの片隅に生きていて、白っぽいみすてり派の詩というのを書いていたという。時として、まくろおど嬢は、わが思う人しゃあぷ氏のもとに滞在して、幾日かの時を送ることがあった。けれどまくろおど嬢は、此処《ここ》で、どんな様子の時間をすごしているのであろう。嬢はただ、詩を書くの

みで、ついぞ風姿に接することのできない神秘の詩人であった。そこで、しゃあぷ氏は折々知人などから抗議を申込まれたのである。彼等は、みすてり派などというものを地上に許さぬともがらで、氏に口説いていうには「ふぃおな・まくろおど嬢は、よほどみめ美しくけざやかな女詩人におわすという。しかるに貴殿は、余等友人に対しまるでやぶさかである。まくろおど嬢を一度たりとも余等にひきあわしたことがない。今日こそ余等は嬢の風姿に接するつもりである。この望みのとどくまで、余等は何時間でも待つことにしよう」

これを聞いたうぃりあむ・しゃあぷ氏は、よほど額を曇らせ、対手の顔を見もやらないで呟いた。氏自ら何を言っているのかを知らないありさまで、ときれとぎれ、晩秋の芭蕉のような呟きであった。「ああ、懶《ものう》きのぞみを聞くものかな。まくろおどは、もう、旅に行ってしまった。嬢は、もはや、余の身近にいない。昨日夕方のことであった、おお、余は、なにゆえともなく放心して、時を、時間の長さを、忘れかかっているけれど、たぶん昨日の晩景のことであった。ふぃおなと余は、寄り添うて、ああ、たがいに寄り添うて、大空の恒星を見ていた。すこし離れて、遊星は……」

「しゃあぷ氏!」と来客はついにたしなめたのである。「余等の望むところは地上のことがらである。天文の事ではないのである。恒星! そして遊星! 何ということだこれは。空っとぼけとはこの事にちがいない。だから恋をしている人間はだらしなく、そして抜け目がないというんだ。おのろけを半分だけ言って、あとは天文の事に逃げてしまう。しゃあぷ氏！　たがいに寄り添うて、そして貴殿は……」

そこでしゃあぷ氏は答えた。こんな種類の来客というものは、所詮接吻のこと寝台のことを語らなければ納《おさま》らないものである。うぃりあむ・しゃあぷ氏は、吐息とともに、

「むろん、接吻はした。さはれ、余とふぃおなに、接吻が何であろう。余が遊星を見ていた折、ああ、余のふぃおなは、余の心臓より抜けいだし、行方もわからず……」

「おお、懶きのろけを聞くものかな。余等は泡だち返す一盞《いっさん》のしとろんと、団扇《うちわ》を欲しくなってしまった。団扇は、東洋の七輪など煽ぐ渋団扇。なるたけ大きいのを持って来てくれ。余等は聞いたことがある。この品はよほど渋面作った色を呈し、のろけを聞かされた耳に、一脈の涼風を送ってくれるということだ」

しゃあぷ氏はついに黙っていた。客はなおもまくろおど嬢を引きあわせろと言って、余等の鼻は佳人に対してこよなく敏感である。嬢は余等と九尺とは離れないところに居るにちがいない。おおこの香気！　まくろおど嬢は隣室《(ママ)》にいて、化粧にうきみをやつしている！　これはおお、つたんかあめん時代より、てんめんとして人の世に伝わる何と

かの香料である！　それが佳人の肌の香と複合するときは、余等伊達男を悩殺してしまう！　しゃあぷ氏！　まくろおど嬢を化粧部屋から伴《つ》れだせ！　などと叫んだのである。しゃあぷ氏はついに黙っていた。

かくて、うぃりあむ・しゃあぷと、ふぃおな・まくろおどとの間に、幾多の年月がながれた。年月のあいだ、人々は、ついに、まくろおど嬢の風姿をみることはなかった。そしてついに、しゃあぷの歿《みま》かって幾らかの月日がたったのち、人々は知った。ふぃおな・まくろおど嬢は、よき人うぃりあむ・しゃあぷと同じ日同じ刻に、悠久の神の領土に召されたのである。しかもうぃりあむとおなじ床、おなじ病いによって召された。ただ、人々の眼にふれたなきがらは一つだけであった。男性うぃりあむ・しゃあぷの骸ひとつ。

さて私たちは、この古風なものがたりを読んでいたこおろぎ嬢の許に還らなければならない。この古風な一篇を読み進んだこおろぎ嬢は、身うちを秋風の吹きぬける心地であった。このような心地は、いつも、こおろぎ嬢が、深くものごとに打たれたとき身内を吹きぬける感じであって、これは心理作用の一つであるか、それとも一種の感覚か、それを私たちははっきり知らないのである。そして秋風の吹きぬけたのちは、もはや、こおろぎ嬢は恋に陥っている習いであった。対手はいつも、身うちに秋風を吹きおくったもの、こと、そして人であった。

ふとした頭のはずみから、私たちは恋というものの限界をたいへん広くしてしまったようである。とまれそんな順序にしたがって、私たちの女主人は異国の詩人に恋をしてしまった。

話が前後したけれど、この古風なものがたりは次のような結びで終っていた。ひとつの骸で両《ふた》つのたましいが消えていった。これは世のつねならぬ死であった。けれどその細かいいわれを誰が知ろう。人々は、地上に生れて大空に心をよせた詩人うぃりあむ・しゃあぷのなきがらを葬ったのみである。（彼もまた、よき人ふぃおな・まくろおど嬢とおなじにみすてりの詩人で、太陽のあゆみや遊星のあそびに詩魂を托したという）葬りつつ、幾人かの人はひそかに思った――まくろおど嬢は、何処の土地で、うぃりあむの死を歎いているであろう、と。また腰のぽけっとにいつもふらんすのはむを、はみ出すばかり詰め込んでいる紳士どもは、野辺おくりの行列で一入《ひとしお》肥満してしまい、心中憚りのない大声で思ったことである――これは、どうも、年中雲だの霞だの呟いてたしゃあぷ氏も、ついに天上してしまった！　蒼ざめた魂め、まるで故郷に還ったつもりでいるだろう！　月だ星だ太陽の通り路だ無限悠久久遠惝怳《くおんしょうこう》！　何ということだこれは！　摑みどころのない物ばかし並べてやがる！　だから、たましいは風とともに歩みて涯しなき空を行き、という事にもなるんだ！　まるで世迷言《よまいごと》ではないか！　ところで、この葬列が着くべき所に着いた時、余等は太った方の紳士を代表して、しゃあぷ氏の霊に一片の弔辞を捧げることになっている！　何という矛盾だ、これは！　もうじき葬送の行列は着くべき所に着くんだぞ！　仕方がない！　余等は日頃の大声をいくらか湿っぽくして、

会葬の紳士淑女諸君！
うぃりあむ・しゃあぷ氏は
気体詩人でありました！
氏は栄《はえ》ある生涯に於《おい》て
三冊、あるいは七冊の詩集を書かれたといいますが、
それはみな
抽象名詞の羅列による高貴な思想であります！

と言っておくことにしよう！　次はふぃおな・まくろおど嬢のこと！　おお、まくろおど嬢！　余等は、しゃあぷ氏の吝嗇《りんしょく》のため、ついぞ嬢の眉に触れることなく過してしまった！　しゃあぷのやつ、いつも言を左右に托して、まくろおど嬢を一度も余等に引きあわせないでしまった！　何というやきもちだ！　まくろおど嬢！　今こそ貴嬢は、

しゃあぷのやきもちから解き放たれ、のうのうと何処かの土地で欠伸《あくび》していることだろう！　とかく、女というものは、よき人を失った翌日から、すでに御飯を食べるものだ！　これは余等が千の女を体験して樹《た》てた久遠の哲理である！　眼には泪を流しながら、口にはすでに新しい皿の御飯を食べている奴さ！　余等のまくろおど嬢は、おお、何処の土地で新しい皿を待っているのであろう！　ああ、余等の鼻には、またも、つたんかあめんの香料が匂って来た！　余等は草を分けても嬢の姿を探しだし、そして！　床まきの香料はどれにしたものか、余等は、もう選択に迷ってしまう！　女という生物はみんな体質によって肌の香を異にしているものだからな！　ああ！　余等は、しゃあぷの謂《いわ》れないやきもちによって、まくろおど嬢の肌の香をまだ知らないのである！　これほどのやきもちが二人とあるか！　何にしても余等は草を分けてもまくろおど嬢を探しださなければならぬ！　嬢は詩の上では、しゃあぷと同じように雲や霧のことばかり言ってるけれど、しかし草を分けても探しだしてみれば、意外の肉体を持っているかも知れないぞ！　噂によれば、しゃあぷに宛てた艶書の中には、彼女の詩境とはまるで反対に、随分烈しいやつもあるという！　まことにさもあるべき事だ！　まくろおど嬢は必定雲や霧のような柳腰の女ではないであろう！　このごろ東洋の何とかいう所に変な病院が建てられたということだ！　其処の一医員幸田当八の報告によれば、柳腰の女が却って脂肪に富んだ詩を書いたり、腰の太い女が煙のような詩を書くという！ 何とすばらしい説であろう！ 余等はいよいよ草を分けてもまくろおど嬢のからだを探しださなければならない！

かくて、静かな葬列は、いろんな思いをのせ、着くべきところへ向って流れたのである。けれど人々は、ふぃおな・まくろおどの居場処について皆思い誤っていた。嬢はいま、人に知られぬ処、うぃりあむ・しゃあぷの骸のなかに、肉身を備えない今一人の死者として横《よこた》わり、人知れぬ葬送を受けていたのである。ふぃおな・まくろおどは、まったく幻の女詩人であった。詩人しゃあぷの分心によって作られた肉体のない女詩人。それゆえ嬢は、よき人しゃあぷとともに地上から消えた。けれど生世のうち、二人の艶書のやりとりは、それは間ちがいのない事実であった。分心詩人うぃりあむ・しゃあぷの心が男のときはしゃあぷのペンを取ってよき人まくろおどへの艶書をかき、詩人の心が一人の女となったとき、まくろおどのペンを取ってよき人しゃあぷへ艶書したのである。かかるやりとりについては、今後時を経て、「どっぺるげんげる」など難かしい呼名のもとにしゃあぷの魂をあばく心理医者も現われるであろう。また、ふとして、東洋の屋根部屋に住む一人の儚い女詩人が、彼女の儚い詩境のために、異国、水晶の女詩人を、粗末なペンにかけぬとも言えないのである。心理医者、そして詩人。何という冒瀆人種であろう。いつの世にも、彼等は、えろすとみゅうずの神の領土に、まいなすのみを加える者どもである。彼等が動けば動くだけ、うぃりあむ・しゃあぷの住んでいたみすてりの世界は崩されるであろう。

——こおろぎ嬢の読んだ古風なものがたりはこれでおしまいであった。

図書館は、普通街路からいくらか大空に近い山の上にある。全身灰色を帯びていた。この建物の風丰《ふうぼう》は、こおろぎ嬢にとって気まぐれな七面鳥であった。陽が照ると取り澄ました明色の象牙の塔となり、雨が降ると親しみ深い暗色に変った。雨で暗色した灰色は、粉薬で疲れた頭をも、そう烈しくは打たないものである。

とはいえ、こおろぎ嬢の心を捕えてしまったうぃりあむ・しゃあぷ氏は、図書館の建物の中で、何と影の薄い詩人であった。幾日かの調べに拘らず、こおろぎ嬢のノオトは、いっこう、豊富にはならないのである。そしてこおろぎ嬢は深い悲歎に暮れ、ノオトの空地空地に心を去来するいろんな雲の片はしを書いてみたり、尨大な文学史を読み進むことを止めて(何故なら、文学史の図体《ずうたい》が大きければ大きいほど、その作者は、こおろぎ嬢の探し求めている詩人に、指一本染めていなかった。これはこおろぎ嬢の悲しい発見であった)文学史家のセンスについて考え込み、そして私たちのものがたりの女主人は、植物ほどに黙り込んだ、効果ない時間殺しをしてしまう。これは地球上誰の役にも立たない行いであった。

しゃあぷ氏に関するこおろぎ嬢のノオトは、前にも述べた訳から大変貧弱であった。そしてついに、こおろぎ嬢の手にした幾冊目かの文学史には、嬢の哀愁にあたいする一つの序文がついていたのである。

「なお最後に断っておかなければならないことは、この出版書肆の主人は、一種気高い思想を持っていて、健康でない文学、神経病に罹っている文学等の文献は、一行たりとも出版しないことを吾人《ごじん》に告げた。それで吾人は用意した原稿の中から主人の嫌悪に値いする二、三の詩人を除かなければならなかった。吾人は此処《ここ》に割愛された詩人の名前だけを挙げて、心やりとするものである。順序不同、「考える葦のグルウプ」三氏、「黄色い神経派」中の数氏、「コカイン後期派」全氏。おすか・わいるど氏は背徳行為の故をもって。うぃりあむ・しゃあぷ氏は折にふれ女に化けこみ、世の人々を惑わしたかどにより」

こんな序文がこおろぎ嬢にとって何の役に立つであろう。頭痛がひどくなっただけであった。人間とは、悲んだり落胆したりするとき、日頃の病処が一段と重るものであろう。それ故に、嬢は蹌踉《そうろう》と閲覧室を出て、地下室の薄暗い空気の中に行かなければならなかった。

踏幅《ふみはば》の狭い石段を下りると石の廊下に出る。右は売店二、三戸の地下室内の街。左に進むと、からだは自然と婦人食堂へはいる。此処は、食事時のほかはいつもひっそりしていて、薄暗い空気が動かずにいた。そしてこおろぎ嬢のためには粉薬用の白湯《さゆ》も備えてあったわけである。白湯は大きい湯わかしからこんこんと湧いて出た。窓の薄あかりにすかして、これは灰色を帯びた白湯であった。そしてこおろぎ嬢は古鞄の粉薬を服用したのである。人々は見られたであろう。この室内の空気はまことに古ぼけたものであった。また地下室の庭には、窓硝子《ガラス》の向うに五月の糠雨が降っている。こんな時、人類とは、大きい声で歌をどなるとか、会話をするとか、あるいはパンを喰《た》べたくなるものだ。私たちのものがたりの女主人は、日頃借部屋の住いの経験から、このような人類の心境をよく知っている。それでこおろぎ嬢は、いま、せめてパンを喰べてみようと思った。丁度この時であった。地下室の片隅から、鉛筆をけずる音が起ったのである。地下室の一隅のもっとも薄暗い中に一人の先客がいた。そしてこおろぎ嬢は、もはや疑うところもなく、先方を産婆学の暗記者と信じてしまったのである。これはこおろぎ嬢にとって丁度いい話対手《はなしあいて》であった。しかし先方では、いっこうこおろぎ嬢の挨拶を受ける様子はなくて、無闇と勉強をつづけていたのみである。嬢がよほど長いあいだ先方を知らなかった以上に、先方はまだこちらに気づかない有様であった。これは何ということであろう。仕方もないのでこおろぎ嬢は食堂を出てパン屋に行った。

「ねじパンを一本」

会話を忘れかかったこおろぎ嬢の咽喉が、無愛想な音を吐いてしまった。パン屋の店の女の子は多少呆れた様子でこおろぎ嬢を見上げ、それからパンの袋を渡した。

食堂でねじパン半本を喰べるあいだ、私たちは、こおろぎ嬢の心の色あいについて言うべき事もなかった。嬢はただパンに没頭していたのである。そして先刻以来文学史の序文によってひどく打ちつけられている事実をも忘れている様子であった。パンがそれだけ済んだ頃、こおろぎ嬢の喰べかたは非常にのろくなって、そして、チョコレエトのあんこを無精に舐めながら、向うの片隅の対手に向って声は出さない会話を話しかけたのである。「あのう、産婆学って、やはり、とても、難かしいものですか」

しかし対手は限りなく暗記物の上に俯向《うつむ》いていて、いつまでも同じポオズであった。こおろぎ嬢は、食卓二つを隔てた対手の薄暗い額に向って、もう一つだけ声を使わない会話を送った。「御勉強なさい未亡人(この黒っぽい痩せた対手に向って、こおろぎ嬢はこの他の呼び方を知らなかった)この秋ごろには、あなたはもう一人の産婆さんになっていらっしゃいますように。そして暁けがたのこおろぎを踏んで、あなたの開業は毎朝繁盛しますように。こおろぎのことなんか発音したら、あなたはたぶん嗤われるでしょう。でも、私は、小さい声であなたに告白したいんです。私は、ねんじゅう、こおろぎなんかのことが気にかかりました。それ故、私は、年中何の役にも立たない事ばかし考えてしまいました。でも、こんな考えにだって、やはり、パンは要るんです。それ故、私は、年中電報で阿母を驚かさなければなりません。手紙や端書《はがき》は面映ゆくて面倒臭いんです。阿母は田舎に住んでいます。未亡人、あなたにもお母さんがおありになりますか。ああ、百年も生きて下さいますように。でも、未亡人、母親って、いつの世にも、あまり好い役割りではないようですわね。娘が頭の病気をすれば、阿母は何倍も心の病気に憑かれてしまうんです。おお、ふぃおな・まくろおど！　あなたは、女詩人として生きていらした間に、科学者に向って、一つの注文を出したいと思ったことはありませんか――霞を吸って人のいのちをつなぐ方法。私は年中それを願っています。でも、あまり度々パン！　パン！　パン！　て騒ぎたかないんです」

地下室食堂はもう夕方であった。

地下室アントンの一夜

（幸田当八各地遍歴のノオトより）
心愉《たの》しくして苦《に》がき詩を求め、心苦がければ愉しき夢を追う。これ求反性分裂心理なり。

（土田九作詩稿「天上、地上、地下について」より）
空には、太陽、月、その軌道などを他にして、なお雲がある。雨のみなもともその中に在るであろう。層雲とは、時として人間の心を侘《わび》しくするものだが、それはすこしも層雲の罪ではない。罪は、層雲のひだの中にまで悲哀のたねを発見しようとする人間どもの心の方に在るであろう。

太陽、月、その軌道、雲などからすこし降《くだ》って火葬場の煙がある。そして、北風。南風。夜になると、火葬場の煙突の背後は、ただちに星につらなっている。あいだに何等《なんら》ごみごみしたものなく、ただちに星に続いている地球とは、よほど変なところだ。肉眼を水平から少しだけ上に向けると、もういろんな五味はなくなっている所だ。北風が吹くと火葬場の煙は南に吹きとばされ、南風の夕方は、煙は北へ向《むか》ってぼんやりと移る。これは煙のぐずぐず歩きみたいなものだ。まるでのろくさとしていて、その速度は僕のペンの速度に似ている。北風の日は頭がいくらか冴え、南風の日は冴えるということがない。頭の内壁のあちこちで、限りなく、鈍い耳鳴りが呟いているだけだ。何という愚劣な頭だろう。南風が吹きはじめると、幾度でも左右に振ってみなければならない。小刻みに四つばかり震動さしてみて、漸く肩の上に頭の在ることが解《わか》る。

空には略《ほぼ》石のような品々が点在していた。しかし、それ等《ら》の点在物は決して打《ぶ》つかり合わなかった。打つかり合うのは、其処《そこ》に人間が加わるからだ。僕の耳鳴りにしても、南風に吹かれる人間の頭が此処《ここ》に存在するから、それで耳鳴りも起ってくるわけだ。南風だけが静かに空を吹いていたら、頭の内壁の呟きなどは決して起らないであろう。――空の世界はいつも静かであった。

地上は、常に、決して空ほど静かではないようだ。いろんな物事が絶えず打つかり合っている。

地上には、まず僕自身が住んでいる。これは争うことのできない事柄だ。僕が絶えず部屋の中にじっとしているからといって、僕のことを煙のような存在だと思われては困る。僕はときどき頭を振って、僕の頭の在処を確めなければならないが、しかし、今も、僕は、この通り、呼吸をしている。僕の心臓は、ものごとを考え過すと考えごとに狭められて、往々止まる癖はあるが、大抵の時正しい脈膊を刻んでいる。時々、好い詩を書けなくてぼんやり考え込んでいるとき、僕は、机の向うに垂れている日よけ風呂敷に僕の精神を吸い込まれて、風呂敷が僕か、僕が風呂敷か、ちょっと区別に迷うことはあるが、それにしても、じき、僕の心は、一枚の風呂敷から分離して僕自身に還るんだ。非常に確実に還ってくる。この確実さについては、何人も疑う資格はないであろう、動物学者松木氏、その夫人といえども。彼等はつねに僕を曲解していて、正しい理解をしようとはしない。僕は蔭ながらいつも不満に思っている。動物学者は何処《どこ》まで行っても動物学者であろう。おたまじゃくしは蛙の子であるということしか理解しないであろう。僕は知っている。おたまじゃくしのみなもとは蛙の卵であって、はてしなく、雲とつづいた寒天の住いの中に、黒子《ほくろ》のごとく点在している。どの三十ミリメエトルを切りとってみても、その模様は細かいさつま絣《がすり》の模様にすぎない。何と割切れすぎる世界だ。動物学者の世界とは、所詮割切れすぎてじきマンネリズムに陥る世界にちがいない。とまれ、僕の住いと松木氏の動物学実験室とは、同じ地上に在る二つの部屋であるとはいえ、全然縁故のない二つの部屋だ。僕の室内では、一枚の日よけ風呂敷も、なお一脈のスピリットを持っている。動物学実験室では、おたまじゃくしのスピリットもそれから、試験管の内壁に潜んでいるスピリットも、みんな、次から次と殺して行くじゃないか。僕は悲しくなる。そのくせ、松木氏がスピリットを一つ殺すごとに、氏の著述は一冊ずつ殖えて行くんだ。「桐の花開花期に於ける山羊《やぎ》の食慾状態」「カメレオンの生命について」「貘と夢の関聯」「マンモス・人間・アミイバ」「映画の発散する動物性を解析す」「季節はづれ、木犀《もくせい》の花さく一夜、一罎《びん》のおたまじゃくしは、一個の心臓にいかなる変化を与へたか」――ああ、松木氏の動物学の著述の背文字は、あまりに数多くて覚えきれないほどだ。氏は著述が一冊殖えるごとに、実験室の壁際に一冊ずつ積み上げることにしている。その堆積はいまに天井に届くであろう。そして僕には一冊の詩集もないのだ。これは何と大きい問題であろう。むしろ矛盾だ。僕は幾冊かの肉筆詩集のほかに、詩集というものを持たないのだ。

肉筆詩集とは何であろう。それは世の中に一冊しか存在することのない詩集のことだ。一冊しか存在しない故に、読者はつねに一人だ。そして、作者と読者とは、つねに同一人である。

肉筆詩集の上には、つねに作者の住いのほこりが積り、そのペエヂには、往々にして、一人しかいない読者の吐息が吐きかけられるものだ。この吐息の色は、神様だけが御存じの色である。

松木氏の著書のうち、一つだけ僕の方になる分がある。「季節はづれ、木犀の花さく一夜云々」という一冊だ。何という長い背文字であろう。

「季節はづれ
木犀の花さく一夜
一罎のおたまじゃくしは
一個の心臓にいかなる変化を与へたか」

この標題を読んだとき、僕は、動物学者松木氏を、一人の抒情詩人と間ちがいそうであった。しかし、僕は、曽つて松木氏の著述の中味を読んだことがないので(何故といえば、氏は万物からことごとくスピリットを除き、あとの残骸を試験管で煮つけたり、匙で掬《すく》ったり、はかりに掛けたりするからだ。こうして出来上ったのが氏の幾十冊の著述だからだ。そんな書物を読むよりは、動物学者によって取除けられた無数のスピリットの行方について僕は考えなければならないのだ)だから、僕は、松木氏の動物学の一ペエヂをも読まなかったので、桐の花の開花期に、山羊がどんな食欲を起したかを知らなかった。変色動物のカメレオンが、この世に幾年の生命を保つかをも。

しかし、どうも、僕の考えは、あちこち道よりをしそうで困る。人間とは、一つの告白をしようと思うとき、ぶつぶつ他のことを呟いている生物だ。まるで厄介だ。要するに僕は松木氏著「木犀の花さく一夜」一冊について告白を一つすればいいのだ。問題はそれだけのことで、至極簡単なことなんだ。さて、これは、いったい、どうした一夜であろう。動物学者は、まるで、一冊の著の標題でもって、僕の心の境地を言い当てているじゃないか。動物学者は、ふとしたら、動物学者ではなくて、心理透視者じゃないかと思う。僕はとても疑っている、疑えば疑うほど、あいつは怪物になってしまうんだ。あいつは何時《いつ》も平然とした表情をして、五情なんか備えていません顔をしている。あんなやつこそ、地震がやって来ても、脈膊の数の変らない人種なんだ。不死鳥の心臓なんだ。思っただけで僕の脈膊は速くなってしまう。僕は、七度生れ変って来ても、松木氏ほどの心臓は得られないであろう。おお、松木氏！　僕はもう隠しません。あなたに隠していると、僕は、だんだん、心臓を締めつけられて、苦しくなって来るんです。一分ごとに。おお、一秒ごとに。松木氏！　僕はあなたに告白します。僕の心理は、あなたが著書の標題で言い当てられたとおりです。間ちがいもなく、季節はずれ、木犀の花さく一夜、一罎のおたまじゃくしは、僕の心臓に変化を与えてしまいました。じつはこうなんです。そのころ、僕は、おたまじゃくしの詩を一篇書きたいと願望していました。切に願望していました。梅雨空《つゆぞら》から夏、夏から秋にかけて、僕は、二階の借部屋で、おたまじゃくしのことばかし考え込んでしまいました。おたまじゃくしは、桐の花の咲くころ地上に発生します。地上に発生するころは、空は梅雨空です。天上も地上もこめて、いちめんに灰色で、頭のはたらきまでが鈍角です。こんな季節に、人間は、ナイフにしようか、結晶体にしようか、瓦斯《ガス》にしようか、うんと頑固な麻縄にしようかと考えるものです。しかし、べつに、そんな道具を手許に買い集めるわけではありません。そのうち夏が来て、僕の窓からは、西日が憚《はばか》りなく侵入しました。身辺があまりに暑くなると、人間は、暫くのあいだ死ぬ考えを止《よ》します。止しても、おたまじゃくしの詩作が出来上るわけではありません。そして秋を迎えました。

木犀の花は秋に咲いて、人間を涼しい厭世に引き入れます。咽喉《のど》の奥が涼しくなる厭世です。おたまじゃくしの詩を書かしてくれそうな風が吹きます。火葬場の煙は、むろん北風に吹きとばされて南に飛びます。このような一夜、丁度僕がおたまじゃくしの詩を書こうとしていた時、松木氏から人工孵化のおたまじゃくしが届いたんです。使者は、おばあさんの家の孫娘小野町子でした。

松木氏、この一夜にあなたのされたことは、悉《ことごと》く失敗に終りました。おたまじゃくしの詩を書こうとするとき実物のおたまじゃくしを見ると、詩なんか書けなくなってしまうんです。小野町子が季節はずれの動物を僕の机の上に置くと同時に、僕はもう、おたまじゃくしの詩が書けなくなってしまいました。僕は大きい声で告白しなければなりません。僕は実験派ってやつではないのです。僕はほかのものです。僕は、恋をしているとき恋の詩が書けないで、恋をしていないときに、かえってすばらしい恋の詩が書けるんです。僕を一人の抒情詩人にしようと思われたら、僕の住いに女の子の使者なんかよこさないで下さい。それにも拘らず、松木氏は、僕の住いにひどく鬱《ふさ》ぎこんだ一人の女の子をよこしてしまわれました。そこで僕はおたまじゃくしの詩作を断念し、かえって恋に打《ぶ》つかってしまったんです。おお、松木氏、これは何という始末でしょう。

おたまじゃくしの使者小野町子は、ひと目見て失恋者でした。失恋者の溜息とは、ごく微《かす》かなものです。微かな故に僕の心情を囚えはじめました。囚えはじめた故に、僕は、女の子を幾度でも薬局に使いにやりました。丁度僕の抽斗《ひきだし》には、僕の日用薬品が次から次と切れていたのです。僕は、僕の方で恋をしかかっている女の子に側にいられることを好みません。側にいられればいられるだけ、ほんとの恋がはじまってしまうからです。はじまってしまったら、僕は、恋の詩が書けなくなるからです。

松木氏、僕は、いま、少し疲れました。告白などした後というものは、疲れて侘しいものです。先《さ》きを急いでしまいましょう。小野町子は、幾度でも薬局に出かけました。薬を買って僕の住いに帰って来ては、幾つかの溜息を吐《つ》きました。失恋している女の子とは、片っぽだけ残った手袋のようなものです。身近かに、こんな様子の女の子にいられると……しかし、女の子の方では、彼女の側にそんな奴がいるなんて考えても見ないです。考えてもみない女の子に対して僕の為し得たことは、小野町子に詩を一つ書いてやったことでした。「失恋したら風に吹かれろ。風は悲しいこころを洗ってくれるだろう」というような詩を一つ。

小野町子はその詩を八つか十六かに細かく折りたたんで袷《あわせ》のたもとに入れ、それから風の中を帰って行きましたが、この夜の風が町子の失恋を洗い去ってくれたかどうかを僕は知りません。なぜといえば、僕はそれっきり小野町子に逢うこともなかったのです。ただ、僕は、町子のいなくなった室内で、いつまでも町子の置いて行った一罎のおたまじゃくしを眺めていました。小さい動物をいつまでも眺めるのは、人間が恋をはじめた兆候です。秋のおたまじゃくしは、罎の壁を通して、黒ごまみたいに縮んで見えたり、黒い卓子匙《テーブルスプーン》ほどに伸びて見えたりしました。そして、縮んだおたまじゃくしも、伸びた分も、一匹残らず片恋をしていました。人間の眼に、小動物も亦《また》五情を備えているように見えだしたら、もうおしまいです。片恋をしているおたまじゃくしを眺めている人間は、彼もまた片恋をはじめてしまった証拠です。これは人間の心臓状態が動物の心臓に働きかける感情移入です。すると動物の心臓状態がまた人間に還って来ます。これは松木氏などの動物学では決して扱わないところの心理界の領分です。嗤いたかったら、何時《いつ》でもお嗤いなさい。松木氏は、いつか、僕の「烏は白い」という詩をみてひどく怒られたそうですが、白いものは何処《どこ》まで行ったって白いです。それぁ、人間の肉眼に烏がまっくろな動物として映ることなら、僕は二歳の時から知っています。しかし、人間は何時まで二歳の心でいるもんじゃない。いるのは動物学者だけだ。それから、人間の肉眼というものは、宇宙の中に数かぎりなく在るいろんな眼のうちの、僅か一つの眼にすぎないじゃないか。

ああ、僕は、何となく、出掛けてって松木氏を殴りたくなってしまった。殴ってやりたいな。ポカリとひとつ。そしたら、あの動物学者の眼の角度も、すこしは正しい方に向くかも知れない。そしたら松木氏も「識閾下《しきいきか》動物心理学」などという気の利いた動物学をやり始めるかも知れないんだ。そしたら氏も、僕の烏の詩を怒ったり、おたまじゃくしの人工品を届けてよこすなど、よけいなおせっかいをしなくなるであろう。出掛けてって殴りつけて来たいな。鮮かなやつを一つ。拳固《げんこ》というものは、クッキリと一個だけ見舞うのがもっとも効果的だ。そんなやつなら、一個で全然意志が通じるであろう。僕は生れて以来、そんな拳固を一度も経験したことがない。僕の拳固は、いつも僕の心の中に在って、他人の頭上に発したことがないのだ。僕の拳固はいつも観念的な拳固であった。今日は丁度いい機会だから、動物学者を殴りに行くことにしよう。わけはない。階段を十一降りて階下の空家を通過する。二十七分の道のりを歩く。するともう僕のからだは動物学者の家庭に着いているわけだ。痛烈に一個を見舞う。すると動物学者はたちまち僕に啓蒙され、「識閾下動物心理学」の立場を悟るという次第だ。すると、地球には、曽つてなかったすばらしい動物の世界が展開する。象が二重人格で苦《くる》しんでいる。一対で日本に渡って来つつある南洋産のあひるが航海中フラウを失って寂寥《せきりょう》を感じている。隣りのブルドックを垣間《かいま》みた球鶏は、ああ、私の中には、どんな祖先の血が流れているのでしょうと呟く。こおろぎは脳疲労にかかってしきりに頭を振りました、処方箋は苦味《くみ》丁幾《チンキ》茶匙二杯・臭剝《しゅうボツ》おなじく一杯・重炭酸ソオダ・水。すると蜻蛉《とんぼ》の方では、このごろふさぎの虫も治って、喜劇をどっさり書いているという。――僕はどうしても松木氏を殴りに出掛けなければならない。しかし……僕は、やはり、松木夫人のことが不安だ。夫人は年中僕の服装のことを気にする。曽つて僕が、ズボンを少しばかり破いて訪問した時、夫人は僕のズボンが一メエトル半破れていると信じてしまった。僕の身長はメエトルに換算して一メエトル七ほどであろう。松木氏はメエトルに換算して一メエトル六くらいであるにも拘らず、松木夫人は僕から破れたズボンを取上げ、代りに松木氏の冬のズボンを与えて僕を住いに帰した。何という体裁であろう。二十七分の道のりを、僕は、夏の上着に冬のズボン、靴とズボンの間は〇・一五メエトルも隙《す》いていた。不幸な道中であった。僕は道のりを二十分以内に歩いて、僕の住いに逃げ込んだ。のみならず夫人はその後よほど長い間僕のズボンを還してよこさなかった。その幾十日間に、僕は二度外出しなければならなかったが、二度とも僕は昼間の外出を夜にのばしてしまった。そして夏ズボンの修繕が出来たのは晩秋のことであった。

それから松木夫人は、僕が秋の浴衣《ゆかた》を着ていたとき、何て古縄に似たものを着てるの虚礼にもほどがあるといって、代りに動物学者のどてらを出してくれた。しかし僕は虚礼で秋の浴衣を着ているのではなかった。動物学者のどてらは横幅が非常にたっぷりしていた。そして僕の浴衣は翌年の夏になって僕の許に還ったのである。とても清潔になって届いた。しかし、こんなかみしもに似た衣服が僕に何を考えさせるというのだ。僕はただ衣服に逃げられているようで、頭の動きは完全に止《とま》ってしまった。これは夏の上衣に冬ズボン以上の不幸だ。

松木夫人と僕との関係は以上の通りで、いつもうまく行かないのだ。夫人の嗜好と僕の嗜好とは常に喰いちがっている。夫人と僕とは、地上の約束に於《おい》て姉弟であるにも拘らず、動物学者の夫人は僕にとって全く奇蹟のような姉であった。

動物学者を殴りに行くことは僕の運動不足の救いになるし、新《あた》らしい動物心理界の開拓にも値いするであろう。それから、僕は、もう一つ思うのだ。松木氏の頭を一つ痛烈にやったはずみに、僕は、小野町子のことを忘れるかも知れない。すると、僕の心臓は、スッキリと、涼しくなるんだ。しかし、いま、何となく僕を引きとめるものがある。これはいったい何だろう。この雲みたいな心のかけらは。

ああ、松木氏は、やはり、恐るべき人間だ。考えれば考えるだけ、あいつは動物学者ではなくて心理透視者だ。何ということなんだこれは、おたまじゃくしの一夜以来僕が女の子に恋をしていることをあいつはすっかり知っているんだ。でなかったら「一鑵のおたまじゃくしは一個の心臓にいかなる変化を」という書物など書くものか。おお、松木氏、その通りです。僕はあの日以来女の子に恋をしています。しかし、恋とは、一本の大きい昆虫針です。針は僕をたたみに張っつけてしまいました。僕の部屋はまるで標本箱です。箱の中で、僕は考えているんです。あの夜の誰かに失恋をして溜息ばかり吐いていた小野町子は、もう失恋から治ったであろうか。それとも……

しかし僕はもうよほど疲れたから、その続きを考えることを止そう。考え続けていると、だんだん、女の子が失恋から治っていない気がして来て、おれは悲しくもなるんだ。

地上には、略《ほぼ》以上のような事物があった。そこで後にのこっているのは地下の問題だけだ。この問題については、僕は出来るだけ愉しい考察を得たいと思っている。何故なら、何処かの医者も遍歴ノオトとかいう帳面の中で言ったというじゃないか「心愉しくして苦《に》がき詩を求め、心苦がければ愉しき夢を追う」

僕はこの帳面の言葉に賛成なんだ。これは一種のあまのじゃく心理で、難《むつ》かしい言葉で言えば、求反性分裂心理など称して、しまいには心理病院に入院しなければならない心理状態だということだが、かまうものか、もしその医者が来て、僕に入院を強請したら、僕は何処かの地下室に逃げてやろう。もし捕まった時は言ってやろう、「心理医者くらい勝手なやつはありません。君達が勝手にいろんな心理病を創造するから、それにつれてそんな病人が出来てしまうんです。僕等を入院させる前に、まず君達心理医者が一人残らず入院したら好いでしょう」

ともかく僕は「心苦がければ愉しき夢を追う」という境地には賛成してしまった。僕は小野町子に恋をしている。小野町子は別の誰かに失恋をしている。まるでこみ入った苦がい状態じゃないか。そこで僕は、心理医者の法則にすこしだけ追加を行いたいと思うのだ「地上苦がければ地下に愉しき夢を追う」

そこで地下とは何であろう。

地下電車――生ぬるい空気の中を電車が走っているだけで、一向徹底しない乗物だということだ。こんなものに漫然と乗るのは松木夫妻等にすぎないであろう。

地下水——暗いところを黙って流れている水だという。何となくおれの恋愛境地に似ていて、おれは悲しくなる。

地下室——おお、僕は、心の中で、すばらしい地下室を一つ求めている。うんと爽《さわや》かな音の扉を持った一室。僕は、地上のすべてを忘れて其処《そこ》へ降りて行く。むかしアントン・チエホフという医者は、何処かの国の黄昏期に住んでいて、しかし、何時も微笑していたそうだ。僕の地下室の扉は、その医者の表情に似ていてほしい。地下室アントン。僕は出かけることにしよう。動物学者を殴りに行くよりも僕は遥かに幸福だ。

（動物学者松木氏用、当用日記より）

余はこのごろ豚の鼻について研究している。余の手法は隅から隅まで実証的である。豚の鼻尖《はなさき》を一切のパンの間にスピリットが交流しているなどと考えたことはない。それは、スピリット詩人土田九作輩《はい》の高貴な仕事であって余等に拘わりはないのである。手のつけられぬ寝言め。

さて余等の研究に要する資料は、

1　頑丈なる樹木一本（ガッチリと地上に根を張りたる生きた樹木である。いくら豚に引張られても、木の葉一枚揺がすことのない樹木）

2　麻縄一本
3　豚一匹
4　一片のパン
5　ものさし　聴心器　はかり

余はまず豚の右後脚と樹木を麻縄で以《も》って直線につなぐ。繋がれた動物は非常に懶《ものう》い態度で苦悩し、樹木と正反対の方向を指して歩み去ろうとする。豚の去ろうとする方向には、丘一個、その上に四本の杉の行列、杉のさきは雲などがある。この時余は聴心器で豚の心臓状態を聴く。余の動物は向うの丘に一方ならぬ郷愁を感じ、かつ繋がれた後脚は非常に自由を欲しているのである。

しかし、余はまだ豚を自由にしてやることが出来ない。すると豚は樹木を中心に渦状を描きつつ後退をはじめる。地上に休む。この時余の動物の心臓状態は案外平静である。豚は後退を悲しまない動物だ。惟《おも》うに猪は豚の進化したものであるという進化説は、浪漫科学者の錯感《さっかん》であって、豚は猪の後退したものであると見る方がより実証的であろう。

ところで、余は、地上に休んでいる豚の鼻先一センチメートルの地点、草の上に一片のパンを装置する。故に草は青くパンは白い。豚の鼻は色あせたロオズ色。その鼻が、白いパンに向って一直線に伸びて来る――正確に一センチメエトルだけ。用意のものさしは此処《ここ》において非常に有意義である。土田九作は彼の黄いろっぽい思想から、聴心器、ものさし、はかり等の品々を非常に嫌悪している様子であるが、余等実証派はものさし無くして動物学を為し得ないのである。

さて余は、パンの位置を換える。豚の鼻から再び一センチメエトル。鼻は伸びて来る――再び正確に一センチメエトルだけ。

豚の鼻とは、右の性質を備えた物質である。

続いて余等ははかりを使ったり、再び聴心器を当てたりして、漸次この研究を完成しつつある。

さて余は、当用日記のペエヂに論文の一部のようなものを書いてしまった。これは土田九作が詩を作る時に起しそうな錯誤である。動物の鼻の研究で、余の頭もよほど疲れているようだ。頭を二つ三つ振って見よう。

これからが今日の日記の部分である。

それにしても、今夜は、何処となく非実証的な夜だ。こんな夜は土田九作が頻《しき》りに詩を作っているに違いない。困ったものだ。しかし余は、九作が、おたまじゃくしの詩を完成することだけは望んでいる。余は曾つて一罎のおたまじゃくしを土田九作の住いに向って届けた。使者はおばあさんの家の孫娘。目的は、九作に一篇でも、実物に即した詩を書かせるためだ。余は願っている。九作はあれ以来余の家庭にちっとも顔を見せないが、今夜あたり、ふとしたら、すばらしい実証詩が完成するかも知れない。しかし、今夜はどうも変な夜だ。頻りに九作の住いの方が気になる。余は思い切って出掛けてみることにしよう。

漸く土田九作の住いに着いた。階下は真暗な空家である。妻の話によれば、九作はこの建物の二階だけを独立して借り受けているということだ。階下の住者は絶えず変ったり、絶えず空家になるという。余は今その原因をゆっくり考えている暇がない。これはおお、何と悲しそうに啜《すす》り泣く階段だ。余は曽つて、こんな階段を踏んだことがない。部屋には灯がついていて、幾らか階段にも洩れている。

漸く部屋に着いた。土田九作は不在である。どうも、非常に暗くて不健康な灯だ。余まで何となく神経病に憑かれてしまいそうだ。電気スタンドの笠を取ってしまおう。机の上に詩の帳面が出しっぱなしにしてある。余は最近の九作の詩境をしらべて見なければならないであろう。

これはおお、何ということだ。土田九作は、余の学説をことごとく否定している。何という世紀末だこれは。実物のおたまじゃくしを見ていては、おたまじゃくしの詩が書けないと書いている。観念の虫め。女の子に恋をしてしまって、恋をしたから接吻が出来ないと書いている。何という植物だ。余を殴りに来ると書いている。噫《ああ》、余に、こんな思想をどう済度《さいど》しろというのだ。よろしい、土田九作は、丁度今頃余の家庭に着いて、余を探している頃だ。余はこれから引返して行って、妄想詩人をいやという程殴りつけてやる。彼の拳固が勝ったら、よろしい、余は九作の予言どおり動物の異常心理研究者になり果てよう。余の拳固が勝ったら、蒼いスピリット詩人は、一撃のもとに実証派に転向だ。これは異常な決闘になりそうだ。

しかし、余は最後まで読んでみることにしよう。この帳面は莫迦らしさにおいて魅力がある。

おお、何という軌道のない人種だ。おしまいには地下哲学が出て来て、拳固よりも地下室に逃避した方が幸福だと呟いている。地下室アントン。何となく愉快そうな所だ。余もだんだん地下室に惹きつけられてしまった。出かけて見よう。

（地下室にて）

この室内の一夜には、別に難《むず》かしい会話の作法や恋愛心理の法則などはなかった。何故といえば、人々のすでに解《わか》って居られるとおり、此処は一人の詩人の心によって築かれた部屋である。私たちは、私《ひそ》かに信じている——心は限りなく広い。それ故、私たちは、この部屋の広さ、壁の色などを一々限りたくはないのである。部屋は程よい広さで、壁は静かな色であった。

　この室内に松木氏が着いたとき、心理学徒の幸田当八氏は、丁度長い遍歴の旅から帰って来たかたちで椅子に掛けていた。氏の旅は戯曲全集をたくさん携えたところの研究旅行で、氏は行く先き先《さ》き《ざ》の人間に戯曲を朗読させては帰って来たのである。多分人間の音声や発音の中には、氏等一派の心理学に示唆を与えるものが潜んでいるのであろう。

　松木氏も椅子の一つに掛けて、

「好い晩ですな。心理研究の旅はいかがでした。いろいろ、風の変ったのがいますか」

　幸田氏は携えて帰ったノオトを置いて、

「好い晩です。たいへん愉快な旅でした。僕の遍歴ノオトは非常に豊富です。御研究の方は調子よく行っていますか」

「非常に澱《よど》みなく。動物学の前途には涯《はて》しない未墾地がつづいています。今は豚の鼻を調べています」

「僕等の方もなかなか多忙らしい。心理病とは、殖える一方のものです。僕のノオトは足りないくらいでした。豚の鼻はどんな作用を持っていますか」

「伸びます。非常に伸びます。此処に土田九作が来たことになっているんですが、まだ着きませんか」

「誰も来ません。豚の鼻はどれくらい伸びますか」

「まず一センチ。九作は僕よりさきに彼の住いを出たことになっていますが」

「途中で道でも迷っているんでしょうそれから」

「それから一センチです。続いて一センチ。土田九作は道に迷うことは、じつに――」

丁度この時地下室の扉がキューンと開いて、それは非常に軽く、爽《さわや》かに響く音であった。これは土田九作の心もまた爽かなしるしであった。何故ならば此処はもう地下室アントトンの領分である。土田九作は、踏幅のひろい階段を、一つ一つ、ゆっくりと踏んで降りた。数は十一段であった。人間とは、自ら非常に哀れな時と、空白なまで心の爽かな時に階段の数を知っている。

土田九作はもう一つあった椅子に掛けて、

「今晩は。僕は、途中、風に吹かれて来ました。あなたですか、小野町子が失恋をしているのは」

幸田氏は答えた。（松木氏は、椅子の背に氏自身の背を靠《もた》せかけて、恋愛会話に加わらなかった。代りに煙草《たばこ》を吸いはじめていた。けむりは氏の顔から二尺ばかりをまっすぐに立ちのぼり、それから幸田当八氏の背中の上に流れた。地下室の温度は涼しい）幸

田氏は、

「すばらしい晩です。どうでした外の風に吹かれた気もちは。そうです、多分、小野町子が失恋をしているのは僕です」

「僕は、外の風に吹かれて、とても愉快です。いま、僕は、ほとんど女の子のことを忘れているくらいです。心臓が背のびしています。久しぶりに菱形になったようだ。幸田氏、それでどうなんです、僕たち三人の形は」

「トライアングルですな。三人のうち、どの二人も組になっていないトライアングル。土田九作、君は今夜住いに帰って、ふたたび詩人になれると思わないか」

「さっきから思っている。心理医者と一夜を送ると、やはり、僕の心臓はほぐれてしまった」

「そうとは限らないね。此処は地下室アントン。その爽かな一夜なんだ」

アップルパイの午後

懶《ものう》い日曜

兄
妹
友達

兄、机で読んでいる。
妹、向《むか》い合った机で書いている。

兄　（読んでいた雑誌を投出し、手を伸ばしていきなり妹の頭を打つ）
妹　何。
兄　莫迦。

妹　訳をおっしゃいよ。
兄　恥さらし。
妹　訳をおっしゃいてば。
兄　(雑誌を巻いて机を叩く)何だ、これは。
妹　知らないわ。兄さんが何を読もうとお勝手だわ。兄さんの読書で私の打たれる理由が何処《どこ》にあるのよ。訳をおっしゃい、訳を。
兄　打つ理由があるから打つんだ。(雑誌を投げる)見ろこれを。醜態のありったけをさらして。
妹　何なのよ、これが。私の校友会雑誌じゃないの。(語調を変えて)ああ、雪子さんの名文があったでしょう。おめでとう。
兄　名文どころかい、この際に。
妹　そうお。(雑誌を机の抽斗《ひきだし》にしまいながら)すばらしい月夜の溜息ね。
兄　何が月夜の溜息なんだい。
妹　ほんとに読まないの。夜露に濡れた足があって――四本よ――、足のぐるりにこおろぎの媾曳《あいびき》があって、こおろぎの上に二つが一つに続いてしまった肩が落ちてて――月光の妖術で上品な引きのばしよ――、遠景の丘に文化村のだんだんになった灯があって、その一ばん高いのは月光の抱擁に溶けこんでいて、低いのは夜露に接吻しているの。それで、四本の足は月夜の溜息なのよ。

兄　(てれて)莫迦。もうすこし人なみな物言いを稽古しろ、代名詞使いめ。お前の言葉と来たら年中謎々なんだ。

妹　私雪子さんの文章をおさらいしただけよ。解《わか》らなきゃ謎々を解くわ。妹に対しては唐辛子のはいったソオダ水のような男が歩いてるのよ。夜。お揃いで。この男はお揃いだと——月光があればなおのこと、お砂糖のすぎたチョコレエトになってしまうの。そして熟《う》れすぎた杏子畑の匂いの溜息を吐くの。何もわざわざ説明しなくたって解りきったことだわ。

兄　莫迦だな。見せろ、もう一度。

妹　(抽斗を抑えながら)もう一度読んでもう一度ひとの頭を打とうというのね。見せますか。

兄　見せろったら。打たないから。

妹　訳をおっしゃいよ、さっきの。

兄　(抽斗から雑誌を取って貪《むさぼ》り読む)

妹　(雑誌を奪う)何処までチョコレエトなのよ。ひとを打った理由も言わないで月夜の溜息を読むなんて。訳をおっしゃいてば。私今後は拳骨《げんこつ》一つだって理由を糺《ただ》さずには置かないことよ。お人好くしてればきりがないわ。今までだって理由なくいくつ打ったと思ってるのよ。ちゃんと日記につけてあるから、私、何時《いつ》かは総決算をするつもりよ。

兄　(雑誌を奪う)見ろこれを。(読む)

「私は不幸にも唐辛子のはいったソオダ水のような兄を持っています。そしてこの四月からソオダ水と一緒に暮らさなければならなくなりました。この意味では私がこの学校に入学したことは大きい不幸です。兄の癇癪《かんしゃく》は手近に一つの頭を必要とします。そしてその頭を打つか、髷《まげ》をつかんでおさげにするか、二つの方法によって鎮まることが出来ます。私ははじめへヤネットを使いました。けれどネットはおさげの防禦としてはそう役立ちませんし、遅くも三日目には新《あた》らしいのと取換えなければなりません。私の参考書はネットに侵されてしまいました。それで私は髪を切りました。私の机に実験心理学や邦訳つきナショナルや言語学概論が積まれたのは、私の髷が失くなった後のことです。私の断髪は事情の切迫からで、はやりからではありません。」莫迦。何だって堂々と「変態趣味からです」と書かないんだ。

妹　変態趣味。何なのよ、それは。

兄　自分の趣味を考えてみろ。趣味だけならまだしも、お前のこととときたら何もかもに変態という字を冠せて丁度なんだ。変態感情。変態感覚。変態性……

妹　何が、何が変態感情なのよ。好いかげん汚ない名を並べて。何処がどんなんだか説明なさいよ。

兄　説明の代りに次を読んでやるよ。これが何よりの説明なんだ。「私はあと一ヶ月からなければ言語学の遅れを取返すことが出来ません。言語学は塩もお砂糖もない学問です。考えながら歩いていた詩人が煉瓦塀につき当って鼻眼鏡をこわしたとしたら、彼は自身が足と同時に頭を働かしていたことに腹を立てるより、煉瓦塀に腹を立てるはずです」ふん。僕が作文の先生だったら、「火星きってのへぼ詩人だってこんな文章は書かないはずです」と評を入れて突返してやるよ。言語学と詩人の煉瓦塀とどうつながりがつくというんだ。

妹　私がその作文の先生の先生だったら、「聯想の飛躍を知らざる者に死あれ」と書くまでよ。

兄　それくらいなことは平気で書いてるさ。(読む)「桑木博士の哲学概論ほか三、四はまだ買えませんので、神田の古本の予算を立てています。哲学は思ったより愛嬌のある横顔をしています。塩と砂糖でかくし化粧をしています。正面の胡椒粉《こしょうこ》はこな白粉《おしろい》にすぎません。煉瓦塀で眼鏡をこわした詩人は、こんどは新調の鼻眼鏡の中ですこし眼を細めました。今彼の眼鏡の前にある横顔がかくした化粧のためとはいえ案外美人だったからでしょう。しかし私は相変らず惨めです。何時揃うか解らない私の古本参考書は、日光消毒に日曜を四つつぶさなければならないペエヂ数を持っています。そして、そして、断髪は私の打たれる防禦までは兼ねてくれません。私の兄は髷のなくなった頭をも打たずにはいられない癇癪もち……」見ろ、恥さらし。僕の名誉はどうなるんだ。

妹　野蛮人に名誉がありますか。

兄　いったいどっちが野蛮人なんだい、雑誌に発表する作文に、私、兄、なんて言葉を使う奴と、それを打たずにいられない方と。

妹　無論打つ方が野蛮人よ。それに私ほんとのことを書いたまでだわ。兄さんのふだんがふだんだからこんな作文にもなるのよ。

兄　お前が打つだけの原因を与えるから打つんだ。すこしでも妹なみな妹だったら誰が好んで打つものか。それに何だい、白粉の名前も知らないくせに哲学の化粧法なんか書いて。

妹　知っていますよ。ナハチガル化粧液の匂いだって知っていますよ。

兄　だから変態感覚だと言うんだよ。恋ぬきで詩人の修業をしてみたり、机の上で哲学の横顔をぬすみ見したり。確実なのは経験なんだ莫迦。

妹　また循環だわ。幾度繰返したら好いのよ。経験のお説教だってちゃんと日記につけてあるから。

兄　千度でもつけろ。

妹　何のためにつけてあると思ってるのよ。こんど国へ行ったらお父さんに見せるためですよ。

兄　勝手に見せたら好いじゃないか。おかっぱと一緒に見てもらったら好いだろう。

妹　月夜の溜息も一緒だということを忘れないで頂戴。（机に向って書き始める）

兄　いったいお前は何しに東京まで来たんだ。

妹　勉強しに来たんですよ。兄さんに打たれるためじゃありません。

兄　（ペンを奪う）莫迦。何が勉強なんだ、兄に反抗することばかり覚えて。いったいお前くらい男に似た女はないぞ。頭を切ったり、青い靴下をはいたり。衿頸ときたらバリカンの跡で蒼くなっていて、その下が粟っかすのような肌の粗い頸なんだ。その下がにこりともしない洋服の衿だ。のどぼとけはとび出しているし、肩は骨でこちこちなんだ。見ろ、青い靴下の中味を。何処に女らしい丸みがあるんだ。牛蒡《ごぼう》の茎だってお前の足より柔かいじゃないか。

妹　薊《あざみ》の花だってお前より四倍も女らしい。——解りきったことお止しなさい。

兄　いったい女が三週間に一度ずつ床屋に通いだしたらおしまいだよ。

妹　ネットを破いたのは誰なのよ。ネットの数だって日記につけてありますよ。

兄　千度でもつけろ。お前が小間物屋に行くのはネットを買う時ぐらいのものさ。

妹　(兄の口調で)僕だって一週に一度ずつは行く。(自分の調子に還り)雪子さんはライラック水の空瓶を一つも捨てないでしまって。毎週のを日附入りで。鏡台の抽斗に這入りきらなくなったってこぼしてたわ。それから先週のナハチガル化粧液はライラックよりよけい月夜の溜息に近い匂いなんですって。独逸ものだけに深刻で。こんどの号には「ウエルネル、クラウスの厚味とナハチガル液の芳香」という論文を書くんですって。(別なペンで書き始める)

兄　ああ。僕はこの妹のためにどれだけ生活を乱されたら好いのだ。いよいよ手紙だ。親父に迎いに来させるんだ。僕はこれ以上の方策を考えることが出来ない。

妹　お書きなさいとも。お父さんに来てもらえば私だって好いわ。私だってこれ以上打たれていなくたって好いわ。お茶の出し方がまずいってば打つし、電気の笠にほこりが溜ったってば打つし何処にこの年して頭を打たれる妹があるのよ。元来別々に下宿するんだったわ。兄さんがどんなに野蛮かってことは小さい時から十分承知してて一緒に住むなんて、私自分のお人よしが嫌になってしまったわ。

兄　お前をすこしでも女に近づけろって親父に押っつけられたから僕だってこんな不愉快な日を忍んでいるんだ。好んで一緒にいるかい。にも拘らず頭は勝手に切る、指のペンだこは大きくする。何処に手のつけようがあるんだ。（ペンをつきつける）第一この万年筆を見ろ。男の僕だって五分間も書いていたら手がだるくなりそうな男持ちじゃないか。銀行屋の出来損《そこな》いめ。これがお前の好みというものなのだ。無細工で、バスで、塩っからくて、衿頭そっくりなんだ。だから哲学の化粧法も論じたくなるんだ。

妹　目方を量ってごらんなさいよ。細い軸に銀のすすきの穂が絡まっているのと、これと、どっちが重いか。

兄　そんな女らしい持物があるんなら出してみろ。目の前で量ってやるから。

妹　ライラックの空瓶の部屋に行ってなさい。それまでこの男持ちのも貸してあげるから。いったい何だって今日はぐずぐずしているのよ。日曜ですよ。（腕時計をみて）定刻を過ぎていますよ。

兄　他の知ったことかい。（腕時計を見ていらいらと部屋を歩く）

妹　早く行って頂戴《ちょうだい》てば。勉強も何も出来やしないわ。一週一度の静かな半日が台なしだわ。
兄　御都合通りに行くかい。今日は改めて意見することがあるんだ。
妹　私もう我慢ならないわ。すぐお父さんに来てもらって下宿するから。
兄　虫の好いことを言うな。こん度こそ親父に来てもらって国に引込ませるんだ。頭でも伸ばしてさっさと嫁に行っちまえ。元来お前は一族中の型破りなんだ。二十にもなって嫁に行かない女が一族中の何処にいるんだ。お花叔母さんは十六で嫁に行って十七でお母さんになった――
妹　(兄の口調で)貞子は十八でりっぱな細君になった。
兄　二十三の忠太君が十九の芳子と婚約したし、何処に姨捨山なんかうろついている女があるんだ。いったい二十にならないまでに嫁に行くのが僕たち一族の女性の誇りなんだ。おかめ坂の上り下りで足を棒にした奴があるかい。まだ十五の邦子だってお前ほど乾燥した頸は持ってやしないんだ。
妹　そうですとも。あの頸は白粉漬けですよ。
兄　お前も国へ帰って白粉の選択くらいは出来る修業をしろというんだ。
妹　(抽斗から頼信紙《らいしんし》を出して書く)
兄　(腕時計を見ながらいらいらと歩きまわる)

妹　（頼信紙を持って出て行こうとする）

兄　何処へ行くんだ。まだ話は済んでないのだぞ。（頼信紙に気づく）誰に電報を打つんだ。

妹　他の知ったことですか。

兄　だしぬくつもりだな。（頼信紙を奪って読む）莫迦、莫迦。何だこれは。何時僕が発狂したんだ、何時。

妹　その通り気ちがいじゃないの。

兄　きさまこそ気ちがい病院に行けば好いんだ。（頼信紙を摑《つか》んで捨てる）怺《こら》えてたってきりがない。僕は断行する。（頼信紙に書き、出て行こうとする）

妹　（頼信紙を奪って読む）いつ、いつ私が発狂したのよお。

兄　現在さ。乾燥狂で貧血性ヒステリイなんだ。

妹　（頼信紙を摑んで捨てる）何なのよ、その貧血性ヒ、口にするのもいやな病名だわ。

兄　貧血性ヒステリイさ。解らなければ幾度でも数えてやるよ。

妹　何の根拠があれば私にそんな病名を被せれるのか説明なさい、説明を。

兄　心臓に手を置いて考えてみろ。お前の心臓ときたら血液どころか水だってありやしないから。いったいお前は二十歳の今日まで誰に、誰に恋をしたことがあるんだ。どんな女だって二十歳までもし独りでいたら、心臓に二つや三つの孔《あな》はあいてるんだ。これがほんとの女なんだ。ところがお前のときたらかすり傷一つないじゃないか。だからのどぼとけがとび出して来るんだ。男、女。男、女。男、女。これが健全な世界の正体なんだ。お前なんか桁はずれの、存在理由なしなんだ。

妹　螺旋狂《らせんきょう》の男ヒス。（机に向って書く）

兄　桁を外したのが何と言ったってかまうものか。（歩きながら）だから男も女も存在理由を獲得するには恋なんだ。リイベ、こい、ラヴ。何処の国だってだからこの事実には美しい言葉を当てているんだ。お前の青靴下と正反対な美しい言葉を。（足許を瞶《みつ》めてゆっくり歩きながら、だんだん独語的になる）詩を作るより恋をしろ、だ。哲学の横顔よりリイベの音に酔うんだ。こい。ラヴ。リイベ――。（急に妹の書いているのに気づき）また電報を書いているのか。断じて電報は打たせないよ。

妹　やかましいわね。すこし静かになりかかったと思ったら。（頼信紙を全部投げ出して）書きたければ幾枚でもお書きなさい。（書きつづける）

兄　（歩きながら）だからお前が人間として存在して行くには、やはり恋なんだ。聞いてるのか。（妹の机の側に来る）何を書いてるんだ。恋をしろと言うのだよ。

妹　（書いていた紙を伏せて）誰に言ってるの。

兄　お前自身に言ってるんだ。こ、い、を、し、ろ。

妹　いまに月夜の溜息を吐くわよ。どいて頂戴、私忙《いそ》がしいのだから。何だって今日は三時にもなるのに出かけないのよ。雪子さんが存在理由を失くするわ。他のおせっかいはたくさんよ。（書く）

兄　（腕時計を見ていらいらと歩きまわる）親父もお母さんも貧血性ヒステリイの治るのばかり待ってるんだ。今から恋を始めれば頭を切ったことでそうお母さんを悲しませないで済むんだ。遅くはないよ。（時計を見る。目立っていらいらする）聞いてるのか。（妹の側に来る）何を書いてるんだいったい。

妹　（紙を伏せる）忙しいんですってば。

兄　原稿紙だな。また校友会雑誌に恥さらしをしようというのか。見せろ。

妹　（紙を庇《かば》う）そうじゃないのよお。

兄　見せろ、ともかく。今後原稿紙に書いた字は一行だって僕の検閲を経なければならないんだ。

妹　原稿じゃないんですってば。

兄　何しろ僕の名誉のために検閲の必要があるよ。（紙を取る）「だってきまりが悪《わ》るかったんですもの。でもお怒りになっちゃいやよ」何だいこれは。お前の作文にしちゃしおらしすぎるぜ。

妹　返して頂戴てば。

兄　(黙読して)へええ。誰の作品なんだい、これは。

妹　一葉全集の写しなのよ。返して頂戴てば、急ぐのだから。

兄　(妹を遮りながら)面白いな、女らしくて。「でも今日いらして下さらないのはお怒りになったからじゃなくって。もう一時すぎたんですもの。私おひる前から不安で、おひるは御飯を一つしか食べませんでした。それで、惨めな気もちでこの手紙を書いてたら、ソオダ水がいきなりひとの頭を打ちましたの。ただえさ惨めな物思いで一ぱいの頭を」何だ、今日のお前の記録じゃないか。

妹　そうよ、ほんとは私の手紙。

兄　お前の手紙。それじゃお前は恋をしてるのか、え、恋を。誰がこの手紙の受取り手なんだ。僕は嬉しいよ。話してくれ。

妹　でも、受取り手のない手紙なの。

兄　隠さなくたって好いよ。僕は時々は癇癪もちだけど、こんな時には好い聴き手になるよ。

妹　——ただね、私、女としてあまり殺風景だから、こんな手紙の作文を書いて女らしい気持を味わおうと思ったの。

兄　そうか。しかし悪い傾向じゃないよ。そんな心がけなら今に受取り手が出来るよ。そしたら衿頸だって美しくなって来るんだ。人工で乾燥さしてるだけで、元来はそうみっともない頸じゃないのだから。

妹　兄さんてば一しんに書いてる最中に、いきなりひとの頭を打つんですもの。

兄　済まなかったよ。僕の悪い癖なんだ。(手紙をとびとびに読む)「あの時、私がちょっときまり悪《わ》るがったために、もうアップルパイにも逢えないかと思って、私悲しいんですの」本物とすこしも違わない気分が出てるよ。お前だってこれだけ書けるんだ。惜しいなこれに受取り手がないなんて。――松村に出してみたらどうだい。松村ほど適任者はないよ。兄妹だけあって横顔が雪子さんにそっくりなんだ。隣り合って講義を聴いてると、講堂にいることを忘れるよ。

妹　そうね。私だって雪子さんと並んで講義を聴いてると、講堂の気分じゃない、かも知れないわ、未来のことだけれど。

兄　そうなるのがほんとだよ。それに、今のアップルパイで思いだしたけど、松村もお前と同じにアップルパイが好きなんだ、濃いお茶で。

妹　そうお。(手紙を折りながら)ともかくこれから時々お稽古するわ。(時計を見る)

兄　それで初めて目的観に添うんだ。（時計を見る）

友達が這入って来る。菓子の包みを持っている。兄、友達に何か言おうとして口籠り、蒼くなって立っている。

妹　いらしたわ、やはり。（友達の手を取り、机の側につれて来る）怒っていらっしゃらないのね。（菓子の包みを取る）アップルパイ。怒らなかったのね。

友達　（兄を気にしながら）何を怒らなかったんです。アップルパイがどうしたんですか。僕は小野君に用事があって——

兄　雪子さんは何と言ったのだ。早く聞かしてくれ。どっちにしたって運命なら、僕は——

妹　そうじゃないのよ兄さん。お稽古なのよ。（友達に手紙を渡しながら）大丈夫よお稽古なんだから。兄さんが恋の稽古をしろって言ってるところに丁度あなたがいらしたんですもの。早く読んで頂戴。私いま速達で出すところだったの。

友達　（まだ兄を気にする）

兄　どっちなんだ雪子さんの言葉は。

妹　（兄に）お稽古なのよ。（友達に）早く読んで頂戴。

友達　（手紙を読み始める）

兄　どっちなんだ雪子さんの返事は。
友達　(手紙から眼をはなさない)
妹　私今朝から初めておなかがすいたわ。(包みを解く)やはりアップルパイね。(兄に)お稽古よ、兄さん。
兄　勝手に稽古しろ。(友達に)どっちなんだ。
友達　(漸く手紙から眼をはなす)妹がね、忘れるところだった、お待ちしていますと言ったよ。
兄　来いって。雪子さんが、僕に、来いって言ったんだね。
友達　「お待ちしています」
兄　間ちがいないね、「お待ちしています」だね。
友達　間ちがいなく。
兄　そうか。「お待ちしています」。僕は——電報を打つんだ。(頼信紙の一枚を拾って書く。一字ずつ切りながら読む)コンヤクシタスグキテクレ。間違いはないかよく聴いてくれ。幸福すぎる時は妙なことを書くものだから。コンヤクシタ。スグキテクレ。
友達　何のことだいそれは。
兄　僕が婚約したんだ、雪子さんと。君が承諾の使者なんだ。

友達　ただ「お待ちしています」だよ。
兄　暗号なんだ僕たちの。僕は先週の丁度今日雪子さんに申込みをしたんだ。お待ちしています、承諾。太陽は沈みました、拒絶。そのどっちかを持って今日君が来ること。僕たちの打合せは素朴なんだ。僕はこの一週間、さっきまで、婚約と失恋の中を泳がされたけれど。（急に立上って入口に行く）
妹　お待ちなさいよ。今電報を打ってどうするの。
兄　親父を来させて結婚するんだ。
妹　惜しいわ。月夜の溜息が一つ減ってしまうんですもの。
兄　松村とお前で埋めたら好いだろう。お稽古でなく本物で。
松村、妹を姨捨山から狩り出してくれ。男くさい衿頸を君の接吻で洗ってくれ。お稽古でなく本物で。（出て行く）
妹　（お茶の支度のために部屋を出入りした後）駄目ね。湯わかしのお湯がみんな発ってしまったわ。お午《ひる》からずっと懸けてたんですもの。すこし待ってね。
友達　お茶なんかどうだって好いから、おかけなさい。
妹　でもお茶が濃いほどあなたはやさしくなるんですもの。（パイを切る）
友達　（パイを舐《な》めながら）パイだけの方が好い。お茶に酔うとまたお口を拝借したくなるから。

妹　（パイを舐めながら）まだ怒っていらっしゃるの。手紙にあんなに書いたのに。

友達　「だってきまりが悪《わ》るかったんですもの」か。だからお茶は入れないで下さい。

妹　この手紙なんて先週のことよ。（立上る）またお湯が発ってしまうわ。

友達　お湯なんか勝手に発たしておけば好い。僕はもう濃い奴を飲んだ気もちになってしまったんです。

妹　（反射的に手巾を出して口辺を拭く）

友達　（性急に）そのまま。何て惜しいことをするんです。甘いほど好いんだ。

「琉璃玉の耳輪」

梗概

黄陳重の妻、茘枝は、夢想家の夫が、印度に去った後、残された、三人の娘を養って、支那料理店を開いた。

その頃、足繁く、この店に通う、櫻小路伯爵と――彼は、若い時に、一子公博を遺して、夫人に逝かれて、以来、独身であった――、恋に落ち、子供を捨てて、情人の許に走った。三人の娘の耳に、琉璃玉の耳輪を残して。


十五年後の事である――。

女探偵、岡田明子は、櫻小路伯爵の嗣子、公博氏を、恋した。然し、酬いられなかった。此の頃、明子は、或る、黒ベールを被って、身分も、姓名も、匿した婦人から、仕事を依頼された。

それは、黄氏の娘、瑶、瑩、琇の、三人姉妹の行方捜索の依頼であった。

明子は、仕事に専心した。

琉璃玉の耳輪をした、支那婦人とよりの、手掛りを与えられなかった彼の女の、捜索の苦心は、一通りでなかった。

横浜南京町の、花台軒の地下室は、阿片を楽しむ密室であった。ふとした事から、明子は、此処の女、マリーが、琉璃玉の耳輪をしている事を聞き込み、男装して、其処に這入り込んだ。

マリーとは、毛唐の女に、化けている、瑩子であった。或る日、明子に、見破られて、事実を告白した。

彼の女達、三人は、母に捨てられてから、山崎夫婦に育てられたが、極度の貧棒から、姉の瑶子は、或る旅芸人に売られた。

山崎の妻の死後、成人した瑩子は、彼の妻にされた。

然し、生来、婬奔な瑩子は、山崎を捨てて男と逃げた。

山崎は、又も妻を失った心の苦痛からと、或る誓いから、女を絶った生活とが、原因して、変態《へんたい》性慾者になった。

彼は、残された琇子を虐待して、女の苦しむ姿態を見て、嬉《よろこ》んだ。

一方、彼は又、怨《うら》みと、病的な心理とから、璒子の行方を探《さが》して、歩いた。

之を、聞き知って、璒子は、毛を染め、顔を作って、毛唐の女に化け、尚、不安の所から、地の底の生活に、かくれた。


以上を、聞き終って、明子は、琇子の檻禁されている山崎の邸を、うかがった。

ある間違《まちが》いから、琇子が、彼の女の手に、飛び込んで来た。

琇子の話によって、ベールの婦人が、蔭になり、一緒に、明子の仕事を、手伝って、呉れている事が、わかった。

琇子と、公博とが、恋仲である事も、わかった。


ある冬の朝、櫻小路伯爵夫人の居間に、刑事に追われて、女掏摸《スリ》が、飛び込んで来、夫人に、助けを求めた。

夫人は、その女に、母に似《に》ていると、懐しがられて、彼の女の身の上話を、聞かされた。

彼の女は、瑶子であった。

旅芸人に売られた、彼の女は、諸々を放浪して、生育し、その中に、同性恋愛に落ちた。

そして、或る嫉妬から、相手の女を、傷《きず》つけ逃れたが、ふと、女掏摸と、知合になり、彼の女は、その仲間に這入った。

以上を、物語って、女は帰《か》えった。

明子は、約束の期日の、近づくに、未だに、瑶子の行方が知れなかった。

ある、新聞記事から、ヒントを得て――、耳輪のお瑶なる、女掏摸が、護送される、途中、黒ベールの婦人に、盗まれた――、ベールの婦人の跡を尾行し、遂《つ》いに、お瑶の居所を、突き止めた。

約束の日に、三人を連れて、約束の所に、行った。

黒ベールの婦人とは、櫻小路伯爵夫人で、三人姉妹の、母であった。

夫人は、娘を手許に呼んで、老後を、楽しく、暮したく、明子に、三人の捜索方を、依頼し、自分も蔭から、始終助力したのであった。

然し、瑶子と、瑩子は、そむかれた母に、そむき返《か》えして、古巣に帰えった。

明子は、公博と、琇子の結婚を、伯爵夫妻に、勧めた。夫妻は、嬉《よろこ》んで許した。

その時、明子は、始めて、公博から、優しい感謝の声を聞いた。

登場主要人物

瑶子《よう》　五味國枝氏
瑩子《えい》　英　百合氏
琇　子《しゅうこ》　森　静子氏
変装の少年
櫻小路伯爵
同夫人　泉　春子氏
前は、茘枝《れいし》
同、公博《きみひろ》
岡田卓三検事
同夫人
同明子　高島愛子氏
男装して、明夫
山崎（変態性慾の男）
妻、お峯
外人　ロック

支那人の手品師（好奇座々員）
トランプ使いの男（仝上）
綱渡りの八重子（仝上）
旅で遭った女掏摸
黄陳重《こうちんちょう》（三人姉妹の父親）

——

若い三人の紳士
山崎の運転手早川
数人の支那人

琉璃玉の耳輪

プロローグ

壱

弐 壱

梅の噂さのチラ、ホラ、避寒客の話柄に、のぼる、ある早春の熱海、
緑洋ホテルの
ある朝の食堂――。
平民的な、櫻小路伯爵一家の、テーブルを始め、何れのテーブルにも、温《あたたか》いスープの湯気が立っている。
櫻小路伯の令嗣子、公博氏は、当時、上流社交界に於ける、花形であった。が、降る

程の縁談あるにも拘らず、二十九歳の今日、未だに、佳耦《かぐう》を迎えず、あたら、一生の婚期を失ってしまうのではあるまいか、之《これ》も、伯爵夫人の嫁選択、厳しい故だと、専ら、ホテル雀の評判であった。


夫人は、伯爵の後妻で、公博氏の継母であった。

夫人の前身を、かつて知る者はなかったが、その貴品ある、容姿と態度とは、伯爵夫人の前身を、詮鑿《せんさく》する疑いを、人に与えなかった。

＊

斜向うに、之も、親子三人のテーブルがあった。

東京控訴院の検事、岡田卓三氏の、一家である——。


岡田氏の愛嬢、明子は、聡明敏活の性情に、父君のよろしき訓陶を得、天晴れ、女探偵として、成人した。

彼の女は、日夕、仕事に没頭して、二十五歳の今日、未だに、良縁を結ぼうとせず、あたら、一生の花時を、失ってしまうのではあるまいか、之も、両親の、子に甘過ぎる故だと、専ら、ホテル雀の評判であった。

＊

伯爵夫人の視線が、この洋装の美人、明子の上に延びた時、ふと、隣テーブルの囁きを、夫人は聞いた。

＊

それは、三人の若い紳士であった——。


「素的な美人だね、あの洋装は。僕は現代的鞠美人って奴は、嫌いさ」

「なる程、お注文通りの、直線美人だね、所で一体、何処《いずく》の佳人やら？」

「君は全く、社会的知識のない男だね。

あれが、有名の岡田卓三検事の令嬢、いや珍らしい令嬢故に、有名なんだが、明子と云って、東京探偵社に務めている、女探偵さ。

女探偵の嚆矢と云う所から、技倆《うで》のいい所から、其の方面の人達に、将来を嘱望されているんだ」

＊

旅情、つれづれの儘に、明子は、ホテル内の、玉突場に出かけた——。

室内には、若い紳士が一人、玉を突いていた。公博氏である。二人は近づきになった。

その日から、玉突き、ゴルフ、乗馬に、二人は、いつも一緒であった。

空しく、花時を失ってしまうと、ホテル雀に案じられた、明子の胸に恋が芽ぐんだ。

素直《ソッチョク》な彼の女は、恋を打ち開けるに、一つの術よりなかった。

＊

それは、或る日の午後、馬を其処に乗り捨てて、二人が、あの熱海の梅園を逍遥した時であった——。

「公博様、私をあなたの、奥様にして下さい」

けど、春はまだ浅かった。公博氏の胸の、何処にも、恋の芽生えは、見えなかった。

明子は、恵《め》ぐまれなかった恋を抱いて、両親と共に、熱海を立った。

＊

帰京の途上、汽車の中である——。

明子一家と同席の、若い三人の紳士は、盛に駄べっている。聞くともなしに、耳に入った話は、

「どうしてどうして櫻小路の若殿は、くだけないものか。下情には、通じ過ぎたものさ。

横浜の例の所へ、始終遊《あそ》びに行く位《くら》いだもの」

「南京町の方へかい?」

「そうよ。あのどん底へ、お出入りさ。

やはり、マリーに参っているんだそうだ。

全く、面白い女だからなあ」

「マリーって、支那人と毛唐の混血児《あいのこ》で、琉璃玉の付いた、白金だかの耳輪をした、女だと云うじゃないか。凄腕なそうだね」

「そうだね、は情けないね。一度行き給えよ。水っぽい日本の女に、さよならして、南京町へ行き給え。殊に、濃情の美人、マリーの許へね」

「こんな話、若い伯爵の耳に入ったら、大変だろうなあ」

「それは、早合点すぎるよ。

マリーは、まだ伯爵夫人じゃないんだ。我々の友人、売笑婦さ」

まだ見ぬマリーと云う女に、嫉妬を覚えて、彼の女の胸は一層、苦しかった。

弐

残された公博氏は、無聊《ぶりょう》に苦しんだ。彼は一日中、散歩に時間を消した。

＊

ある朝であった——。

宿の犬を連れて、薄く色づいた丘にのぼった。丘の中腹には、一つの別荘らしい洋館があって、その右端の部屋の窓には、いつも、カーテンが、下りていた。

いまふと、気がつくと、一つの窓のカーテンが、少し開いていて、美しい女の顔がのぞいている。

公博氏は、思わず其の方に、歩み寄った。然し、女の視線は、大空の彼方《かなた》に行っていた。

＊

午後であった——。

公博氏は、ステッキを振り乍ら、丘にのぼった。

また、カーテンの窓に、美しい女の眸《ひとみ》が、のぞいている。

公博氏は、歩み寄った。然し、眸は大空の彼方に向けられて、動かなかった。

ただ、鳥影が、空をかすめた時、眸は動いた。羨望の情が動いた。と、誰か後から、荒々しく、カーテンを引いて失《しま》った。

＊

夜であった――。

彼は、昼の、女の眸に引かれて、外に出た。そして、西洋館の、その窓近く立った。やっと、隙間を見付けて、内をのぞき、異様な光景に驚いた。

＊

内は、ドアで閉めた立派な日本間である――。


唐人髷に結った、十六、七の娘が、長襦袢一つにされて、後手に縛られ、五十がらみの男に、折檻されていた。

打ち所が悪かったのか、彼の女は気絶した。男は、あわてて、薬を含ませ、大事そうに抱えて、蒲団に寝せた。

やがて、娘が正気づくと、抱き上げて、顔から首、手と、ペロペロ舐《な》め出した。

然し娘は、目を閉じたまま、静かに冷たく、為すに委せていた。

公博は、ゾッとして、オーヴァの襟を立てて、其処を離れた。

＊

翌日であった――。

例の西洋館の裏門の方へ廻ると、昨夜の娘が、庭で、大きな紙風船を、いじっていた。

すると、どうしたはずみか、フワリと、生垣の外に飛んだ。

垣に添って歩いていた公博氏は、手際よく、風船を受けて、裏門から出て来る彼の女を待った。

「どうも有難う厶《ござ》います」

「失礼な事、伺いますが、何《ど》うして、昨夜、折檻されなすったんですか」

「お昼に、窓から外を見ていたからです。あの人は、嫉妬深いんです。そして、変態性慾とかって云うんです。こんな風に、男の方と、話しているのが、見付かると、又叱られますから、最《も》う参ります」

「では、あの人は、あなたのお良人ですか」

「いいえ、あの……」

その時、門の中から、例の男が飛んで来て、公博氏をみ付け、彼の女を手荒く引張って行った。

*

一足先きに帰京する、父伯爵、及び夫人を、見送って、駅に出た——。

いつも乍《なが》らに、構内は、殺到していた。中に例の変態性慾の男が、十四、五の、銘仙絣に、深々と襟巻きをして、鳥打帽子を被った男の子を連れていた。そして、上りの汽車に乗り込んだ。

*

見送りの途次公博氏は、幸福な期待をかけて、例の西洋館に廻った。

然し、何《ど》の部屋の窓にも、カーテンが下されて、人の気はいは全くなかった。彼は、少《しば》らく茫然と立っていた。

変態性慾と呼ばれた男は、此の頃、貴公子然とした若い男が、家の廻りを徘徊するのに、気が付いた、と同時に嫉妬を感じて、その女を連れ、予定の日数よりも早く、別荘を引上げた。

その女を、人中に連れて歩く時には、決って男装をさせた。世の男達の視線が、美しい彼の女に注がれるのを、防ぐ為めであった。

公博氏も、欺かれた男の一人であった。

春　参四

参

昨日は荒川、今日は小金井と、都の人は、花を訪《た》ずねて忙しかった。

然し、傷心の明子には、桜の春も、春ではなかった。

＊

社を休んで、自分の部屋に籠り、鬱々と、今日も一日、暮れてしまった——。

彼の女の部屋は、質素な西洋間である。

伏せていた顔を上げ、サッと、スタンドの紐を引いて、灯を呼ぶと、七時であった。

その時、女中が電話の懸《かか》って来たのを知らせた。

＊

電話口に出て見ると、社からであった——。

ある貴婦人がいま、来社されて、是非あなたに、頼みたい用件があるとの事だから、都合して直ぐ来て貰い度い。

彼の女は承諾して、仕度をすると直ぐ、出かけた。

＊

父の自働車を操縦して。

＊

社の入口には、立派な自働車が一台、あった。

＊

応接間に入ると、黒いベールを被った、洋装の貴婦人が待っていた——。

明子は、丁寧に挨拶して、来意をたずねた。

「私は、多少身分あるもので、或る事情から、今の所、名を明されませんが、貴女に折入って、お願いし度い件があって来ました。

貴女は、引き受けて下さいますか」

「どの様な事でムいましょうか。私の務めの上の事なら、お引受けいたす心算《つもり》でムいます」

「では、お願いしましょう。その前に、守って頂かなければならない約束があります。

1は、この事件は、絶対に秘密であること。

2は、私の話す事に、問を出さないこと。

3は、私のベールの中を、のぞかないこと。

この三つです。守って下さいますか」

「承知いたしました。で、お用件の条は？」

「黄と云う支那人の三人姉妹を探して頂き度いのです。

一番の上は、瑶《ヨウ》子と云って、今年二十二。次ぎは、瑩《エイ》子二十。末が、琇《シュウ》子十七です。

探す目印とも、なることは、三人ともが、一粒の琉璃玉を下げた、白金の耳輪をしていることです。

之《こ》の三人を探して、一年後の今夜、四月十五日の夜、丸の内ホテルの十五番室に連れて来て下さい。

費用として、月に五百円。成功の暁は又、別に報酬を致しましょう。

私は、表立って、探せませんが、及ばず乍ら、蔭では、助力いたしましょう」

＊

明子は社から帰《か》えると、外出着も改めず、其儘、机によって考えた――。

紅梅色の熱海が目に浮ぶ――梅園、乗馬、ゴルフ、玉突き――、何の場面も、公博氏と二人である。然し、

……今は一人。そして、この後生くる日の限り。ああ、報いられる事のない恋。

そうだ。永久に報いられない恋に苦しむより、努力に対して、正しい報酬を齎《もた》らして呉れる、仕事に苦しもう。

仕事へ！　仕事へ！　……

彼の女の心は展開した。

＊

そして、今夜の不思議な貴婦人との会見を思い浮べた。

「きっと、三人の姉妹を探し出そう」

＊

彼の女の部屋の、窓の灯は、明方になって、消された。

＊

毎夜、彼の女は、銀ブラに出た。

漫歩的歩調ではあったが、目は鋭く、往来の人の耳に注がれていた――。

耳隠しの女には、数歩後をつけて、耳輪の有無を訊した。

耳飾をした女の後姿を追って、さりげなく、前から見直すと、焦げた印度婦人であった。

＊

ふと、喫茶店に這入った、二人の若い支那婦人が目に付いたので、後から這入った。

コーヒーを啜り乍ら、そっと見たが、耳輪はしてなかった。

＊

黄氏の三人姉妹を探すのに、「耳輪をした支那婦人」とより外の手掛りを与えられない、彼の女の苦心は一方でなかった。

＊

京橋のある洋服店の前まで来ると、多くの店員に送られて、出て来た貴公子があった。公博氏である――。

彼の女は、我を忘れて、

「あっ、公博様」

駈け寄ろうとすると、貴公子は、冷たい目《ま》なざしと、慇懃な挨拶を残して、自働車に乗った。そして、運転手に

「横浜へ」

……横浜へ……

彼の女は、鸚鵡《おうむ》返えしに、心の中で繰り返《か》えした。

……横浜――公博氏……

直ぐ、ある事を思い出した。

＊

熱海の帰途、汽車に同席した、若い三人の紳士の話である――。

「櫻小路の若殿は、横浜へ始終、遊びに行くんだ。あの南京町のマリーに、参っているのさ」

「マリーって、支那人と毛唐の混血児で、何んでも、白金の耳輪をしているそうじゃないか。なかなかの凄腕だってね」

……そうだ、彼は、マリーの所へ行ったのだ。何んだって、マリーは、白金の耳輪をしているって？　ひょっとしたら。かも知れない。でも、混血児だって、云っていたが。

一度、出かけて、確めよう。そうだ。之から……

嫉妬は消えた。最《も》う恋の奴隷ではなかった。

仕事！

彼の女は、自働車を呼んだ。

「横浜へ」何処からか黒いベールの婦人が現われて、彼の女も自働車を呼んだ。「横浜へ」

＊

三台の自働車は、暗い一条の道を走っている。

四

横浜南京町の少し手前で、一台の自働車が止った。後から又、一台。又一台――。

前の車から出た公博氏は、わざと灯を避けて、蔭の小路を急いだ。

後の車から出た明子は、彼の跡を追った。

次ぎの車からのベールの婦人は、明子の跡を。

＊

公博氏は、とある煙草店に立ち寄った。

＊

何事か点頭《うなず》いて、明子も、その向側の洋服店に這入った。

＊

大きな朱塗の料亭花台軒に、公博氏は這入った。その後から、夜会帰《が》えりか、シルクハットに、フロック姿の紳士が続いて、這入って行った。

探索に不便を感じた明子の、男装であった。之の場合、断髪は彼の女に都合よかった。

ベールの婦人は、料亭の裏に廻った。

＊

公博氏は、客の立て混んでいるテーブルの間を抜けて、細い廊下を幾曲りかした。

男装の明子も、悠々と、細い廊下を幾曲りかした。

壁に突き当ると、公博氏は、柱《ハシラ》の横のボタンを押した。壁の戸は、ドアの様に開かれて、支那人が顔を出したが、伯爵の顔を見ると、黙って頭を下げた。公博氏は早くも吸い込まれて失《しま》った。

明子も、ボタンを押した。戸は開かれて、支那人が顔を出した。

「伯爵の連れのものだ」

支那人は黙って、頭を下げた。明子も中に吸い込まれた。

＊

彼の女は、暗い石段を下りて、小さいドアを押した――。

其処は、阿片を吸う密室であった。

日にそむいた、秘密の夢を売る所であった。中には、生命と交換に買った夢に、恍惚としている人達の骸《むくろ》が、ごろごろしている。

明子は、入口の側の倚子《いす》に、目立たない様に腰をかけ、無気味な世界を見廻した。

公博氏は、真中のテーブルに寄って、マリーを呼んでいる。

外人の女の様に錦紗を着流して、支那靴を穿いたマリーは、向うの隅の寝台に寝ている男の頬ペタを、撲っている。

「此処は、お前の寝る所じゃないんだよ。お前は下じゃないか。こら、下りないか」

伯爵は、しきりに呼ぶ。

「マリー、マリー、そうして置けばいいじゃないか。早くおいで」

「うるさいね。マリー、マリーってさ」

マリーは、戸棚の前に行って、ウイスキーの瓶を口にあてた。そして、阿片の長煙管を持って伯爵の前に来た。

公博氏は、黙って手を振った。

「じゃ、勝手におし」

「マリー、分ってるじゃないか。酒だよ」

「酒なら上だわよ。地の底には、そんな気の利いたものは、ありませんよ」

「じゃ、いいよ、では此処へお掛け」

公博氏は、膝を向けた。

「お金を呉れるの」

「昨日、上げた許りじゃないか」

「お金を呉れるの」

「今日は、今日は持って来ないけど」

「じゃ、あばよ。何《ど》れ一寝入りしよう。お客の混まない時に」

「マリー、ひどいじゃないか。お前……」

「うるさいね。ひどいのが、此処の習慣なんだよ」

マリーが、長倚子の方へ行きかけると、若い三人の紳士が、ガヤガヤ、ドアをあけて入って来た。

「マリー、マリー、今日は新米を一人、連れて来たんだよ」

「上に行こう。上に。涎を垂した死人のお守《も》りよりいいぜ」

「何んて、騒々しいんだろう。だから妾は、日《ひ》ん中の人間は嫌いなのさ。店にあがるのは、いやだ。じゃ斯《こ》うしよう。皆んな、従《つ》いておいで」

伯爵は、ベルを押して支那人を招んだ。やがてウイスキーが運ばれた。伯爵は、一人で盃を乾した。

＊

彼の女の部屋である。窓のない部屋では、あったが、贅沢《ぜいたく》な洋間である。

真中のテーブルには、色々な酒の瓶がのっている。三人の紳士と、マリーは、盛に、酒を、あふっている――。


やがて、三人は、だらしなく、酔いしれてしまった。


マリーは、三人の懐中に手を入れて、財布を取り出すと、金をみんな抜いて、空のを、テーブルの上に、並べた。

そして、ドアを押した。

＊

前の広間である。公博氏は、テーブルに、打ち伏した儘である——。

マリーは、這入って来ると、伯爵の方を、チラリと見、長倚子に上って寝た。

すぐ、細い寝息気が立った。


それ迄、ジッとしていた明子は、そっと立ち上《あが》ると、マリーの側に歩み寄った——。

マリーは、白金の耳輪、あの琉璃玉を下げた白金の耳輪をしている。

然し、支那人ではなかった。彼の女の髪は、茶褐色である。眉も、睫毛も。

クマが出来ているが、色は白かった。


その時、マリーは寝返《が》えりしたが、倚子から落ちそうになったので、明子は支えた。

マリーは気付いて、薄目を開けると、目に這入ったのは、紫の玉をはめた指輪をした、美しい女の手であった。

然し、彼の女の側に立っているのは、フロック姿の、紳士である。

「お前は、誰れ、何時這入って来たの」

マリーの目は、茶色であった。東洋人のそれの。

明子は心の中で嬉んだ。

「小父さんじゃないね」

「そんな怪しいものじゃありませんよ。上海に居て、此処の事を聞いてましたので……」

「わかったわよ。今、上げるから」

マリーは、戸棚から、煙管を持って来て、空いている寝台を直して、彼の女を招いたが、思い返《か》えして、明子の掛けている、長倚子に来て、並んだ。

「お前は、綺麗な手をしているね。商売は何んなの?」

自分は岡田明夫といって上海で宝石商をしていること、つい之《こ》の頃、お得意廻りに上京した事、今夜、之の土地の、得意先きから招待されたが、その帰《か》えりに、兼ねて此処の話を聞いていたので、立寄った等と、明子は、デタラメを云ってから、

「貴女は、支那人黄さんの娘さんでしょう。実は、その、貴女の耳輪に見覚えがあるんです。随分、昔のことですが、その黄さんと云う人が店に来て、三人の娘に耳輪を作ってやるんだが、白金の輪にして、何か珍らしい玉をつけ度いと云って、選ばれたのが、

その琉璃玉でした。家で細工一切を引き受けて作ったんです。貴女のしていらっしゃるその耳輪を。ね、貴女は黄さんの娘さんでしょう?」

マリーの表情に、何んの動きもなかった。

「私の名はマリー、仏蘭西語だよ。だから、仏蘭西人さ。尤《もっと》も、母親は日本人だけどね。それから耳輪は、家に来るお客から貰ったのさ」

明子の明夫は、この言葉を、心中に否定した。何処までも、実を探ろうと決心した。と、ドアが開いて、生酔いの例の三人が出て来た——。

「マリー、電車賃だけ、貸してお呉れよ」

「フン、今頃、電車があるかい?」

「電車があるかい? そうだ、自働車だ。マリー、自働車賃だけ頼むよ」

「そうら」

彼の女は、何がしかの金を、投げた。

公博氏は、目を覚した。

「マリー、マリー、水を」

「ヘン、殿様面があきれるよ。さあ、宝玉屋さん、向うに行こう」

マリーは、明子の明夫の腕を引張った。

「マリー、その男は何んだ!」

伯爵は、よろよろと立ち上った。二人はドアの向うに行った。少《しば》らく、外から叩いたが、最う開かなかった。彼は、くずれる様に、倒れた。

＊

マリーの部屋である――。

明夫は這入って来て、倚子に掛けた。

マリーは、化粧台の前に立って、髪を直しにかかる。

「マリー、貴女の父親は仏蘭人で、母親は支那人だったね」

「そうよ」

「いや、日本人だった。先刻、そう云ったね」

「どうでも、いいじゃないか。こんなどん底では、戸籍なんか、いらないからね」

「瑶子。瑶子か」

鏡の中のマリーは、ドキッとした。

やがて、マリーは、側に来て掛けた。

「今夜は、帰《か》えさないよ。宝石やさん」

「瑶子さん。素性も明けて呉れない様な、実のない人の所には、私は泊らない」

「瑶子さんとかって云うのは、日ん中のお前さんの恋人かい？」

「ああ、まだ、恋人は沢山いるよ。瑩子さん」

明夫は、鋭く、マリーの顔をうかがった。

マリーは、ひどく、狼狽した。が直ぐ、

「フンそれから？」

「琇子さんって、云う可愛い娘さん」

マリーの顔は、青くなった。

……三人の中の一人だ、瑶子だろうか、瑩子か。十七の琇子ではない。然し、之の女から、他の二人を探し出せるかも知れない……　こう明夫は考えて、仕事の前途が急に明るくなった様に思った。

次ぎの日から、明夫は、繁々と、此処に出入りした。そして、宝石を、マリーに与えては、すっかり宝石商人になり済し、時に折に、他の二人の姉妹の行く方を、それとなく、マリーに探った。

然し、マリーは、何処までもマリーになり済して、白を切っていた。

郊外の柔い草が、漸く厚くなった頃のある日。マリーの部屋――。

仕立下ろしの、背広を着た明夫が這入って来た。

「郊外に行こう。上海土産に、新しい自働車を買ったから、初乗りに、お前も一緒に出掛けよう」

マリーは拒んだ。彼の女の外出嫌いは、毎度の事であった。

「私は、日ん中は嫌いさ。地上は嫌いさ。田鼠《もぐら》が可愛いのさ」

之が、彼の女の口ぐせだった。

明夫は、しつっこく、進《(ママ)》めたが、マリーは爪を磨いていて、動かない。

その時、ドアが静かに開いて、公博氏が、頸垂れて這入って来た。

「オヤ、伯爵様のお入来だよ」

「マリー、マリー」

「やれやれ、又、マリーだわ、おくびが出る」

「この部屋に居ても、いいだろう。少《しば》らくだが」

「どうぞ、お随意に、私の佳い人。留守居番が出来たから、出かけましょうよ」

「お前が、外に出るのかい。そんなに、私がいやになったのか」

「ええ、ええ、仰っしゃる通り、伯爵様には最《も》う、あきあきしましたよ。私には、こんなにいい人が、居るのですもの。伯爵の様な、絞りっかすとは、違いますからね。

この人は、宝石商の旦那で」

「金なら、マリー、ほらあるよ」

公博氏は、厚い財布を出した。

「親の脛《すね》っ嚙りの財布の中は、知れてますよ。

この人の前で、飛んだ恥かきだわ。

さあ、何時までも、引掛っていないで、出かけるとしよう」

「マリー、そりゃ、余りだ、余りだ」

公博氏は、形相変えて、マリーに、つめ寄った。

「フン、何がさ」

マリーは、彼を、突き飛ばした。

公博氏は、やっと、ドアに体を支えたが、

「お前は俺を」

また、つめ寄った。

「何うする、心算《つもり》かって」

マリーは、横腹を突いた。彼は、もろくも倒れた。

「様《ざま》、見上れ。マリー様に、手出しをするとこうだぞ。こうだぞ」

マリーは、桃色の支那靴で、散々に、伯爵を蹴った。

「之位いして置けば、後がうるさくないだろうよ。さあさあ、出掛けよう」

マリーは、掛けてあった、春のケープを、はずして、ドアの外に出た。


先刻から、隅で、様子を見ていた、明夫は、マリーが出てしまうと、公博氏の側に駈け寄って、抱き起した。

気が付いた公博氏は、明夫を見ると、

「お前が、マリーを取ったんだな。敵だ」

公博氏は、挑みかかって来た。然し明夫が、ひょいと、身を換したので、又倒れた。

明夫は今、自分の前に倒れている、かつて失恋の苦しみを、彼の女に与えた男を、見下した。そして、運命の皮肉を痛感した。

＊

公博氏が気が付いて見ると、彼は、花台軒の裏口に、小路に、投げ出されていた。其処らの、ボロ下げた子供達に指さされて笑われていた。

マリーの意志で為された事と知った時、彼は憤然と立ち上った。裏口から飛び込もうとしたが、思い返えして、小路を出た。

彼は、深い反省に落ちた。

――長い事、地の下に迷い込んでいた。さあ、地位と名誉の世界へ、礼と義の地上へ帰《か》えろう――。

公博氏の、足どりには、力がこもって来た。

＊

小高い丘の根を、自働車が走っている。

空は明るく、地は明るかった。

車中の二人は又、爽快であった――。

瀟洒とした背広に、ソフトの明夫と、軽いラシャのケープを着た、洋装のマリーであった。

マリーは、始終、支那語の唄を、口ずさんでいる。

車は走る、走る、蓮華の原を後に、菜畠を後に。


二人は、自働車を捨てて歩いた。

小さい森の中の、別荘らしい洋館の前を、過ぎた時、門の中から、西洋人と話し乍ら出て来た男があった。例の変態性慾の男であった。門の所で、二人は別れた。

「じゃ、ロックさん、明日東京で」

この声を聞いた、そして、この男の顔を見た、マリーは、

「アッ、山崎!」

彼の女は、悲鳴をあげて、突返しに、駈け出した。

男は、驚いて、マリーの後姿を見ていたが、

「野郎、化《ばけ》ていやがったんだな。毛唐の女《あま》になんか。よし」

数歩、追い掛けたが、自働車に気が付いて、門の前に待たせてあった、自分の自働車に乗った。然し、運転手の姿が見えない。

「早川！　早川！」

すぐ、道傍の草の中から、運転手が目をこすり乍ら、立ち上って来た。

マリーが、向うの自働車の側で、金切り声で、明夫を呼んだ、

「はやく、はやく、来ておくれよ！」

明夫は駈け付けて、マリーを乗せると、ハンドルを掴んだ。

二台の自働車は、気が狂った様に、追いつ追われつ、走った。

街中に、車は這入った。マリーが、後を振り返ったが、追って来る、自働車は、最うい なかった。

明夫は、速力を緩め乍ら、マリーに話しかけた。

「あの男とは、どんな関係があるんだい？」

然しマリーは、目を閉じた儘、一言も、答えず、口も利かなかった。

彼の女の全身には、まだ恐怖の跡が残っている。小刻に震えて、堅くなって。

夏

六五

五

夏の夜である。

風を慕って、涼を求めて、人影は、堤の上に、橋の上に、寄って来る——。

明夫と——浴衣に、紗の羽織を着流し、ステッキを振り乍ら——マリーの二人もブラブラ橋の上に来る。

マリーは、薄物の支那服を着て、大きな支那扇を使い乍ら。

「約束のダイヤは、何時持って来て呉れるの」

「だからさ。近い中《うち》に、上海の店から、来るって、云ってるじゃないか」

「近い中、近い中って、何時まで欺《だま》して置くんだい。子供じゃあるまいし」

「アッと、驚いて貰い度い為めさ。近い中に。

所でマリー、お前の父親は、仏蘭人で、母親が、日本人だか、支那人だかとして、お前は小さい時、何処に住んでいたんだい」

「そりゃ、東京さ」

「東京の何処？」

「また、戸籍調査かい？　地の底の人間にはそんな物、いらないから、忘れて失った。みんな……」

彼等が、橋の中程に差し掛ると、先刻から、欄干に、もたれていた、十五、六の、水兵服を着た、少年が、傍を通るマリーを、ふと見ると、彼等の後になり、先きになりして、マリーの顔をのぞいた。

之にマリーが気付いて、少年を見ると、

「琇ちゃんじゃないか」

「アッ、やはり姉さんだった」

二人は、抱き合った。

「琇ちゃん、どうしたの、その恰好は？」

「山崎が、外に出る時は、男の着物を着せるの」

「山崎！　此処にいるの？」

「ホラ、あそこに。姉さん助けて、とても、いじめるんだもの」

マリーは、指さされた方を見ると、向うの橋の際に、外人と立話している山崎の姿を見た。

「どうして、山崎は、横浜になんか来たの」

「よく知らないけど、何んでも、あの外人が、山崎の鉱山《やま》から出る石炭を買うんだとか、いってたわ」

山崎、変態性慾の男である。彼は話し乍ら、琇子の方を見ると、一人の男――明夫――が彼の女の傍に立っている。

「琇子！　琇子！　此処へ来い」

琇子は、振り返えっただけで、行こうとはしない。山崎は、こちらに歩いて来た。

「姉さん、何《ど》うしよう。逃げれない」

「琇ちゃん、きっと、今度、助けに行って上げるから、辛抱して。家《うち》は、もとの所だね」

云い残して、マリーは、明夫の腕を引張って、足早に、引き返そうとした。

「姉さん。でも」

琇子は、追いすがろうとした。

「何！　瑳子か。今度は、逃《のが》さないぞ」

マリーは、駈け出した、自分の店に飛び込んだ。山崎は、追って来たが、この料亭の入口で、遮《さえぎ》られた。店の男、二、三人の支那人の為めに。ある物かげから黒いベールの貴婦人が、始終の様子を見ていた。

＊

マリーの部屋である――。

彼の女は、転げ込む様に、這入ると、内から、鍵を下した。

彼の女は、ホッとして、倚子にかけると、テーブルの上に、身を投げ出した。

＊

明夫は、外から、戸を叩く。

＊

マリーは、ハッとする。

＊

「僕だよ、僕だよ、マリー、お開け」

＊

明夫は、泣いているマリーの肩に、優しく、手を置いた。

「璗子、璗子さんでいいね。最《も》う隠す必要はないんだから。所で、僕が、お前の妹を助けに出かけようと思うんだが」

璗子のマリーは、探《さ》ぐる様な目をした。

「実は、君達姉妹には、遭わない前から、深い因縁が結ばれていたと思えば、他人の様には思えないし、それに、先刻、妹の琇子さんに遭って、あの可憐な様子に、心引かれたので、僕は、一骨折りしようと思ったんだ。それから、君の姉さんの瑶子さんとやらも、探して、見ようじゃないか。何んだか、三人会合の嬉《よろこ》びの場面が見たくなった。所で、琇ちゃんは、あの山崎は、何処にいるんだい？　その前に、一つ、すっかり、身の上を話して呉れないか」

マリーは、何か決心したように、深く点頭《うなず》くと、次ぎの様な事を、話した——。

＊

十五年の昔である——。

東京有楽町に、春鶯亭と云う、一流の支那料理店があった。

黄陳重と云う支那人の妻が、経営していた。

黄は、妻との間に、三人の娘——瑶、璗、琇——があった。

彼の妻は、茘枝《レイシ》と云って、帰化した支那貴族の娘を、嫁ったのであった。

それより前に、彼は、妻の実家、其の支那貴族の家に、繁々と出入りしていた。

其の頃の彼は、口を開けば、第三帝国の建設を論ずる、社会理想家であった。

そして、彼は又その一家に、遇される事が厚く、遂《つ》いに、茘枝を得たのであった。

その後、彼は、東洋黄色人種の結合を計り、白色人種排斥の大亜細亜主義の同志に入った。かと思うと、
シオン主義運動――ユダヤの独立運動で、現代、キリスト教信者間に、注目を呼んでいる――に響鳴し、その団体に加《くわわ》った。最後に、その頃、漸く、日本に伝えられた、ガンヂの政治運動に、彼自身の理想を発見し、遂に、彼は印度に去った。一年、二年、家庭に、一度の音信もしなかった。

要するに、彼は、移り気な夢想家に、過ぎなかった。例え、その時、遠うく、印度の、その実際運動に参加する心算で、出掛けたにしても。

彼の言論から、夫の前途に望みを、懸けて来た、妻の茘枝は、間もなく、欺かれた自分を悲しんだ。然し、子女の愛に引かれて、何事も、只、黙って堪えた。

夫が、印度に去ってから、彼の女は、日本人の山崎と云う男を、帳場に頼んで、前記の、支那料理店を開いた。

彼の女は、店の繁昌に努めた。

彼の女自身、客のテーブルの間を、斡旋し、そして、新しい趣好として、得意の月琴を弾じた。

之が、泰西趣味から漸く、支那趣味に移りかけていた、当時の世の好尚に投じて、人気を呼んだ。

この店に、毎夜来る、支那趣味愛好者の一人に、ある貴族があった。

彼は、若く夫人に薨かれて後は、独身であった。が、此処に来る様になってから、彼は、茘枝に心惹かれた。

茘枝の境遇的背景を知らない彼は、彼の女に、胸中を打ち開けた。

彼の女も又、無情な夫を怨んでいる折柄、この紳士の日頃の厚情に、心が動いていた。然し、子供への愛にも迷っていたが、結局、欺かれた夫に、そむき返《か》えって、彼の女は、情人の許に走った。

財産の全部と、三人の娘を山崎夫婦に托して。

その時、彼の女は、母親としての、最後の愛情をこめた例の耳輪を、娘達の耳に、残して、出た。

それが、十五年前の出来事である。

娘達は、未だに、母親の行った先きの貴族の名も知らず、母にも巡《め》ぐり遭わなかった。

その後の、茘枝が店に出なくなった春鶯亭は、全く振わなかった。

山崎が、下手に株に手を出してから、托された財産も無くなり、店も閉める様になった。


夫婦と、三人の娘は、深川の方の裏長屋に引き移った。

子供のない山崎は、彼の女達を、我が子の様に愛したが、妻のお峯は、虐待した。

長屋の、向隣りに支那人の手品師が居た。

彼は、瑶子の美貌に目を付けて、瑶子の身売の相談を、お峯に持ちかけた。

お峯は、二つ返事で、承諾し、夫の留守に、瑶子を連れて、支那人の家に行った。

支那人の手品師は、其の日、家財を売払って、瑶子を連れ、旅に出た。

外から帰《か》えって来た山崎は、瑶子が、向隣りの手品師に、誘拐されたと聞いて、直ぐ、警察に届けた。然し、何んの反響も無かった。

ふとした風からお峯は寝付き、長い間、病んで死んだ。彼の女の犯した罪を詫び乍ら。

其処へ、絶えて、便りのなかった黄氏が、帰《か》えって来た。

彼は、不正な惨虐な、到底、救い得ない現実を、印度まで出かけて、実見して来たのであった。

彼は、心身共に破れて、帰郷した。せめて、暖《あたたか》い家庭によって、快復しようと云う夢を抱いて。

然し、其処にも悲惨な、そして、醜い現実が待っていた。

彼の一切の夢は、完全に壊された。

夢想家が夢を失っては、生き得ない。

彼は遂《つ》いに、自殺した。

山崎は、重ね重ねの不幸に、茫然としたが、新しい妻——成人した瑩子を妻にして、新事業を企てた。

或る金主を得て、北海道の鉱山《やま》——最う、鉱脈の切れていると云う、山の、石炭発掘権を、向う三ヶ年の契約で、安く借りた。

彼は、見る所《ところ》あっての企業ではあったが、尚、成田の不動明王に、三年間、女を絶つ事を誓って、事業の成功を祈願した。

生来、淫奔な瑩子は、近所の芝居小屋の、女形と通じた。

或る時、山崎に発見されて、二人は手を切らされた。

然し、貧棒にも倦きた瑠子は、隣りの婆さんから話を持ちかけられたのを幸い、山崎を捨てて、ある物持ちの妾になった。

山崎は彼の目算が当《あた》って、新しい鉱脈が発見され、一躍、金満家になった。

然し、彼は、瑠子に対《たい》しての、深い怨恨と、不動明王に誓った生活とが原因して、変態性慾者になった。

彼は、山の手の方に、大きな家を建築し、土蔵を作って、琇子を檻禁した。そして、虐待して、女の苦しむ姿態を享楽した。

又、同様の享楽を、瑠子からも求めんとした。それが、怨恨の情と結合して、劇《はげ》しい衝動となっては、よく、あてもなく、瑠子の行方を探して歩いた。

之は、瑠子が、山崎の目を盗んで、琇子に遭いに行った時、聞かされた話《ハナシ》であり、注告であった。

それにも拘らず、瑠子は二度、山崎に見付けられた。

一度は、デパート、メントで買物している時、他のは、お風呂の帰えりであった。

両度共、警官によって、救われたが、その時の山崎の形相と、懐中《カイチュー》に匿されていた短刀の記憶に、恐れて、横浜に移り、南京町の地下の生活にかくれた。

之が、彼の女の外出嫌いな原因であった。又山崎を恐れるの余《あま》り、毛を染め素性を人にかくしていた。偶《たま》に地上に出れば、今日の様に山崎に出合い、彼の女の恐怖心は、頂上に達した。

「私が、日ん中の世界さえ、思い切れば、山崎に殺される事はないと云う、安心は、最う、壊れてしまった。明日にでも、山崎は、私の胸をえぐりに来る。きっと来る。そして、妹も又、彼に、生命を喰われて、しまうんだ。あの痩せた鬼奴《め》に、太った私が、妹が喰われる。ハハハハハ、ハハハハハ」

彼の女は、絶望的な笑い声を挙げて、之《こ》の話を結んだ。

始終を聞き終った明夫は、彼の女の恐怖にも合点《うなず》けた。又、事実、警察力の届き切らない之の界隈では、事を未然に防ぐと云う方法も講じられないので、明夫は、マリーの瑩子を説き伏せて——只地上に出るのを恐れている——一先ず、此処を去る事にした。

その夜晩《おそ》く、二人を乗せた自働車は、東京へと走った。

又、ベールを被った貴婦人の自働車が、後を追った。

＊

明夫は、瑩子を、或る知人の離室《はなれ》に頼んで置き、自分は、久しぶりに、我が家に帰《か》えって休んだ。そして、山崎の家に、檻禁されている、琇子を救い出す前後策を考えた。

六

東京丸の内、××ビルディングの入口――。

毎朝、十時に、之の建物の入口に、滑《す》べり込んで来て、ハタと停る、壮快な自働車があった。

櫻小路公博氏の操縦して来る自働車であった。

彼は、あの時以来、新しい生活に入った。毎朝、このビルディングの三階にある、父の事務所に勤めて、父伯爵の事業の為《た》めに働いた。

ある朝も、彼は、壮快に滑《す》べり込《こ》もうとしたが、入口を妨げている、一台の自働車があったので、彼は、遠うくで車を停めた。

彼は、怨めし気に、その自働車を睨んで、建物の中に這入った。

その自働車は、お天気にも拘らず、深く、幌を被った、小型の自働車であった。

公博氏は、階段の中程で、見覚えのある男に摺れ違った。熱海で会った、変態性慾の男である。公博氏が、最う一度振り返《か》えると、男は、その自働車に乗って走り去った。

＊

或る朝も、公博氏が、入口に滑り込《こ》もうとすると、例の自働車がある。彼は、先達見た、変態性慾の男と、この自働車とを、思い合せて、ある予想から、その幌を被った自働車に近付いた。中をのぞくと、十五、六の、水兵服を着た、少年が眠っている。

彼は一寸、ガッカリしたが、よく見ると、少年は、手枷《てかせ》、足枷をされている。

公博氏は、静かに自働車に上って、少年に声をかけた。

「君、君、済まないが、目を覚して呉れ給え。君には姉さんがあるだろう。そしてこの春、あの男と一緒に熱海《あたみ》に行ってただろう?」

少年は、目を覚して、公博氏の顔を見上げたが、

「アッ、あなたは、熱海でお目にかかった時の方」

少年の声は女であった。その目は、熱海で見た、そして彼の予想した娘の目であった。

娘は、男が、外出するにも、彼の女を一人残して置けず、かと云って、女姿では、世の男からの注意を引くので、男装させられている事を話した。

その時、男の姿が見えたので、公博氏は、蔭の方から自働車を下りた。

＊

公博氏は、度々、その自働車に遭った。その度に、自働車に上って、彼の女、琇子と云う娘と話した。

＊

彼の心は、琇子の身の上を聞く中に、同情から恋愛に移って来た。いや、彼は、始めて、彼の女の目を、あの熱海の、西洋館の窓で見た時から、恋していたのだったが、あまり、地味な恋だったので、自分にも気付かずに居たのだ。それにあの頃は、絢爛なマリーとの恋でもない恋に、迷っていたので。

今度こそは、本当の恋を、判白《はっきり》と摑んだぞ――こう考えた彼は、或る日、琇子を抱き上げて、自分の恋を云った。

琇子も、仝《おな》じ心ではあったが、病的な山崎の手を逃れる事の出来ないのを、知っていた。そして、公博氏にも、何《ど》んな災が、かからないとも限らない事を考えたので、彼の女は只、泣いていた。然し、その後、二人は、五分、三分のあい曳を待つ様になった。

＊

ある夜である――。

山崎の家の高い板塀に寄って、二人の男女が話している。声をひそめて、

「最《も》う、何もかも、準備は出来てしまったから、安心おし。明後日は船の中だ。朝鮮に渡りさえすれば、二人の世界が待っているんだ」

「ほんとに可《よか》った。後、十日立つと、山崎が成田山に女を絶って願《がん》かけした、満願の日だから、私は、あんな奴の女房にならなければならなかったのに」

「あんな奴に、君を渡してなるものか。さあ、長くなった。お帰《か》えり。今夜は最後だ。山崎に気付かれでもしたら、皆んな水の泡《あわ》になってしまう。

じゃ、明日の晩来るから、時間を違えないでね。木戸だよ」

男は、振り返えり乍ら、闇に消えて行った。女は門の中へ。

公博氏と、琇子の二人であった。

＊

次ぎの晩である――。昼間からの雨もやんだ。山崎の外塀の廻りを歩いている人影があった。

それは、明子である。彼の女は、東京に帰《か》えってから、よく、山崎の家を外から或は、山崎が自働車で出かけた留守に、偵察した。

その夜も、外出の帰えり、晩《おそ》くなったが、廻って見た。

彼の女が今、裏木戸の所を過ぎ様《よう》とすると、不意に戸が開いて、あわただしく、女が出て来た。そして、明子に呼びかけた。

「琇子です。早く、早く」

琇子！　明子は驚いた。琇子は、レインコートを着ている明子の腕を、公博と間違えて引張った。

琇子の人違いしているのに気が付いたが、結局、幸いと、明子は、彼の女と共に走った。

その時、後から、突然明子に組みかかった男があった。

「女をどうするんだ」

「何！」

二人は、上になり下になり組打ちした。

折から、雲間を破って、月光が地に走った。

お互に顔を調べ合うと、

「オヤ、公博様」

「明子さんですね。一体この女をどうするんです」

「私は、この人に用があるんです。さあ邪魔しないで、おどきなさい」

「いや、渡せない。明日、船にのり込むんだ」

「何？　船に」

明子は、琇子の袖を摑んで、走ろうとした。

「さては君は、僕の恋の邪魔をするんだな。復讐をすると云うんだな」

二人は又、争って組打ちした。

その時、自働車が、二人の側を抜けて行ったが、気が付かなかった。自働車は、其処に、おろおろしている琇子を吸って、行ってしまったのであったが。

＊

明子が泥だらけになって、疲れた体を引きずって帰《か》えると、彼の女の部屋に、公博と奪い合をした、娘がしくしく泣いていた。

驚いてたずねると、琇子は泣きじゃくり乍ら話した。

公博と恋仲である事、今夜、彼に連れられて横浜に行き、明朝、早く、船に乗って、朝鮮に逃《の》がれる事になっていたので、彼の女が、約束の時間に木戸を出ると、公博が待っていた。二人が走ろうとすると、それは、洋装の女で、本当の公博が其処へ来て、その女と組打ちしている時、自働車に乗った、やはり洋装の、黒ベールを被った婦人が、自分を浚《さら》って車に乗せ、此処に連れて来て、

「四月の十五日まで、之の家に置いてお貰いなさい。それからは、佳《い》い運《うん》が向いて来ます」

こう云い残して、出て行った事を、明子に話した。

明子は、そのベールの婦人が、この事件を彼の女に依頼した貴婦人である事は、直《す》ぐ

に解ったが、一体、あの貴婦人は、何者であろう。何《な》んの為《た》めに、この三人の娘を探すのであろう。然し、その時、彼の女は、あの夜の婦人との約束の言葉を思い出した。

私のベールの中を、のぞかない事。

明子は、琇子を劬《いたわ》り乍ら云った。

「先刻、あなたを公博様と奪い合したのは、私なんです。実は、あなたの姉さんの瑩子さんに頼まれて、あなたを救い出しに行ったわけなんです。公博様とは、知り合の間でもありますから、遭う様にもして上げましょうし、又、きっと一緒になる様にも計って上げますが、来年の四月十五日までは、駄目です。それまで、之の部屋で辛抱していて下さい。外に出ると、あの山崎に遭わないとも限りませんから出ない様に」

「何時《いつ》、瑩子姉さんに会わせて、貰えるんですか」

「明日にでも、姉さんの所へ、そっと行きましょう。来年のその日には、あなたの一番上の瑶子姉さんにも会わせて上げます。さあ、今夜は、ゆっくりお休みなさい」

琇子を、彼の女のベッドに休ませて、明子は、長倚子に寝た。

疲れていたにも拘らず、なかなか寝付かれなかった。

彼の女の中には、公博と琇子の恋に対して、嫉妬をする心が、まだ残っていた。然し、仕事へ！　仕事へ！

彼の女は、仕事以外の心を取り捨てた。

……二人は、一緒になるがいい、然し、来年の四月十五日までは、駄目だ。公博の目から、琇子を、匿して、おかなければならない。でないと、彼は、琇子を連れて、朝鮮に行ってしまうに違いないから……

やがて、彼の女は、毛布を被って眠った。

＊

マリーの瑬子のいる離室《はなれ》である――。

蒲団が敷《しき》っぱなしで、枕元に、お膳がある、新聞や、小説本が散らばっている。

彼の女は、椽側《えんがわ》に這い出して、巻煙草をふかしている。

母屋の方から令嬢が、お膳を下げに来た。女中がお盆で藪入りした為《た》め、彼の女が何時になく、離室の用に来たのである。

彼の女が、ジロリと、寝そべっているマリーの瑬子を見流して、膳を運び出そうとすると、

「ちょいと、これを、洗濯屋にやって頂戴」

マリーの瑳子は、壁に引っかけてあった、浴衣を二、三枚、廊下に放り出した。

令嬢は、涙を溜めて、歯を喰いしばり乍ら母屋に駈け込んだ。

マリーの瑳子は、舌打ちして、浴衣を、部屋の隅に押しやり、又、寝そべって、頬杖ついた。

六十許りの、此の家の主人が、裏門に出ようと、離室の前を通ったが、ふと、マリーの瑳子を見付けて、

「やあ、暑いね。煙草は甘《うも》うがすかね」

「旦那、お出掛け？」

「一寸《ちょっと》、人を見送りにね」

「暑いのに、お苦労だこと」

主人は椽に来て腰かけた。すると、母屋の方から声がした。

「早く、いらっしゃいましよ。汽車が出てしまいますよ」

「やれ、又、半鐘が鳴り出した。どれ、行って来よう。お免なさいよ」

主人と入れ違いに、之の家の夫人が、ひどい権幕で、やって来た。

「さあ、出て行っておくれ。いくら、岡田様の所から頼まれたお客だって、物と品によっちゃお断りするんだから。

お前の様な、イケ、ズーズーしい女は、之の年になって初めてだ。それでよく天道様のお恵みがあるもんだ。世話になっている家の娘を、平気で、コキ使うし、人の亭主には、デレデレと持ちかけるし。ええ、胸糞、わるい。さあ、出て行け。いま、出て行け」

「こう、度々半鐘が鳴っては、頼まれても、居れないやね。大事な耳を聾《つんぼ》にされてしまう」

「つべ、こべ抜かさないで、とっとと、失せあがれ」

瑬子は、フェルトの草履を引っかけると、其儘、出て行った。

「禿を、たんと、可愛がっておやり」

*

翌朝、之の家の前で、明子と琇子は、自動車から下りた――。

そして、主人の謝罪を聞いた。

二人は、落胆して、殊に、明子は、之までに運んだ仕事が、瓦壊したと思うと、一時に、体中の生気が抜けてしまった様に落胆した。

秋

八七

七

凄い秋の月夜である――。

地上のあらゆる物と云うものは、皆影と抱き合って、うずくまっている。

其処に、大きな影を敷いて建っている、白壁の土蔵がある。

横面には、化物の様な薄《すすき》の影が、時々、揺れる――。

と、其処に、ひょろひょろっと人影が浮んだ。

山崎の影であった。やがて、蔵の中に消えた。

彼は、一寸《ちょっと》した油断から――。

＊

それは、少々、雨の降った夏の夜であった。

毎夜、琇子を、裏の蔵に寝せて、錠を下すのであったが、その夜は、少し、雨も降ってたしするので、彼の隣の部屋に寝せた。

そして、不眠の彼は、前夜の様に、睡眠剤を呑んで休んだ。

その翌朝、最《も》う、琇子は居なかった。之は、琇子が公博と諜《しめ》し合せて、逃げるはずの所を横合から自働車に浚《さら》われた、あの夜の事である。

＊

彼は、一寸した油断から、琇子を失って、病勢は、一度に加わった。

別に、往来の女に、何《ど》う斯《こ》うすると云うのではなかったが、只、彼は、琇子の行方を、狂人の様な恰好して、探して歩くのであった。そして、探し疲れて、夜帰ると、彼は、かつて琇子を檻禁した土蔵に這入った。そして、琇子の持ち物、着物、履物の末まで、撫で廻した。

それから、二つに折った坐蒲団に、琇子の着物を着せて、倚子に掛けさし、その前に坐ると、その作った琇子が幻想を呼んで来る。

之が、自分の病的現象である事を知らない彼には、之の頃の毎夜の楽しみであり、慰めであった。

——同じ刺戟が、同じ幻想を呼ぶことは、変態心理学でも、明《あきら》かに云われている——。

之の幻想の内容は、必ずしも、楽しいもの許りではなかったが、琇子に触れている故に楽しい幻想なのであった。

＊

彼の幻想——。

唐人髷に結って、振り袖を着た琇子が倚子に、掛けている。彼はその前に坐って、足袋を穿かせてやっている。

彼は、琇子の美しい足の指に、一つ一つ接吻を移す。それから穿かせる。

今度は、手套《テブクロ》をしてやる。

白い絹手袋をした手を取って、彼の頰を打たせ、恍惚とする。匂やかな花の枝にでも、なぶられている様子。

薄物の襟巻を掛けてやる。肩から胸、二、三度、撫で、それから彼の女を立たせ、正装の彼の女を、つくづくと眺める。

やがて、彼の女の手を取って、外に出ようとする。彼の女は動かない。

彼が、ちょいと手を引張ると、彼の女は、小さくなった。又、引くと、小さくなる。

遂《と》うとう琇子は小さくなって、消えてしまった。彼は部屋の中《なか》じゅうを、探し廻ったが、ガッカリして、倚子に腰掛ける。

＊

と、優しい手が、その白い絹手袋の手が、彼の肩に懸る。見上げると琇子。

彼は、静かに彼の女を前に廻して、抱く、何時《いつも》の様に、琇子の首や頬を甜《なめ》ていると、恐しく重い箱になった。

驚いて、下に置く、と坐っている琇子になる。抱き上げる、箱。

下に置く、琇子。

数度、繰《く》り返《か》えして、腹を立て、箱を投げつけた。

*

と、箱の中から琇子が、スラリと立つ、駈け寄ろうとすると、二人の間に、又琇子が立つ。それに、近寄ろうとすると、第三の琇子が立つ。第四、第五、……この様にして、十人あまりの琇子が出ると、彼を中に、輪を作って、廻り出した。

彼は、花園の中で、沢山の琇子に巡《め》ぐられている。

彼も、ぐるぐる廻った。

輪の巡《め》ぐりは早くなる。彼も早く。

彼は、目が廻って倒れた。

*

琇子が、水を持って来て呉れた。コップを口に当てようとすると、

前の琇子は消えて、後の方から琇子が
「ウワッ」
左右から、斜《ななめ》から
「ウワッ」
「ウワッ」
「ウワッ」
彼は、頭をかかえて倒れてしまう。

＊

ふと、頭を上げると、自分の膝の中に、琇子が顔を埋めて、眠っている。

彼は、そっと手をかけて、彼の女を背負った。

其処は、冬ざれの曠原だ。向うに見える、尖塔を、目ざして、彼は、琇子を負って行く。行っても行っても尖塔は遠い。

彼は、足を停めて、ちょっと、息気《いき》を入れた。さて歩こうとすると、負っていた筈の琇子が、一本の無気味な枯木になっている。

彼は、ぞっとして、しりぞいた。

＊

と、何処かで、琇子が彼を呼んでいる。

見廻すと、彼は、何時《いつ》の間にか、その尖塔の前に来ていて、声は、その中でする。

彼は、中に這入った。声は上の方でする。朽ちかけた、階段を登って行く。

登りついて、声の洩れて来る、小さいドアを開けた。

琇子が、後向きに、しょんぼり、立っている。彼が、袖を摑《つかも》うとすると、窓の外に消えてしまった。

窓から見下すと、彼の女が、曠原の一本道を、向うに行く。

彼は、階段を駈け下りて跡を追った。

＊

やっと、彼の女に、追い付いた。

琇子が振り向いたが、それは、瑩子であった。彼は、やにわに、瑩子の咽喉笛に、噛み付いた。彼の女は、何んの手ごたえもなく、パッタリ倒れた。

彼は、小気味よげに、死体を見て、ニタリとした。

＊

そして、彼が行きかけると、彼の前に、研《と》ぎ澄ました、剣が突っ立った。

オヤッ、と思って、他の道を取ると、又剣、彼は剣に取り囲まれた。

剣は、一勢に、彼を突きさした。が、彼は、死に切れもせず、あえぎ乍ら、歩いて行く。丁度、針をさした、針坊主の様に、彼は、体中に、剣を刺されて、歩いて行く。

＊

彼が一歩、踏み出すと、剣が、一寸、身に刺し込む。と思って歩いていると、実は、琇子が、ふざけて、彼に、毱《マリ》を、投げ付けて、嬉《よろこ》んでいるのであった。

彼と、琇子は、手を取って踊り廻った。

二人は、疲れて、寄り合って、長倚子にかけた。

＊

長倚子に掛けていると思ったのは、実は、二人寄合って、自働車にのっているのであった。

心持ちよく、二人は揺れる。

琇子が、彼の鼻を摘んだり、耳を引張ったりして、ふざけていたが、やがて、彼に抱《だか》れて、眠ってしまった。

彼が、ふと、前面を見ると、大きな建物が、燃えている。自働車は、その火中、めがけて、突き進もうとしている。彼は、

「ストップ、ストップ」

声を出したつもりだが、出ない。

運転手が、振りかえって、ニヤリとした。

それは、運転手の服を着ている、瑩子であった。

自働車は、火まみれの建物に、ぶっつかった。燃えている建物が、自働車の上に、砕けた。

＊

彼が、正気づくと、彼は、繃帯に、巻き込められて、病院のベッドに寝せられていた。

彼は、枕元の看護婦に、琇子の安否をたずねた。

看護婦は黙って、彼の横を指さす。

成る程、自分の横には、静かに寝息《ねいき》を立てて、琇子が眠っている。

＊

と思うと、彼は、立派な寝室の中に、天蓋のついた、美しいベッドに、二人で休んでいるのであった。

あまりの幸福さに、彼が、「ウワッ」と声を上げた。

＊

彼は、幻想から覚めた。

蔵《くら》の中に、例の倚子の前に、倒れていた。

起き上《あが》れない程、疲れていた。

八

深い朝霧の中に、横浜の南京町は、眠っている。

静かな町中を、一人の女が、スタスタ行く。

彼の女は、花台軒の戸を、やけに、叩いた。寝ぼけ顔の支那人が戸を開けた。

「マリーだよ」

彼は、驚いて、駈け込んだ。マリーは後《うしろ》の戸を閉めた。

＊

マリーの瑩子は、昔の儘の古巣に帰えって来た。

其処には、相変らず、楽しい夢を貪《むさ》ぼっている骸が、ごろごろしていた。

＊

彼の女の部屋には、塵を被った鏡台が、その儘であった。寝台、テーブル、倚子、昔の儘であった。

「やはり此処がいい」

マリーの瓔子は、寝台の上に転がった。

どうして、彼の女が古巣に帰って来たかと云うに――。

＊

夏、彼の女が、腹立まぎれに、あの離室《はなれ》を飛び出した日の夕方である――。

そろそろ空腹になって来たので、とある一膳めしやに這入った。

隣の床机に二、三人、酒を呑んでいた。

頭の禿げた親爺が、無恰好な手つきで、一杯、酌をしてやると、

「わしの酌じゃ、切角の酒も、甘《うま》く御座せんでしょうが、勘弁して、おくんなせえ」

「済まねえが、全くだぜ。姉やが、いなくちゃ、兄貴《あにい》たちが、近寄らないぜ」

「お米さんだったかね？　爺《とっ》さん。一体、どうしたんだい」

「なあに、男を、こさえて、衝《つ》っ走ったんでさあ」

マリーは、之を聞いていたが、財布の中には、小使ぐらいしかなかったし、之からどうしよう、あても、無かったので、親爺に話して、此処に置いて貰うことにした。

＊

ある朝、と云っても、十一時頃であるが、店に、暖簾《のれん》を掛けていると、黒いベールを被った洋装の女が、彼の女に話しかけようとした。彼の女は、家に飛び込んだ。

実は、この黒いベールの婦人は、毎度《いつも》、彼の女の後を追っているのであった。

＊

彼の女が、例の離室に、まだ居た頃、よく、門の外から、離室を、うかがっていた。外に出れば、きっと、後には、この婦人が居る。

そして、飛び出した、日にも、彼の女の跡を、ズッと、つけて来たのであった。

＊

どうやら、山崎に対しては、恐怖心も薄れて来ていたが、ベールの婦人に、つけられて、又、新しい恐怖に捕われた。

ある夜――。

彼の女が、便所に行って来て、蒲団に、もぐろうとして、ふと窓を見ると、硝戸《ガラス》に、例の婦人の影が浮んでいた。

それから、彼の女が、夜、窓に気をつけて見ると、きっと浮んでいた。

……一体、あの女は、山崎に頼まれたんだろうか。いや、そうではないらしい。すると、何者だろう……

彼の女が、外で、子供達と一緒に、飴細工やの、細工を見ていると、前を飄とすぎた男があった。

それは、髪を乱した、狂人の様な、山崎であった。

彼の女は、それ以来、又、地上が恐ろしくなった。

ベールの婦人で、只さえ、恐ろしいのに、山崎が、出て来ては、日の中には、居れなかった。地の中では、山崎の姿も見ないで済むし、又山崎の来るのも、戸一枚で防げると思った。

＊

翌朝、早く、横浜に立ったのであった。

＊

マリーは、今夜は、店に出て、酒を、したたか喰《くら》い、よろめき乍ら、廊下を来た。開けてある窓から、月琴の音を、風が伝えて来た。彼の女は、窓に、頰杖、ついて聞いていたが、くるりと、向いて、背を靠《もた》せた。

この時、丁度、窓下を、山崎が、悄然と歩いていた。

何時《いつ》ぞや、之《こ》の辺で、瑳子と琇子が話していて、彼が、瑳子を追って、彼の女が、この家に飛込んだ事があった。ひょいとしたら、琇子が此処に来ているかも知れない。

こう考えて、彼は、よく之のあたりを、ブラブラした。

ふと、彼の目に留ったのは、窓から垂れた美しい袖《そで》である。

窓には、�子の横顔が、見えている。

彼は、窓から飛び込んだ。そして、わめく瑩子を、引っ担いで、小路に、まぎれ込んだ。

あまりの、素早さに、手出しも忘れて、只立って見ていた支那人があった。

＊

瑩子の行方を探《た》ずねている明子が、ある夜、山崎の家の裏門の前を通ると、彼の後姿が見えた。ひょろつき乍ら、蔵の方に行った。そして、中に消えた。

明子は、足音を忍んで、蔵に近づいた。側の、大きな柿の木に登って、蔵の窓を、のぞき込んだ――。

中では、山崎が、持って来た徳利から、手酌で始めた。

気がつくと、瑩子は、天井に吊るされていた。

彼は盃を置いて、瑩子を引き下すと、今度は、毬の様に彼の女を、縛り円めて、コロコロと、部屋の中を、転がして、笑っている。

瓊子は、始終、口で、罵るだけであった。が、段々、声も細って、気を失った。

彼は、彼の女の縄を、解いて、蒲団に寝せると、満足そうに寝顔に見入っていたが、彼も、その横にゴロリと、寝た。

＊

明子は、山崎の、あれた庭の草の中に、震え乍ら、夜を明かした――。

と、山崎が、蔵から出て来た。彼は門の外に出て行った。

明子は、蔵の錠前を、撚じ切って、内に這入った。

瓊子が力なげに、目をあげて、

「誰だの」

「助けに来たんだから、さあ、早く」

明子は、瓊子の手を、肩にかけて、急いで出た。

裏門から出て、折から通り合せた、人力車に、のせて、彼の女は歩いて、ついて行った。

＊

明子の部屋である――。
瓊子は、アームチェアに掛けられて、明子と、琇子の看護を受けている。

「琇ちゃん、最う、大丈夫。

そして、お前どうして、此処に来ているの」

「姉さんは、まだ、わからないのね」

明子と、琇子は、目を合せて、頬笑んだ。

明子は、蔭の部屋に出て行った。

やがて、花台軒に通っていた頃の、明夫になって、這入って来た。

瓈子も、やっとわかって、力ない顔に、薄く頬笑んだ。

「私は全くの、宝石屋の旦那かと思って、うんと、絞《しぼ》ろうと考えてたのよ」

冬

拾九

九

冬の日曜の朝。

櫻小路公博氏の部屋である――。

公博氏は、窓硝子に額をあてて、外を見ている。

窓外は、灰色に凍《い》てついた空が一面で、只、一本、桐の木が、骸骨の様に、枝を拡げているばかり。

二階の冬の窓は、暗然としたものである。

そして、公博氏の後姿も又、暗然としたものであった。

ドアが開いて、女中が頭を下げた。

「奥様のお部屋で、御前様が、お呼びで厶《ござ》います」

「何んだね」

＊

公博氏は、母夫人の部屋のドアを、ノックした。

「どうぞ」

伯爵と、夫人が待っていた。

三人は、テーブルに寄った。

その上には、公博氏夫人の、候補者の写真が数枚、のっていた。

「今度こそは、どうしても、之の写真の中から、嫁を選ばなければならん。公博、定《き》めて御覧」

「どうも、僕」

「そんな事、云っててはならん。之で、写真ばかり、八十一枚も見せたのだ。実際に娘さんを、十六人。

合計、九十七人の中に、一人も気に入ったのが、ないと云う事は、ならん」

「ならんと、仰《お》っしゃったって、貴下、公博が、ほんとに無ければ仕方、御座いません」

「お前までが、毎度《いつ》でも、公博と一緒になって、定めようとせんから、尚、定まらないんだ。公博は、最《も》う三十じゃ」

この時、女中が、来客を告げて来たので、伯爵は、出て行った。

「そう急がなくても、よろしいですね。その中《うち》に、お母様が、あなたの、気に入ったのを探しましょう」

夫人は、公博氏の背に、手を掛けて、入口まで送った。

公博氏は、黙って、頭を下げて、出て行った。

彼の胸の中には、琇子が、いつも、しょんぼり、立っていた。

夫人が、写真を、片付けていると、急に、窓――ひくい窓である――が開いて、女が飛び込んで来た。

「助けて下さい。匿して下さい」

夫人は、女を見た。

いちょう返《がえ》しを結って、前掛けを締めた、下町風の女であった。白金の耳輪をしていた。

誰か、ノックした。

女は、憐れみを乞う、目をした。

夫人は、黙って、ピアノを指した。女は、ピアノの陰に、身を匿した。

女中が這入って来て一枚の名刺を渡した。

「これへ」

夫人は、窓の戸を閉めて、倚子に掛けた。

私服刑事が、這入って来て迂散臭そうに見廻《みま》わし乍ら、頭を下げた。

「不浄な事を、お耳に入れて、済みませんが、私の追って来ました、女が、実は、お邸へ、このお部屋に、逃げ込んだ様に、思われましたが、探させて頂けませんでしょうか」

「私は、先刻から、此処に居りますが、別に、誰も這入っては来ませんでした。けど、邸の中に、貴下が仰っしゃる様に、その女が、例えば、逃げ込んでいるにしても、探す事は、控えて頂かなければなりません。内々のお話ですが実は、先日から、高貴の方の御用を承って、大切な、外国のお客様を、お泊め申上げて居ります。之で、お解りでしょう。どうぞ、この儘、お引取り下さい。

又、邸の廻りを、うろうろしていて、外国のお客様に、御不快な感じを、抱かれる様な事があっては、事は個人の利害じゃ、ありませんから、勿論、常々、お承知のことでムいましょうが、責任の重い所から、申上げたまでです」

刑事は、慇懃に、礼をして、出て行った。

夫人は、窓のカーテンを下して、女を、ピアノの、蔭から招いた。

女は、身づくろいをしてから丁寧に、礼をのべた。

「お蔭さまで、捕われないで、済みました。誠に、有難うムいます。実は私は」

「いいえ、その事は何《な》んにも伺いますまい。只、貴女の耳にしている、耳輪は、どうして、手に入れられたかを、伺いましょう」

女は、驚いて、夫人の顔を、しげしげと見ていたが、

「お母さんでしょう。お母さんで」

夫人は、目を閉じた、そして頭を振った。

「いいえ、人違いを、なさらないで下さい。私には、公博と云う、二十九歳になる、

息子が、一人あるきりです」

「では、何《ど》うして、この耳輪のことを」

「あまり、耳輪の玉が、美しかったので、伺ったばかりです」

女は、無礼を詫びて、やがて、耳輪のことを話した。

「之は、母親から貰ったので、何処で、求めたのか存じません。母は、この耳輪と一緒に、私をひどい運命に渡して、逃げて行ったので厶います。怨めしいけど、懐しいのは、やはり母で厶います。失礼乍ら、あまり、奥様が、母に似ていらっしゃいますので、私は、自分の苦しい、そして、不幸な身の上を、訴えたい様に存じます。お耳汚しでしょうが、どうぞ、お聞きなすって下さいまし」

＊

その女は、瑩子と琇子の姉の、瑶子であった。

だから、彼の女が、夫人に話した事は、前記の、瑩子の告白と、始めは、仝《おな》じである――。

彼の女の幼い時に、父は遠うく印度に渡った事。

その後で、彼の女の母は、三人の娘を育て乍ら、有楽町で、支那料理店を営んだが、其処に来る、お客の一人の貴族と恋仲になって、子供を捨てて、其処に、逃げて行った事。耳輪は、その時、子供達に残されたものである事。

その後、彼の女達は、只不幸の中に追われ、帳場の山崎夫婦に、育てられたが、一家はひどい貧乏に落ちて、その為《た》めに、彼の女は、支那人の手品師に売られた事。

＊

「それから、旅興行に引き廻されて、長い事、放浪生活を、いたしたのでムいます。その時のことも、委しく、聞いて頂きましょう」

彼の女は、ホッと溜息気をついて、話しつづけた。

拾

彼の女が売られたのは、十一の時であった。それから四、五年、芸を仕込まれる中《うち》に、機《き》用な彼の女は、その好奇座――支那人が率いていて、手品、軽業、等をして、町を渡り歩く、旅興行の一座である――の、花形になった。

彼の女は、手裏剣《しゅりけん》を打つ事が、得意な芸の一つであった。

それから、皿廻しも、何時《いつ》も、観客の拍手を受けた。

最う一つ、彼の女が、ひそかに、得意とするものがあった。

それは、之《こ》の一座の会計をする爺さんで、剣道の奥儀に達していると自称する、師匠から、その免許皆伝を、受けている事であった。

彼の女は、よく、田舎廻りで、泊った家の槇《まき》割を手伝った。然し、

「ヤッ」

掛声と共に、真二つになるはずの、槇が、何時も、鉞《まさかり》の特別、生《なま》くらの為めに、失敗して残念がった。

又、一座の子供達は、彼の女の毎朝の、稽古の為めに、痛い目をさせられた。

彼の女の、こんな時代には、不幸な境遇ながら、まだ、子供心にのみ与えられる、楽しみはあった。

然し、人並に、大人の運命を辿る様に、なってからは、只さえ、社会の底に、生命を止める者の、苦しみあるに、尚、愛慾の重荷を負わされた。

然し、彼の女のは、同性恋愛であった。

相手は、一座で、綱渡りの得意な、彼の女より、二つ年下の、八重子と云うのであっ

た。

彼の女は、朋輩の嘲りも、耳には、這入らぬらしく、夢中で、八重子を愛した。

興行が、はねてから二人は、一つマントに、くるまって帰った。

何時も、揃いの髪、揃いの着物で歩いた。

一人の居る所には、必ず他の一人が居た。


然し、その中に、瑤子が、相手を探して歩く、一人の姿を、見かける様になった。

そして、八重子と、一座のトランプ使の男との、二人連の姿を見る様にもなった。彼の女は、度々、八重子と話した後、復活の見込みがないと、知った時、彼の女の愛と嫉妬とは、復讐《ふくしゅう》に変った。

＊

静岡市近在、××村の祭日に、小屋を掛けた時のことである——。

祭の最後の夜で、三つの見世物小屋は、何れも満員であった。

好奇座では、之から丁度。

花ならば桜、三吉野の八重子——こう、口上云いは、紹介した——が、得意の綱渡りが、始まろうとしている。

純、日本娘姿の、八重子が、しずしずと、舞台に、表われて一礼した。扇子を、背の、袴の腰板にさし、日傘を拡げて、舞台から、観客の頭上高く、張られた、綱を渡って、帰った。

やんやと、観衆の拍手、喝采《かっさい》を受けて、引き取った。

次ぎが、六歳の男の子の剣舞であった。

それから、花形、瑶子の皿廻し。ピエロの、トランプ使いに、玉使い。

芸題は、進行して、いよいよ最後の、手裏剣《しゅりけん》使いになった。

之の芸は、この村では、始めてのものであり、それに使い手が、噂さの口調では、弁天さまのような女子でも、あったので、大した人気を、呼んでいた。

拍手の中《うち》に、誠に、弁財天の服装をした、瑶子と、唐子《からこ》の服装した、八重子とが、舞台にのぼった。

一枚の、広い板に背をつけ両手を拡げて——客には丁度横向きになって——、八重子が立った。

瑶子は、それから、五間程、離れた所に、無手で立っている。

そして、体に緩く巻いた、薄い細ものの、端を、ちょいと摘んで、手裏剣を出して身構えた。

観衆は、手を叩く。

「ヤッ」

掛声したかと思うと、手裏剣は、八重子の頭の真上に、刺さった。

彼の女は、また、薄ものの端を摘んだ。

手裏剣を出すと、

「ヤッ」

技術は、段々、早くなる、客は息気《いき》を、呑んでいる。

瑶子は、目あてもなしに、投げる様であったが、剣は、見事に、八重子の、体の廻りを、刺し乍ら、線を引いた。

瑶子は、最後の手裏剣を、右手に摑んだ時、八重子の方を、睨んだ。

その、終りの一本が、八重子の拡げた、左手のそれの様に、右手の、指先きに、来るのを、皆は、待っていた。

「ヤッ」

瑶子は、掛声を残して、楽屋に、走り込んだ。

舞台は、大騒ぎになった。八重子は、最後の剣で、右眼を刺されたのであった。

座方も、観客も入り混《まじ》って、二つに別れ、一方は、八重子を運んで、病院に行き、一方は、瑤子の後を追った。

＊

瑤子は、村端《はず》れの、松林で、追い詰められた。

彼の女は、その中の小松を一本、引き抜いて、追手を相手に、少《しば》らく戦ったが、思わない所で、皆伝とか云う、剣術が役立って、心得のない相手を、倒したり、追い払ったりした。

彼の女は、すぐ、上に着ていた、服を脱ぐと、下は、かねて、用意していた、百姓娘の姿である。

彼の女は、手早く、裾を端折り、顔に、泥を塗って、手拭を、姉さま被りにした。

足早に、松林を抜けて、姿をかくした。

新たな追手が、来た。

彼等は、何か口早に云って、八方に別れた。

＊

彼の女は、隣村に、入ると、道から少し這入った、お宮の前で、足を休めた。

と、人声がする。

彼の女は、草の中に、埋《うず》くまって、拾って来た、鎌で、草を刈り出した。

男が二人やって来て、

「姉や、此処さ、弁天さんの様な、女子が来《こ》んかったか？」

「いんや、そんな、着物をきてたのじゃ」

「知《し》んねいよ」

男は、走り去った。

彼の女が、ホッと息気《いき》した時、お宮の後から、丸髷に、黒繻子襟の、この辺では、見馴れない、粋な年増が出て来た。

神殿の端れに、腰かけると、煙草を吸い乍ら、瑶子に、声かけた。

「若いのに、全く、鮮かなお手際だね。

先刻、松林で、拝見さして、頂いたのさ」

瑶子は、薄気味悪く、チラリと、彼の女《おんな》を、盗み見た。

「いえさ、私も、追手を、気味よく投げたい身の上なんでね。出来るものなら、お前さんに、一手、二手、習い度いんですよ」

話す所によると、彼の女の商販は、東海道条《すじ》を、専門に働く、スリであった。

そして、その村に、祭りがあるのを、当て込んで、二、三日前、此処に来たのであった。

瑶子は、之からの身の方法も、立たないし、それに、此処を、一人で歩くのは、追手の日、警察の目にも、掛《かか》り易いので、彼の女の勧めを幸い、少時《しばら》く、一緒になって、旅をし、剣術も、教えることにした。

二人が、一緒に、旅をしている中《うち》に、瑶子は、彼の女《おんな》に、剣術を、教えると同時に、スリの仕事の、興味を、教えられて来た。

そして、彼の女《おんな》と、諜し合せて、かなりな物をも、スリ取る様になった。

その中に、警察の探索が、厳しくなり、世間も、八ヶ間敷《やかましく》なって、仕事も思わしくなくなったので、二人は一時、別れる事にした。

その女は、大阪に、瑶子は、東京に。

瑶子は、その女からの添書を貰って、浅草の千束町に住む、親分の所を訪《た》ずねた。

今は、その親分の世話になっているので、あった。

＊

今日は、子分の、仙太を連れて、知り合の所に行っての帰《か》えり、向うから、コートも着ず、襟巻き一つの女が来ましたが、チラリと、珍らしい、羽織の紐が見えたので、摺

れ違いに、仕事は、うまく、行ったのですが、仙太が、間抜けた為《た》め——丁度、横町から私服刑事が、出て来て、

「仙太、此の頃は、真妙か」

と云ったのを、仙太が、狼狽《あわ》てて、現場を、見られたものと、思い、

「旦那、お見こぼしを」

と云ったので、刑事は、呼び子を鳴し、折から、通り合せた、刑事に、仙太を、委《わた》し、逸早く、逃げた私を、追って来たのでムいます。

＊

瑶子が、つぶさに、語り終った時、窓の戸を、三度、叩くものがあった。

夫人が、立って行こうとすると、瑶子は、

「お構い、下さいますな。子分が迎えに参ったのでムいます。では、失礼させて、頂きます。御恩のほどは、忘れません」

夫人は、瑶子を伴って、化粧室に這入った。

やがて、出て来た、瑶子は、束髪に結って、紋付の羽織を着、厚い毛皮のショールを、した、貴婦人になっていた。

＊

一台の自働車が、櫻小路家の門内に、静かに、這入って来た。

運転手は、玄関で、大声に、案内を乞うた。

「園田でムいますが宅の奥様を、お迎えに、参ったと、お取次ぎ下さい」

女中は、怪訝な顔をして、しりぞいた。

＊

夫人の部屋に来て、女中は丁寧に、云った。

「只今、園田様とやらの奥様の、お迎えの、自働車が、参りましたが、此方さまで、いらっしゃいましょうか」

＊

夫人は、瑶子の園田夫人を、送って、玄関に出た。尚、自働車の跡から、小砂利の上を、門の側まで、追って来て、

「では、園田様の奥様、又、お近い中《うち》に、お嬢さま、お連れで、お越し下さいませ」

＊

先前から、門前を、往ったり来たりしていた、一人の男の耳にも、この声が入った。

エピログ　拾壱　拾弐

拾壱

世の美しい女の人達の之《こ》の頃は、寄ると、障《さわ》ると、花見衣裳の話で、もち切りであった。

桜の春は、又巡って来た。

然し、明子は、斯うした、春から、一人、遠うのいて、自分の部屋に、閉じ籠って、考えていた。

四月十五日迄には、後、十日と幾日より、余さない今日であったが、未だに、瑶子の行方に付ては、何んの手懸りさえ、見出せなかった。

彼の女の努力に対して、正しく、齎《もた》らされるべき報酬は、未だにない。

彼の女は、恋に捨てられ、又、仕事に、見離されるのであろうか。

明子は、テーブルの上に、打伏して、身もだえした。

と、其処へ、琇子が這入って来た。

明子は、素知らぬ顔に、本を開いた。

「これ位《くら》いで、いいかしら」

凡そ、出来上《あが》った、タッチングの、花瓶敷を、テーブルの上の、ヒヤシンスの、さしてある、瓶の下に、あてて見た。

「お庭の、桜が、今日、始めて、二つ咲いたわ。満開には、あと、一週間ね」

琇子は、明子の前の倚子に腰かけた。

「何が、あと一週間だって。琇ちゃんが、山崎の所へ、お嫁に行く日が、あと一週間だって」

�子が、西洋寝間着に、羽織を引っ掛けて、新聞を持ち、次ぎの部屋から出て来た。

「いや、姉さんは」

すると、明子が、

「そんな事、云うと、ほら、其処に、山崎が聞いていると、云ってやるのよ、琇ちゃん」

瑩子は、首を縮めて、わざとらしく、周囲を見廻した。

「それはそうと、後、幾日で、瑶子姉さんに遭えるのかしら」

琇子は、指を折って数えていたが、

「あと、十二日、で、遭えるのね、十五日に、ホテルに、行くんだから」

「フン、何《ど》うだか」

と、その事で、新聞を持って来たのに。

「明夫クン、これ見給え」

明子は、瑩子の指さした所を読んだ。

記事の意味は、大体、次ぎの様であった。

浅草署の、田辺刑事が、南千住ゆきの電車の中で、女掏摸を、取り押えた事は、既報の如くであるが、一昨日、同刑事が、同人を、裁判所に、護送中、××橋上で、自働車が、パンクした為《た》め、修繕中、何者かに、犯人を盗まれた。

因に、犯人は、一昨年頃、東海道条《すじ》を、荒し廻った、耳輪のお瑶なることが、取り調べの結果、わかった。

明子は、外出の支度を、始めた。

＊

浅草警察署の前に、明子は、自働車を、停めた。

受け付け口に、名刺を出して、田辺刑事に面会を申し込んだ。

＊

応接間に通されて、十分も待つと、既に、彼の女とは、面接のある、田辺刑事が、這入って来た。

「いや、お久しゅう。お両親には、お変もなく。して、此処へいらした御用は」

彼の女は、今日、新聞記事に出ていた、耳輪のお瑶に付いての、今度の事件を、委しく、話して、慾しい事を、云った。

彼は、快く、承諾して、次ぎの様に話した。

＊

彼が、署の帰途、南千住行きの電車に乗っていたが、電車が、泪橋の停留場に、さしかかった時、停車しきらない中《うち》に、粋な女が、狼狽《あわ》てて、飛び下りた。

すると、内から、財布をやられた、と云う声がした。自分は、上り台の所に立っていたが、この声を聞いて、すぐ、女の跡を追った。小路に、逃げ込もうとしたのを、後から捕えた。

署に、連れて来て、調べた結果は、新聞記事の通りの、女掏摸で、耳に、琉璃玉の付いた、白金の耳輪をしていた。

＊

それ迄は、大した事件でも無いが、一昨日、彼が同乗で、日比谷の裁判所へ、護送の途中、××橋で、自働車が、パンクした。

彼も、下りて、運転手が修繕するのを、手伝ったりしていた。

橋は、狭いには、狭かったが、注意さえすれば、他の自働車は横を通り抜けれる程は、空《あ》いていた。

然し、通り抜けないで、一台、彼の自働車の後に待っていた。

その自働車から、運転手が、下りて、来て、手伝《てつだお》うかとか、何とか云った。

その時、黒いベールを被った婦人が、続いて下りて、此方の自働車の、下をのぞいて廻った。

別に、其《それ》は気にも留めなかったが、まだ、なかなか、手が掛りそうだったので、

「君、行けるだろう、先《さ》きに、やって呉れ給え」

と、彼が、云うと、先刻の婦人は、何時《いつ》か車に、這入ってたと見えて、中から、

「では、気をつけて、やって御覧」

運転手は、すぐ、車に上った。

自働車は、静かに、通り抜けて行った。

修繕も付いたので、彼が、車内に、這入ると、大事な犯人が居ない。

あの婦人の仕業とは、直《す》ぐ気付いたが、最《も》う後《おそ》かった。

＊

田辺刑事は、事実だけを、かいつまんで、明子に、話して呉れた。

＊

明子は、帰《か》えりの自働車を、操縦し乍ら、考えた。

耳輪のお瑶、それは、間違いなく、あの、瑶子である。

黒いベールの婦人とは、瑶子の行方の探索を、依頼した、例の貴婦人である。

その婦人が、何《ど》うして、瑶子が、裁判所に、護送されるのを、知ってたのであろうか。

又、瑶子の行方が、知れたなら、何故、彼の女の所に、知らせないのであろうか。

貴婦人が、蔭になって、明子の働きを、助けて呉れている事は、あの夜、山崎の家の裏木戸で、公博と、琇子を、争っている時、琇子を浚って、彼の女の家に、届けておいて呉れたのでも、解る。

それだのに、何故、瑶子のことに付いては、知らぬ顔を、しているのであろうか。

と、彼の女は、いま、他の自働車に、尾行《つ》けられて、いるのを感じた。

振り返《か》えると、果して、例の貴婦人の影を乗せた、自働車が、尾行《つ》いて来る。

その時、自働車は、速力を、はやめて、彼の女の車の横を、走り抜けた、が、サラリと、彼の女の、膝に、白い封筒を、落して行った。手早く、封を切って見ると、

――――


ふとした事から、瑶子の行方が、わかりました。

けど、貴女の既に、御存じの様に、彼の女は、掏摸です。然し、今は、後悔していますが。

私は、貴女の、お仕事の、助けに、瑶子の所を、勿論、お知らせしようと、思っています。

が、貴女は、瑶子が、掏摸の故に、公《おおやけ》の為め、田辺刑事に、味方されますか。

賢明な貴女が、之までに、成就した、貴女の仕事を、今更、投げ出して、九仞《きゅうじん》の功を、一簣《いっき》に欠く、以上の愚を、なさるとは思いません。

が、万一、その様な、お考えが、あるならば、知らせて頂き度い。

方法としては、

明日の夕方までに、その返事を書いた紙を、お宅の門柱の脇に、ピンででも、止めて、置いて下さい。

ベールの婦人

明子さま

――――

翌日、明子は、次ぎの様な、手紙を認《したた》めた。

――――

何時《いつ》も乍らの、御助力のほど、深く、感謝いたします。

御懸念の様な考えは、毛頭ありませんが、この度の御厚志は、切角ですけど、お受け出来ません。と申しますのは、

之の上、貴女に、彼の女の居所まで知らせて頂いて、仕事を、成就したのでは、私の良心が、満足いたしません。

一層の、お厚志を、向けられるならば、私の力で、探させて下さい。

明子

ベールの貴婦人へ

――――

明子は、いま、瑶子の行方に付て、手掛りを、得たのであった。

だからこそ、いまの先刻《さっき》、貴婦人の、謎《なぞ》の様な態度を、怨んだ彼の女は、今度は、貴

婦人の、好意を、拒絶《しりぞ》けたのである。

誰か、「勝手だ、虫がよすぎる」と、侮蔑に一蹴し得るであろうか。

その様な人が、あるならば、彼の女の、之までの苦心の跡を、辿って、見るがいい。

＊

さて、明子は、その手紙を持って、外に出た。

それを、指定された様に、門柱の脇に、ピンで、止めると、何か考えがあるらしく、真向えの家の、生垣の中に、身を潜めた。

やがて、自働車が、門の少し手前で停って、運転手が、例の手紙を、門柱の脇から取って来て、車内の、ベールの婦人に渡した。

自働車は、又、働き出した。

と、明子は、生垣を破って出て、自働車の、後に飛び付いた。

＊

自働車は、白い汚点《しみ》を、つけたまま、遠うく、消え去った。

＊

浅草の、店通りをさけて、狭い路を、自働車は、少時《しばら》く走って、千束町の、ある小さい路次の、入口で停った。

ベールの婦人は、下りると、路次を、這入って行った。

運転手は、それを、見送って、やがて、彼も下りると、鼠色の、布《きれ》の下った、バーに、急いで、這入った。

明子は、そっと、婦人の跡を尾行《つけ》た。

＊

婦人は、ある家の格子戸の中に、姿を消した。明子は、何か満足げに、一人、点頭《うなず》くと、家の横手に廻って、櫺子《れんじ》窓から、中を、うかがった。

＊

「昨日は、お邪魔しました。考えてて、呉れましたか」

「いろいろ、親切に、云って、下さいまして、有難う、ムいます。昨夜《ゆうべ》も、考えましたが、仲間同志の諚《おきて》があって、おいそれと、云うわけにも行きませんし、大恩受けた、奥様の、お言葉では、ムいますが」

「貴女の、之からの生活は、私が立派に、保証して、上げます。只、その、一時も、安心しておれない、商販を、止めさえすれば、いいんですよ。私が、頼みます」

「ですけれど、仲間の諚《おきて》が」

＊

その時、ドヤドヤと、四、五人の遊び人風の男が、格子戸を開けた。

「姐御、姐御、お客さまなら、一寸でいいから、顔かして、お呉んな」

＊

「後にして、お呉れ、いま……」

「いえ、私は、最う、帰《か》えります。が、貴女が、その商販を、止めて呉れる迄は、毎日、お邪魔するかも、知れませんよ」

＊

明子は、大胆にも、障子を、少し引いて、中を、覗いた。

＊

ベールの貴婦人の後姿と、たしかに、お瑤らしい女が、立っていた。

いちょう返しの、鬢の下に、耳輪が、小さく揺れていたので。

万事は、明子の、推定通りであった。

彼の女は、例の、貴婦人の跡さえ、尾行《つい》て行けば、瑤子の居所を、突き留め得ると、考えたのであった。

何故なら、貴婦人は、自身、罪を犯してまでも、瑶子を救う程、彼の女に、深い関係が、あるならば、

そして、又、明子に、あの様な手紙を書く程、瑶子の将来を案ずる、深い関係にあるならば、

必ず、瑶子の所を、訪《た》ずねるに違いない。自分は只、貴婦人を、尾行しさえすれば、何時《いつ》かは、案外、近い中《うち》にも、瑶子の所を、突き止める事が、出来る。

明子の、この推定は、前述の通り、適中した。仕事は、遂《つ》いに、達しられた様なものである。

今度は只十五日に、甘《うま》く、瑶子を、丸の内ホテルに、連れ出せば、いいのである。

＊

明子は、表に廻った。

例の、男達は、最う、帰った様である。勿論、婦人の靴は、無い。

明子は、格子に、手をかけた。

「御免下さい」

瑶子が、直ぐ出て来た。

「何か、御用で」

「実は、私は、運転手で厶《ござ》いますが、只今、宅の奥様が、申上げる事を、忘れたので、私を、越《よこ》されたので、厶いますが、
お瑶さんと、仰っしゃるのは、貴女様で、いらっしゃいますか」

「ハア、私が、瑶で厶います。何か奥様が、云い忘れなすったって、何《ど》んな事で、厶いましょう」

「この月の十五日は、奥様の誕生日で、厶いまして、些やかな祝いの催しを、丸の内ホテルで、致します。ついては、是非、貴女に、いらして、頂き度《たく》、別に、人中に、お招きしようとは、思いません。只、蔭の部屋まででも、いらして、貴女の御口から、一言の祝いを、云って頂ければ、大変に、嬉しいことだと、奥様が、仰《お》っしゃるので、厶います。

で、その夜、七時までに、丸の内、ホテルに、いらして下さいませんでしょうか。御返事を、承って来るようにと、申されました」

「それは、お丁寧に、ありがとう厶います。

私の様な者が、伺って、お差支《さしつか》えないのなら、何時《いつ》でも、参ります。

十五日には、是非、お祝いに、伺わせて、頂きます。

奥様に、どうぞ、この由、お伝え下さいまし」

明子は、小躍りして、路次を出た。

＊

十五日の前日である――。

明子が、外出して帰《か》えると、留守の間に、彼の女の所に、幅の広い箱と、一通の手紙が、届けられてあった。

封を切ると、文面は、

貴女の、巧妙な、腕前に、先ず、敬意を、表します。

昨日、瑶子の所を、訪《た》ずねて、一切を知りました。

私は、明日、貴女に、連れて来られる、三人を、ホテルで、待ちましょう。

みんなの、幸福の待っているホテルに。

その時に、着て来て、頂く為《た》めに、四人に、晴着を、贈ります。 ベールの婦人

明子様

箱の中には、四人お揃いの、紋付、帯、その他の附属品、一切が、入れられてあった。

明子は、瑩子と、琇子を呼び入れた。

琇子は、大嬉《おおよろこ》びで、明子に、とり付いた。

瑩子は、

「貴女も、もの好きね。こんな騒ぎまでして、三人を、会見《あわ》せるなんてさ」

「実はね」

明子は、云いかけて、ハッとした。

――この御依頼した事は、絶対に秘密で、あること――。

あの夜の、約束を、思い出したのである。

明子は、巧みに、話をそらした。

＊

浅草、千束町の、お瑶の家に、狼狽者《あわてもの》の、使いが、風呂敷包みを一つ、投げ込んで、帰って行った。只、

「ホテルには、之を着て来て下さい」

と、云い残しただけで。

瑶子は、包みを、開いて、納得いった。

……親切な、奥様が、明日の、晴着を、作《こし》らえて、下すったのだ……

拾弐

四月十五日夜の、丸の内ホテル――。

春、まさに、酣《たけなわ》に、ホテルが内庭の、楊貴妃《ようきひ》桜は、今を盛りに、咲きも残らず、散りも始めず、折からの月光に、驕りの色を、匂わせていた。

ホテルの玄関に横付《よこづ》けた、自働車から、三人の令嬢が下り立った。明、瑩、琇子である。

「十五番の室に」

明子が云うと、一人のボーイが、先きに立って、案内しようとした時、勢いよく、人力車《くるま》が、一台、引き込まれて、正装の瑤子が、下りた。

「いらっしゃいませ」

明子が、出迎えた。

やがて、四人は、十五番の部屋へと、案内された。

＊

途中、廊下で、琇子は、「姉さん」と、瑤子に、呼びかけ度《たか》ったが、他の人達が、皆、取りすましているので、仕方なし、彼の女も黙って、従《つ》いて行った。

＊

「こちらで、ムい《ござ》ます」

ボーイが、ノックして、ドアを開け、頭を下げた。

＊

明子が、先ず這入った。

其処には、熱海で、度々、会った、櫻小路伯爵夫人が、一人、端然と、倚子に、かけていた。

ベールの婦人らしい影もない。

明子は、部屋を、違えたと思ったので、

「失礼いたしました。十五番室に、参ります所を、間違えて、此方さまを、開けました」

「いいえ、お間違いでは、ありません。

先刻から、貴女達をお待ち、いたして居りました。どうぞ、お這入り下さい」

明子は、驚いたが、先ず、三人を掛けさした。

「明子さん。驚きなすったでしょう。私が、例の、ベールの女でムいます。

貴女は、よく、約束を守って、立派に、仕事を、仕遂げて下さいました。深く、お礼、申上げます」

夫人は、今度、三人の令嬢の方を向いて、

「私は、何にを、かくしましょう、貴女達を、小さい時、捨てて行った、母です。さぞ、怨んでいた事でしょう。許して下さい。親が無くても、子は育つ、よく大きくなって呉れました。

積《つも》る話は、沢山、ありましょうし、又、ありますが、それは、後の日にして、今日、貴女達を、遠くに離れ離れになっていた貴女達を、此処に、呼んだのは、私の一つの、願いから、なんです」

夫人の話す所によれば、

先妻の遺子、公博氏に、早く、嫁を迎えて、彼等夫婦は、隠居したいと、云う話が、この二、三年来、しきりに、夫婦間に、されるのであった。

それに、付けても、彼の女の、思い出すのは、娘のことであった。

何一つ、親らしい事もしてやらず、又、この様な社会にあっては、し度くとも、出来ないのであったが、隠居すれば、世間とは、交渉も薄くなるので、彼の女達、三人を、世の中から、見付け出して、一緒に住《すま》わせ、今からでも、親の、役目を、果たし度いと、切に、思われたので、一切を、伯爵に、打ち開け、許しを得て、明子に、捜索《ソーサク》を、依頼したのであった。——丁度、熱海で、彼の女の評判《ヒョーバン》を聞いたので——。完全な、捜索を願う所から、彼の女も、面を、ベールで匿し、明子に、助力したのであった。

「あなた達の、境遇は、それぞれ違いますけど、今度は、一緒になって、暮しては、くれませんか」

すると、瓔子が、先ず返事をした。

「私は、御免を、蒙ります。私には、母さんは無いものと、思い込んでいるのに、今更、母だ、云う事を、聞けと、いわれても、他人の、無理強いを、聞かせられているのとしか、思えません。

それに、私は、母様の、お蔭で、地の底の、楽しみを、知らされました。生命《いのち》を売って買う、夢の楽しさを、知らされました。それによって、辛い世の中にも生き甲斐を、感じる様に、なったのです。

その夢を、見なくなってから、久しい。私は、帰《か》えります。じゃ、皆さん。さよなら。ああ、地上の着物は、肩が、凝《と》る」

瓔子は、帯上げや、腰紐を、解き乍ら、出て、行った。

この時、窓を、三つ、叩く者があった。

瑶子は、急に、夫人の方を向いて、

「ようく、解りました。私は、お母様のお心通りに、なりたいので厶いますけど、先日も、お話し申し上げた様に、仲間の掟と云うものがあって、誰か、裏切って、仲間から、出る様な事があると、皆んなは、その人、及び一門にまで、害をします。警察力も及びません。私は、お母様や、姉妹に、そんな事を、され度くありません。

この儘、行かして頂くのが、私の心に取っては、かえって、嬉しいんです。今、子分の者が、迎えに来ました。

では、御免下さい、お母様、お丈夫に、妹、さよなら」

子供を、捨てた夫人が、子供に、行かれるのは、当然であった。

あまりにも、厳しい、因果の、応報に、夫人は、手反抗《てむか》う、何《な》んの術も無かった。

夫人は、涙を、押えた。

「お母さま、私は、何処にも、行く所が、ありませんから、お側に、おいて下さい」

夫人は、この琇子の声に、彼の女を、抱き締めた。

「そう。斯《こ》うしては、居れないんです。伯爵が、あちらで、待って、いらっしゃいますから」

夫人は、琇子と、明子の手を引いて、廊下に、出た。

*

ホテルの、二十一番室である——。

伯爵は、ポツネンと、一人、部屋に、置かれていた。

やがて、夫人が、二人を連れて、這入って来た。

「もっと、此方に、おいで、一人じゃないか」

「はい、一人より、見出せませんでした。

あなた、岡田さんの、お嬢さんには、大変、お世話になりました」

「おう、誠に、有難う、偉い娘さんじゃ」

「全く、お礼のしようが、ない程《ほど》、お世話になりましたのね」

この時、急に、ドアが、開いて、公博が、飛び込んで来た。


彼は、今日、ホテルの食堂に、友達と、来たのであったが、琇子の後姿を、チラッと、廊下で見て、跡を、追って来た。思わず、部屋に、飛び込んだが、中には、伯爵夫妻が、居たので、彼は、琇子を、見付けても、言葉をかけれないのであった。

琇子も、仝《おな》じ事であった。

之《こ》の時、明子が、夫妻の前に、出て、

「先前から、事情は、伺ってわかりました。が、他人として、指し出がましゅう、ムいますが、お二人は、お似合の、お夫婦だと、存じます。一緒に、して上げて下さい」

□□□□□□□□は、深かった。□□□□□□□□ある遠慮から、長年の願□□□□□□□《いを心にひめて》、云い出し得ないで、いた事□□□□《をすべて》明子が、話し出して呉れたの□□□《であった》——。

＊

□□《明子》が、静かに、室を出て、廊下の窓際に立□□□《ってい》ると、硝子越しに、目に入ったのは、□□□《丸ノ内》ホテルの前の通りを、二人の巡査に、□□《腕を》取られて、行く、山崎の、狂乱の姿であ□□□《った。》

□□《明子》は、ホッとした。

□□□《その時》、何時の間にか、公博氏が、後に立ち寄□□□□□□□□□《明》子の肩に、優しく、右手をかけ、□□□□□□□《明子の》手を取って、

□□□□□《ありがと》う」

——終り——

解　説

川崎賢子

本書には、尾崎翠（一八九六―一九七一）の代表作と目される「第七官界彷徨」およびこれについで書かれた「歩行」「こおろぎ嬢」「地下室アントンの一夜」、先立って発表された戯曲「アップルパイの午後」と、生前未発表の映画脚本草稿「琉璃玉の耳輪」を収録した。

「第七官界彷徨」「歩行」「こおろぎ嬢」「地下室アントンの一夜」「アップルパイの午後」は、なんらかの形で「小野」「町子」とその眷属《けんぞく》や知りびとへの言及がみられる作品群である。ただし、それぞれに設定が少しずつ異なり、連作といってよいものか、ためらわれる。むしろ、それらのテクストの総体においては、「小野」「町子」の多元的な生の流れが、異なる時と所を切り口に、多様な方法で想い起こされるかのように語られている。それぞれが別物であるのは可能世界の諸相としてであると、ウィリアム・ジェイムズ（William James, 1842-1910）のモデルに倣いたくなる。

いっぽう「琉璃玉の耳輪」は、未定稿であり、粗削りなところは多いものの、尾崎翠が映画のモダニズムに深く感化されたことを伝える好個のテクストである。またこの時代に噴出したセクシュアリティ(性的嗜好)の刺戟的な諸相を大胆に採り入れていることも注目に値する。

尾崎翠は、死後いよいよ評価が高まり、若い読者を獲得し続けている。その魅力を知るには一読するにしかず、尾崎翠作品が本文庫におさめられたことはそれだけで意味がある。さらに「小野」「町子」の世界と「琉璃玉の耳輪」とをあわせ読むことで、従来、先天的な失恋者たちのあえかなためいきに揺らぐテクスト群に注目するあまりに、ひかえめで奥手なイメージで語られすぎたきらいのあるこの作家の欲望と想像力の強度について、いささかでも新たな読み替えが可能になればと願う。

尾崎翠は一八九六年十二月二十日、鳥取県、現在の岩美町に生まれた。父長太郎は漢学を学んだ教員、母まさは真宗本願寺派西法寺住職の三女であった。翠は三男四女の長女である。翠が鳥取県立鳥取高等女学校(現鳥取西高等学校)に入学した年の暮、父長太郎は不慮の事故で亡くなる。

翠は高等女学校卒業後補習科に進み、代用教員として勤めるかたわら『文章世界』などに投稿を重ね、一九一九年の春、職を辞して日本女子大学国文科に入学し、上京した。しかし翌年一月、『新潮』に「無風帯から」が掲載された際、現役の女子大生が商業的文芸誌に小説を発表したことを問題視する向きがあり、翠は女子大を退学する。

翠の長兄篤郎は海軍の秀才で一九三二年に四十三歳で大佐になったが、その翌年、結核のため帰らぬ人となった。二兄哲郎は母方の鳥取市養源寺の養子に迎えられ、龍谷大学に学び、心理学・生命科学・進化論・宇宙論など隣接領域の知にひらかれた二十世紀の新仏教思想に棹さす行動的な学僧となるものの、一九二五年に役員として赴任した先の博多本願寺別院で倒れ、以後病床を離れられぬまま一九二九年に息を引き取った。三兄史郎は帝国大学農科大学（現東京大学農学部）で土壌改良や肥料開発を研究し、東洋拓殖会社、大阪府技師を経て朝鮮総督府技師となる。

故郷に残された母と妹たちとの暮らしや、家族の看病の合間を縫って翠は上京し、『少女世界』に少女小説を寄稿してわずかな稿料を得ながら、読書し、映画を見、原稿を書き続けた。

一九二八年に創刊された長谷川時雨《しぐれ》（一八七九―一九四一）主宰の『女人藝術』にエッセイ、短篇、映画批評などを寄稿、『アップルパイの午後』は同誌一九二九年八月号に発表された。

一九三一年、『文學党員』二月号、三月号に「第七官界彷徨」を一部発表。同年六月、請われて板垣鷹穂《たかほ》(一八九四―一九六六)編輯『新興藝術研究』第二輯に全篇一挙掲載する。このころから、頭痛薬ミグレニンの中毒、副作用に苦しむ。幻聴、幻覚に悩まされながら、ほぼ一年足らずの期間に、「歩行」(『家庭』一九三一年九月号、『文學クオタリイ』一九三二年二月再録)、「こほろぎ嬢」(『火の鳥』一九三二年七月号)、「地下室アントンの一夜」(『新科學的』一九三二年八月号)をあいつぎ発表する。が、同年九月に入り、病状を危ぶむ周囲が実家に連絡し、翠は長兄篤郎につれられて鳥取に戻り、療養につとめることになる。

一九三三年七月に上梓された単行本『第七官界彷徨』(啓松堂)は、幾人かの読み巧者の眼にとまったものの、尾崎翠は再び文学のために上京することはなかった。尾崎翠を記憶にとどめた読者のなかには、太宰治(一九〇九―四八)、井伏鱒二(一八九八―一九九三)、高見順(一九〇七―六五)、花田清輝(一九〇九―七四)、平野謙(一九〇七―七八)、巖谷大四(一九一五―二〇〇六)等がある。

林芙美子(一九〇三―五一)は「尾崎さんは私よりも古く落合に住んでいて、桐や栗や桃などの風景に愛撫されながら、『第七官界彷徨』と云う実に素晴らしい小説を書いた。文壇と云うものに孤独であり、遅筆で病身なので、この『第七官界彷徨』が素晴らしいものでありながら、地味に終ってしまった、年配もかなりな方なので一方の損かも知れないが、この『第七官界彷徨』と云う作品には、どのような女流作家も及びもつかない巧者なものがあった。(中略)いい作品と云うものは一度読めば恋よりも憶い出が苦しい」(「落合町山川記」初出『改造』一九三三年九月号)と偲んだ。落合に一足先に住んだ尾崎翠が、林芙美子を誘ったのである。芙美子はそこで、片岡鉄兵(一八九四―一九四四)、吉屋信子(一八九六―一九七三)、板垣直子(一八九六―一九七七)、大田洋子(一九〇三―六三)、神近市子(一八八八―一九八一)、城夏子(一九〇二―九五)、山田清三郎(一八九六―一九八七)、村山知義(一九〇一―七七)といったひとびとの隣人になった。尾崎翠の隣人でもあるひとびとだった。林芙美子の回想は、単行本『第七官界彷徨』が上梓されたばかりの時点で、尾崎翠をすでに過去のひとと決めつけているのではないかと、首を傾げないでもない。しかしながら「女流作家とプロレタリア作家が多い」という落合の文学者たちの暮らしが、満洲事変、コミンテルンの三二年テーゼを受けて方針を転じた日本共産党に対する弾圧の激化によって、一九三二年から三三年にかけ大きく様変わりしたであろうこと、そして何よりこの時期がとりかえしのつかない時代の転換点であったことにまちがいはない。そのため林芙美子の記憶の遠近法に、断層が刻まれていることは否めない。時局に乗る者もいれば、強圧に阻まれる者もいた。尾崎翠はそのいずれにも与《くみ》せずに去って、帰らなかった。

それからの長い歳月を、甥や姪の成長を見守りつつ、尾崎翠は彼女がかつて小説を書いていたとは知らないひとびとと暮らし、老いた。一九六九年、『全集　現代文学の発見』第六巻「黒いユーモア」(學藝書林)に、編輯の花田清輝の提案に平野謙が応じるかたちで「第七官界彷徨」が再録された。読書人の反響を呼び、薔薇十字社(後身は出帆社)が作品集を企画するが、その刊行は彼女の死の床には間にあわなかった。一九七一年七月八日、尾崎翠は長逝する。作品集『アップルパイの午後』(薔薇十字社)は同年十一月に上梓された。

没後の一九七九年『尾崎翠全集』(稲垣眞美編、創樹社)、一九九八年『定本　尾崎翠全集』(上下巻、稲垣眞美編、筑摩書房)が編まれている。

次に本書所収作品の解題を記す。

「第七官界彷徨」は初出『文學党員』(一巻二～三号、一九三一年二～三月号連載、アトラス社)に一部掲載、『新興藝術研究』(第二輯、一九三一年六月、刀江書院)に全篇掲載された。単行本初版は『第七官界彷徨』(一九三三年七月、啓松堂)である。再録の過程からこれ以降の本文には尾崎翠は手を加えていないものと判断される。単行本を底本とし、『文學党員』版、『新興藝術研究』版テクストを適宜参照した。『文學党員』には、同人の高橋丈雄（一九〇六―八六）、保高徳蔵（一八八九―一九七一）、榊山潤（一九〇〇―八〇）、杉本捷雄（一九〇五―七〇）、逸見廣（一八九九―一九七一）に加え、宮本顕治（一九〇八―二〇〇七）、和田傳（一九〇〇―八五）らが寄稿している。『新興藝術研究』の掲載号には、小林多喜二（一九〇三―三三）、阿部知二（一九〇三―七三）、平林たい子（一九〇五―七二）、久野豊彦（一八九六―一九七一）、林芙美子等のほか、美術、映画、演劇、建築各界の評論が集められた。

翠はエッセイ「映画漫想」（『女人藝術』三巻四～九号、一九三〇年四～九月号）において新感覚派に影響を与えたポール・モラン（Paul Morand, 1888-1976）に言及し、また「「悪魔寸感」」（『文學党員』一九三一年五月号）には横光利一（一八九八―一九四七）「機械」（初出『改造』一九三〇年九月号）に感銘を受けたことを記している。翠の表現と人脈は、モダニズムの文芸思潮がマルクス主義文化やアナキズムと交錯する領域に展開されていた。

『新興藝術研究』第二輯に同時に掲載された創作ノート「「第七官界彷徨」の構図その他」で述懐する通り、『文學党員』初出時冒頭にあった「私の生涯には、ひとつの模倣が偉きい力となつてはたらいてゐはしないであらうか」の一文が再録以降削除され、これにともない結末の構想にも変更が生じたとみられる。ちなみに「「第七官界彷徨」の構図その他」によれば「他の場合でもよく陥る癖ですが、この作ははじめに場面の配列地図とも名づくべき図を一枚製作し、その後にペンをとりました（略）この作の図は丁度鉄道地図のやうな具合で、駅名に相当する円のなかに「祖母と小野町子」などと人物を書き、線路に相当する線を幾つかに切つて「バスケットと祖母」「美髪料と祖母」などの小場面をならべ、なほ必要な箇処には人物の心理やポオズも簡単に書いておきました」云々とあり、書き進めながらその構図を修正していったという。脚本、シナリオ、漫画などのジャンルで「ハコ書き」と呼ばれる手法に似るか。書き方だけではなく、イメージや語りの質にも、映画や少女漫画に通じるものが指摘されてもいる。

「第七官界」という独特の造語がひらく世界像、心身と世界の出会い方、言語表現の実験には、同時代の生命観、宇宙観、進化論、心理学、宗教学など各方面の知的水脈から様々な仮説やイメージが汲み上げられている。表現主義からシュルレアリスムにいたる二十世紀の新興芸術、演劇や映画からの引用もある。「官界」の概念には、ウィリアム・ジェイムズ、ヘッケル(Ernst Heinrich Philipp August Haeckel, 1834-1919)、新カント派などを積極的に受容してみずから変わろうとし、また西洋近代の限界を超えようとする二十世紀の知の動向に影響を及ぼしもした、新仏教の発想がはたらいているというのが私の仮説である。

フロイト(Sigmund Freud, 1856-1939)をパロディ化し、かつて翠自身も「琉璃玉の耳輪」で展開したことのある「変態」言説をひどく軽やかにナンセンス化しつつ、やがて

「地下室アントンの一夜」でさらに徹底して実践される意識の流れの方法に関しては、ウィリアム・ジェイムズの影響下にあるようだ。

同時代文学のなかで、過剰なまでに知的であったことは、この女性作家にとっては、かえって生きがたい負荷であったかもしれない。乾いた鋭いナンセンスユーモア、パロディの遊び心、きしみつつ進行するモダニズムとともにあるいは事後的に生起するノスタルジアの心性、いつも関係に遅れて到達する〈私〉の喪失感、そういったとりどりの要素が、尾崎翠のテクストを織りなしては引き裂いている。知恵の哀しみをたたえた言葉はいつまでも重く残り、作家の現身《うつしみ》はいちはやくかき消される。

五感(官)とこれを統合する理知、その外にある第六感と呼ばれるはたらき、それらに対して「第七官」と名付けられたはたらきは、あるがままの「感覚」を越え、無意識の底に降り、記憶と想起のずれてゆく時間の迷宮をめぐりながら、時には感覚体験を転倒し、時には聴覚と嗅覚の曖昧な力に賭け、五感を解体し、モンタージュし、融合し、再編し、あるいは位相を転じて、世界と内面を新たにとらえ直す方法とみなされる。

石原深予《みよ》「「第七官」をめぐって——尾崎翠「第七官界彷徨」における回想のありかた」(『和漢語文研究』第十一号、二〇一三年十一月)は、尾崎翠に先立つ「第七官」(および「第七感」)の用法をたずねている。それらは、まず明治の終わりに、性相学(骨相学)の文脈でルドルフ・シュタイナー(Rudolf Steiner, 1861–1925)に学んだ神秘主義的傾向をもつ学者によって、時間空間の制限を超越する、現在なら超能力と呼ばれるような能力をさす語として使われ始めた。大正初期には、ヨガを受容したアメリカ人の著述の訳語として(「a new sense or two」を「第六官第七官」と訳出)「第七官」が用いられた。大正半ばに広く読まれた、橋本五作(一八七六(?)—一九三二)『岡田式静坐の力』(松邑三松堂、一九一七年)には、「第七官」によって得た「第一義の知識」「真の知識」をよりどころにしようという主張が盛り込まれていた。橋本は、みずからの所説について、筧克彦(一八七二—一九六一)、エマーソン(Ralph Waldo Emerson, 1803–82)、オイケン(Rudolf Christoph Eucken, 1846–1926)、タゴール(Rabindranath Tagore, 1861–1941)の、「自由観念論」とも「汎神論」とも呼ばれる思想に通じると考えていた。「第七官」(あるいは「第七感」)は、いわゆる大正生命主義の流れを汲む語彙ということになろう。石原深予は、尾崎翠の執筆当時、「第七官」(ないしは「第七感」)の語はプロレタリア詩人や岡本一平(一八八六—一九四八)の漫文にも用いられ、これを新奇なものとみなす同時代評はなかったと指摘する。

尾崎翠を読み直すことは、一九二〇年代から三〇年代にかけての日本文学の表現の尖端を振り返ることにほかならない。一九三〇年前後のごく短い日々に、尾崎翠は一九一〇年代二〇年代のモダニズムを反復し、凝縮し、その可能性を問い返す奇跡のようなテクストを生み出した。尾崎翠を文学史に招き入れるためには、モダニズム期の日本文学が同時代の世界文学にひらかれた普遍性を備えたものであったことを検証しなければならない。たとえば、現代の読者は、モダニズムについてもマルクス主義文化およびアナキズム文化についても、理知を超えた神秘の要素を抜き去ったものと受けとめがちである。忘却とともに編まれた文学史のなかで、周縁に追いやられ、孤立した特異な作家と見なされがちだった尾崎翠に、二十世紀文学の普遍性をみいだすことが、これからの読者にもとめられていると言ってよい。

「歩行」は、初出『家庭』(一巻四号、一九三一年九月号)、再録『文學クオタリイ』(第一輯、一九三二年二月)。『文學クオタリイ』版を底本にし、『家庭』版を参照した。『家庭』版は総ルビ。

『家庭』の版元は大日本聯合婦人会である。大日本聯合婦人会は一九三〇年十二月二十三日に結成された。創立総会は文部大臣官邸においてひらかれ、東京市本郷区湯島町二丁目一番地文部省分室内に本拠地を置くこととした。同日文部大臣は訓令「家庭教育振興ニ関スル件」を発し、家庭教育振興・家庭生活改善を呼びかけている。千野陽一『愛国・国防婦人運動資料集　別冊』所収「解題――愛国・国防婦人運動展開の軌跡」(一九九六年、日本図書センター)によれば、「地域居住の既婚女性のすべてを網羅的に組織し、町村を基盤に郡市・道府県・国へと下から上への一大組織大系《ママ》を持つ」(千野、一九九六年、九～一〇頁)点で、先行する愛国婦人会とは性格を異にした。地方改良、家庭生活改善など懸案の課題に応え、階級を越えて家庭の主婦を組織化し、国策に動員することをめざした。初代理事長には元皇后女官長の経歴を持つ島津治子(一八七八―一九七〇)が就任した。月刊誌『家庭』は翌一九三一年六月十日、大日本聯合婦人会機関誌として創刊された。『財団法人大日本聯合婦人会沿革史』(一九四二年、財団法人大日本聯合婦人会)年表は、創刊号について「十万部を全国に頒布する」と記している。

島津治子は、神道系新興宗教の神政龍神会事件に連座し、不敬罪に問われて一九三六年八月に逮捕される。大日本聯合婦人会は同年九月四日に理事会をひらき、島津の辞表を受理している。木戸幸一(一八八九―一九七七)日記によれば島津が霊告を発したとあり、松本清張(一九〇九―九二)絶筆の「神々の乱心」(初出『週刊文春』一九九〇年三月二九日号―九二年五月二一日号)が神政龍神会事件をモデルにしたことも知られている。

陸軍省、軍事保護院、文部省社会教育局それぞれから婦人団体の一元化を求められ、大日本聯合婦人会は一九四一年十二月に解散し、翌年一月十九日に結成された大日本婦人会に、愛国婦人会・大日本国防婦人会とともに合流した。

さて、翠が大日本聯合婦人会機関誌『家庭』に寄稿した経緯はつまびらかではない。「歩行」掲載号は「オール女性執筆号」とうたい、与謝野晶子(一八七八―一九四二)、杉浦翠子(一八八五―一九六〇)、岡田禎子(一九〇二―九〇)といった著名な書き手をならべており、翠と親しかった棒山千代(一八九六―一九八四)も寄稿している。編輯の手によるものか、「歩行」挿画に「この短篇の作者尾崎翠さんは日本女子大学を中途退学し、その後文藝に精進して、よほど以前「新潮」に処女作を発表。爾来遅筆で寡作。とくに文壇的に認められてい、方ですが、惜しいと思ひます」と書き添えられている。同号の「生活改善の第一義」「消費の合理化(本会購買会設立に就て)」「野外ダンスに興じませう」といった記事のラインナップを眺める限り、家庭生活を合理的なものにし、余暇の楽しみを肯定する姿勢もうかがわれる。

「歩行」を構成する変な家庭のひとびと。「祖母」と「私」の二人暮らしの家庭、「私」は訪問者に「女の子」と呼ばれたり、親戚から「お祖母さんのうちの孫娘」と呼ばれたりしている。そして、動物学者松木氏と松木夫人の夫婦二人きりの家庭。松木夫人の弟にあたる土田九作の単身家庭。それらがいずれも国策に寄与しうる、家族主義国家の単位としての家庭という枠組を逸脱していることは明らかである。このテクストには、「第七官界彷徨」と同様に、「母」の姿がない。「歩行」の親族構造は、「祖母」と孫世代の従兄弟従姉妹たちから成り立っている。

「歩行」を再録した『文學クオタリイ』誌は編輯兼発行者・保高徳蔵、版元は大盛堂書店。「歩行」掲載号には、保高、高橋丈雄、榊山潤など『文學党員』同人に加え、井上友一郎(一九〇九―九七)、上林暁(一九〇二―八〇)、石坂洋次郎(一九〇〇―八六)、北村謙次郎(一九〇四―八二)、舟橋聖一(一九〇四―七六)、宇野浩二(一八九一―一九六一)、井伏鱒二、十和田操(一九〇〇―七八)、龍胆寺雄《りゅうたんじゆう》(一九〇一―九二)、福田清人(一九〇四―九五)、中村正常(一九〇一―八一)、伊藤整(一九〇五―六九)、田村泰次郎(一九一一―八三)、久野豊彦ほかのテクストが収録されている。当代の佳品のアンソロジーをめざした編輯者・保高の眼の確かさがしのばれる。

土田九作は「からすは白きつばさを羽ばたき、唖唖と嗤ふ、からす嗤へばわが心幸おほし」と歌って顰蹙《ひんしゅく》を買うが、林芙美子「放浪記」には「肺が歌ふ」と題するダダイズム風の詩がおさめられている。

烏が光る
都会の上にも光る
烏が白く光る

花粉の街　電信柱のいたゞき
ゆれますよ　ゆれてるよ
停るところがない
肺が歌ふ　短い景色の歌なの。

茶色の雨の中を
私は耳をおさへて歩く
耳が痛い　痛いのよ
雨中の鳥が光る
もがきながら飛ぶ
杳かな荒野の風の夢
肺が歌ふ　短い景色の歌なの。（後略）

「鳥が白く光る」だけではなく、「花粉」「茶色の雨」「耳が痛い」などのイメージは、尾崎翠テクストのそれと共通するところがある。「肺が歌ふ」の「私」は痛みを直截に訴え、「鳥」の振舞いに「私」自身の比喩をみいだす。これに対して尾崎翠の詩人土田九作は、心身の危機に瀕した薬物中毒者で、「ナイフにしようか、結晶体にしようか、瓦斯にしようか、うんと頑固な麻縄にしようか」(「地下室アントンの一夜」)と考えることすらあるというのに、かえって、他者としての鳥の「嗤い」に幸いをおぼえると歌う。表象と詩人の心情とはダダ的に切断されている。

「こおろぎ嬢」は、初出『火の鳥』(六巻七号、一九三二年七月号)、版元は火の鳥編輯所。これを底本にした。同誌は、火の鳥編輯所から刊行された女性の文芸誌。編輯の栗原潔子(一八九八―一九六五)は尾崎翠と同郷の鳥取県出身で『心の花』同人、佐佐木信綱(一八七二―一九六三)に師事した。「こおろぎ嬢」掲載号には、永瀬清子(一九〇六―九五)、小山いと子(一九〇一―八九)等が寄稿している。

文中、「うぃりあむ・しゃあぷ」と「ふぃおな・まくろおど」の逸話がある。女性名のフィオナ・マクラウド(Fiona MacLeod)を用い、創作民話ないし神話の形式によってケルト文化を表象しようとしたウィリアム・シャープ(William Sharp, 1855-1905)は、尾崎翠の偏愛する文学者の一人だった。滅びの意識、近代化のプロセスとともに(再)生産される症候群にも似たノスタルジアなど、一脈通じるものを感じたのだろうか。アイルランド文学では、グレゴリー夫人(Lady Isabella Augusta Gregory, 1852-1932)やシング(John

Millington Synge, 1871-1909）なども、翠は読んでいたようだ。

ウィリアム・シャープはスコットランドに生まれ、ケルト文芸復興運動に参加し、生前は批評家、編輯者として知られた。「こおろぎ嬢」の虚構は、「うぃりあむ・しゃあぷ」「ふぃおな・まくろおど」の関係を恋になぞらえているが、現実のシャープはフィオナ・マクラウドの従兄と称して彼女を世に送り出していた。フィオナ・マクラウド名では幻想的な筆致の創作を発表し、文人たちと文通した。日本では大正期に松村みね子（一八七八―一九五七）によって翻訳紹介された。松村みね子は『心の花』同人、片山廣子の筆名である。

なお、「うぃりあむ・しゃあぷ」「ふぃおな・まくろおど」の相聞《そうもん》のくだりで「私たちの国のならいにしたがえば、たぶん」このようでもあったかと例示された

君により思ひ習ひぬ世の中の
　人はこれをや恋といふらむ

かへし

習はねば世の人ごとに何をかも
　恋とはいふと問ひし我しも

の歌は、「伊勢物語」からの引用である。「伊勢物語」三十八段によれば、紀有常《きのありつね》をたずねた在原業平《ありわらのなりひら》が、（恋人のもとへ通っていたのであろう）外出中の有常に待たされて送った歌とそれに対する返歌で、恋多き業平が「君により思ひ習ひぬ」などと恋の初心者であるかのような歌をしかも同性の友に送った、戯れのやりとりである。この逸話は、『心の花』系列誌である『火の鳥』の読者の教養からかけ離れたものではなかったろう。現代の批評家であれば、友人の恋（異性愛）を戯れの素材にして、笑いかわしつつ男同士の親密の度を深める在原業平と紀有常との関係性を、ホモソーシャルと呼びたくなるところだ。

いずれにしてもあまたの相聞の習いがあるなかから、わざわざ男同士の技巧的な戯れのやりとりを引用するところにたくらみがある。「こおろぎ嬢」に嵌めこまれた古今東西の恋の手本は、いずれもどこかしら、異性愛の領域におさまらないところがある。

「地下室アントンの一夜」は、初出『新科學的』（三巻八号、一九三二年八月号）、版元は新科學的社、これを底本にした。前身誌は紀伊國屋書店刊行の『新科學的文藝』（一九三〇年七月創刊）。

「地下室アントンの一夜」掲載号は、詩篇に近藤東(一九〇四—八八)、村野四郎(一九〇一—七五)、阪本越郎(一九〇六—六九)、竹中郁(一九〇四—八二)、春山行夫(一九〇二—九四)、評論に伊藤整、北園克衛(一九〇二—七八)等、モダニストが顔を揃えていた。

地下室といえばドストエフスキー(Fyodor Mikhailovich Dostoyevsky, 1821-81)ではないかとおもわれるところ、地下室アントン、アントンとはチェホフ(Anton Pavlovich Chekhov, 1860-1904)のことで、ロシア文学者ではチェホフを、尾崎翠は贔屓《ひいき》にしていた。『女人藝術』に連載した「映画漫想」の第四回(一九三〇年七月号)は、チェホフへのオマージュにおおかたを費やしている。

動物学者松木氏の実験、豚を縛って動けないようにしておいて鼻先に食べ物を置くと豚の鼻が伸びる云々の挿話は、夏目漱石(一八六七—一九一六)「三四郎」(初出『朝日新聞』一九〇八年九月一日—一二月二九日)の偉大なる暗闇、広田先生の所説のアレンジにあたるか。「第七官界彷徨」から「地下室アントンの一夜」にいたるテクストの、同じ一人の父親の息子たちというわけでもないのに固有名に数字(序数)を順に振られた登場人物の、一助、二助、三五郎、浩六、当八、九作といった命名の手法は、小川三四郎、野々宮宗八、佐々木与次郎(号して零余子)といった「三四郎」の命名法をより規則正しく徹底的に実践して、それがかえっておかしみを誘うという体である。尾崎翠は、物理学者で漱石の弟子でもある寺田寅彦（一八七八―一九三五）を好んで読み、人にも奨めていた。

「アップルパイの午後」は、初出『女人藝術』（二巻八号、一九二九年八月号）。これを底本にした。『女人藝術』は長谷川時雨主宰の女人藝術社から女性が編輯し女性が書く媒体として刊行され、同誌に「放浪記」（一九二八年十月号〜）を発表した林芙美子に誘われ、尾崎翠はエッセイ、戯曲、映画批評などを寄稿している。「アップルパイの午後」掲載号は、真杉静枝（一九〇一―五五）、望月百合子（一九〇〇―二〇〇一）、八木秋子（一八九五―一九八三）、生田花世（一八八八―一九七〇）、窪川いね子（佐多稲子、一九〇四―九八）、岡本かの子（一八八九―一九三九）、中本たか子（一九〇三―九一）、上田（円地）文子（一九〇五―八六）、神近市子、松田解子《ときこ》（一九〇五―二〇〇四）、松本恵子（一八九一―一九七六）、熱田優子（一九〇六―八三）等々、モダニスト、アナキスト、ボルシェビストの書き手が混在し、壮観である。

二組の兄妹が、二組の恋人たちに組み替えられる。妹たちは読み書きし、高い教育を受けたモダンガールだ。妹が兄の裏をかいて恋を得る。

「琉璃玉の耳輪」は、生前未発表原稿、シナリオの草稿である。一九一九年の春に入学した日本女子大学の春秋寮で同室になって以来、尾崎翠と生涯の親交を結んだ松下文子の遺族が保管していた。

翠が日本女子大を中退した折に、松下文子は後を追うように退学し、日本大学専門部宗教学科に転じて首席で卒業した。『読売新聞』(一九二五年五月十八日、朝刊)には「七十名の男性中紅一点で銀時計」と大見出し、写真入りで松下文子インタビューが掲載されている。記事によれば彼女の専攻は「真宗」で、自己の「内的生命の火」を重んじるという研究動機、キリスト教も仏教も究極は一致するという思想が説かれ、二十世紀初頭の神秘主義的な生命観、宗教哲学がうかがわれる。

退学後、しばしば鳥取の実家への帰省と上京を繰り返した尾崎翠の東京でのよりどころは、松下文子との共同生活だった。遅筆で寡作、社交性に乏しい年長の友を、文子は励まし、支え、時に出版社への売り込みも試みた。無名の友人、林芙美子の詩集『蒼馬を見たり』(南宋書院、一九二九年)上梓のために出資したのも松下文子である。南宋書院を経営する涌島義博(一八九八―一九六〇)は翠の友人だった。

「琉璃玉の耳輪」は一九二七年、阪東妻三郎プロダクションが、自社の擁する五人の女優陣に宛書きした映画脚本を懸賞付で公募した際にこれに応じた手稿である。阪妻プロダクションは一九二五年七月に独立プロとして旗揚げした。第一作は「異人娘と武士」。松竹と提携し、翌一九二六年五月、京都太秦《うずまさ》に撮影所を建設し、九月には米国ユニヴァーサル社と提携して阪妻・立花・ユニヴァーサル聯合映画を設立した。同年暮にかけて阪東妻三郎みずから女優陣のスカウトにいそしみ、森静子、五味國枝に加えて、泉春子、英百合子、高島愛子らが入社、一九二七年には彼女たちのために書かれた映画脚本の懸賞募集をおこなう。『キネマ旬報』(二五二号、一九二七年二月十一日)に掲載された要項によれば、募集された脚本は「甲種」「乙種」の二種類。

一、甲、英百合子、森静子、泉春子、五味國枝、高島愛子の本所専属女優五名の内何れか一名を主演者として選び、その女優に最も適当せる七巻又は八巻物となし得る現代映画劇

乙、右五名を同一映画中に凡て出演者として使用しうる十二巻物の現代映画劇

懸賞総額三千円で、「甲」のは一等金二百円、二等金百円、三等金五十円、「乙」は一等金三百円、二等金二百円だった。締め切りは三月五日、四月上旬発行『阪妻画報』誌上で当選者を発表する予定だった。「琉璃玉の耳輪」は乙種に投じられた。

原稿署名および一緒に保管されていた阪東妻三郎プロダクションからの書簡をあわせ

ると、（「府下」あるいは「東京市外」）「上落合三ノ輪八五〇　尾崎（「内」あるいは「方」）丘路子」名でやりとりされている。

「琉璃玉の耳輪」の評価とこれが返送された経緯は、京都市外太秦阪東妻三郎プロダクション、泉創一郎の書面から推測することが出来る。昭和二（一九二七）年四月十八日付書簡「「瑠璃《ママ》玉の耳輪」は審査の結果乙種（五女優共演の分）としては落選の他なきも若し高島愛子主演映画脚本として取扱へば入選の価値充分なり（略）甲種の内高島主演映画脚本として入選決定の発表を致したいと存じますからご承認の有無折返しご返事下さいますよう希望致します」。同年四月二十八日付書簡「貴作「瑠璃《ママ》玉の耳輪」（乙種脚本）を甲種に編入の件御承認を得ながらその後最後の審査に於ける選者一同の協議の結果編入不能となりました（略）乙種脚本は締切延期の形式にて再募集をなすこととなり、再度〆切の日まで今までの応募脚本は其侭保留することになりました（略）従つて乙種脚本の内一二を繰つて他へ廻す事が不可能となつた訳です」。しかしながら、後日発表されたなかに「琉璃玉の耳輪」は選ばれていなかった。

阪妻プロ随一の娘役で「永遠の処女」（南條眞弓「月をめぐる群星――うづまさの人々」『阪妻画報』一九二八年七月号）と呼ばれた森静子を苦難の果てに恋を得る琇子にキャスティングし、阪東妻三郎の相手役もつとめた芸達者な五味國枝を女掏摸《すり》の瑤子に、阪妻プロのモダニズム映画「美しき奇術師」に主演した英百合子を南京街のマリーこと瑩子、「姐御」(南條「月をめぐる群星」、東京葉妻「太秦女男五人星」『阪妻画報』一九二八年七月号)の呼称が定着しているような泉春子を母親役の茘枝に、モダンガールとして名を馳せ、和製パール・ホワイトとも称された高島愛子を男装の女探偵岡田明子(岡田明夫)に配するなど、尾崎翠は彼女たちの出演する映画をよく咀嚼し読みこんでいた。仮に実現していたら、喜劇活劇ばかりやらせておくのは惜しいといわれた高島愛子のキャリアにとっても、現代劇が弱いのが難といわれた阪妻プロのレパートリーにおいても、重要な位置を占めうるものだった。阪妻プロは懸賞募集の締切延期の広告を出し、その際規定を変えて「英百合子、森静子、泉春子、高島愛子、及び新入社の西條香代子、伏見直江の六女優の内応募各位の好めるところに随ひ二名以上を共演せしむべき映画脚本を募集す」(『キネマ旬報』二六一号、一九二七年五月十一日)としたり(森澤夕子「尾崎翠「琉璃玉の耳輪」試論」『同志社国文学』二〇〇三年三月)、賞金未払いのトラブルを起こしたりした(日出山陽子「「琉璃玉の耳輪」が書かれた時期」『尾崎翠への旅』二〇〇九年、小学館スクウェア)。相前後して一九二七年六月にユニヴァーサル社との提携を解消し、太秦撮影所現代劇部を解散した阪妻プロと、時代劇製作を中止する松竹とが提携することになり、阪妻プロの現代劇脚本募集ははかばかしい成果をあげぬままに終わった。

尾崎翠は日本映画についてほとんど言及していないが、あれこれのいきさつがあっても阪東妻三郎だけは別格で、後年「映画漫想」で「阪東妻三郎は、どうも、すこし、きたなづくりの方が美しいな。薄よごれして、衿垢でもついていた方が」と、独特の賛辞を贈っている。

さて、広告から締切まできわめて短時日のうちに書かれたシナリオという性格から、「琉璃玉の耳輪」の文体は、尾崎翠の他のテクストと大きく様相を異にしている。小説として書かれた言葉と比べると句読点が多すぎる。ただし、現代の活動弁士、たとえば澤登翠師の口演を鑑賞した私のわずかな体験に照らすと、「琉璃玉の耳輪」の句読点が作り出すリズムは、これを、無声映画を説明する弁士の声のリズムに倣ったものと読めば無理がないとも考えられる。

「琉璃玉の耳輪」は「十二巻物」の規定にあわせてエピソードを配分し、それと指定はないけれども、カット割り、場面転換、クローズアップやオーヴァーラップ、モンタージュなど、カメラの眼とフィルム編集技術がつくり出す表現の可能性を想定した場面が盛り込まれている。「琉璃玉の耳輪」が執筆された当時、一九二七年二月十一日号の『キネマ旬報』がおこなっていた大正十五年度優秀映画投票で、外国映画の部の一位は「黄金狂時代」、この年初めて設けられた日本映画の部は「足にさはつた女」、以下「日輪」「陸の人魚」「狂つた一頁」が続いた。「足にさはつた女」「陸の人魚」はいずれもアメリカ帰りのジャック・アベこと阿部豊(一八九五―一九七七)監督作品。日活版の「日輪」は横光利一原作、村田實(一八九四―一九三七)監督、村山知義の美術と衣装が話題を呼んだ。「狂つた一頁」は、衣笠貞之助(一八九六―一九八二)監督で、衣笠は、川端康成(一八九九―一九七二)、横光利一、片岡鉄兵、岸田國士(一八九〇―一九五四)らと新感覚派映画聯盟を組織して、本作の製作を手がけた。女掏摸、女賊の造形は「足にさはつた女」にもあり、アルコール、薬物、嗜虐と被虐の快楽がもたらす酩酊や幻覚のめくるめくイメージは、「狂つた一頁」の引用にもあたる。

この時期、モダニズム文化を映画が牽引していた。また商業主義的なメディア・ミクスを別としても、映画と文学は尖端的な表現の実験において、触発しあう関係だった。

それにしても、異性装、同性愛、サディズム、マゾヒズムといったモチーフが次々に繰り出される「琉璃玉の耳輪」は、映画のモダニズムや女性表現に画期的な試みだった。尾崎翠のその後の文学表現におけるジェンダー／セクシュアリティの広がりと深層を考察する際にも、避けて通れない問題をはらんでいる。

また、昭和モダニズムがアジアをどのように捉え直したか、それを尾崎翠はどのようにイメージしたかを考える上でも「琉璃玉の耳輪」は重要なテクストである。一九一〇年代のアーリーモダニズム期について、世の好尚が「泰西趣味」から「支那趣味」へと移ったと、その揺れ幅をみていることは興味深い。琉璃玉の耳輪をつけた娘たちの父親・黄陳重の、「大アジア主義」「シオン主義」「ガンジーの政治運動」への傾倒が、事件前史に設定されている。文脈から社会理想家の黄氏が「第三帝国」を夢見たというプロットは、イプセン(Henrik Johan Ibsen, 1828-1906)『皇帝とガリラヤ人』(Kejser og Galilæer, 1873)に示された、ギリシャ・ローマ文明の上にたてられた第一の帝国、キリスト教文明の上にたてられた第二の帝国を越える、霊肉一致の第三の帝国という概念に由来するものと推測される。民本主義と帝国主義批判の趣旨で茅原華山《かやはらかざん》(一八七〇—一九五二)が『第三帝國論』(南北社、一九一三年)を公刊し、雑誌『第三帝国』(一九一三年)を創刊して以来、日本でも各界から反響があった。中沢臨川《りんせん》(一八七八—一九二〇)、生田長江(一八八二—一九三六)共著の『近代思想十六講』(新潮社、一九一五年)は「第八講 イプセンと第三帝国」を設けて詳述している。一九二六年、尾崎翠は、橋浦泰雄(一八八八—一九七九)や涌島義博を中心に組織された鳥取県無産県人会に参加するが、生田長江もその会員だった。イプセンの戯曲邦訳は東京堂書店から一九二三年に出ている。

『定本 尾崎翠全集』(筑摩書房、一九九八年)年譜によれば、翠は十代の頃から短歌をたしなみ、短文を雑誌に投稿するなどしていたが、高等女学校時代には『武俠世界』を同級生と回し読みするような面もあったらしい。『武俠世界』は、博文館で『冒険世界』を編輯した押川春浪《おしかわしゅんろう》(一八七六―一九一四)が独立して創刊した雑誌だった。『冒険世界』、『武俠世界』は、海外雄飛と冒険の概念のうちにミステリやSFの萌芽を宿しており、『冒険世界』後身誌の『新青年』はモダン都市大衆のメンズマガジンとして探偵小説ジャンルの記事を充実させた。「琉璃玉の耳輪」が書かれた頃、『新青年』は夢野久作(一八八九―一九三六)、江戸川乱歩(一八九四―一九六五)、横溝正史(一九〇二―一九八一)等を続々と世に送り出していたのである。

草稿翻字翻刻にあたっては岩波文庫編集部の方針にしたがい、適宜『定本 尾崎翠全集』を参照した。

「琉璃玉の耳輪」手稿をたいせつに守った松下文子は、一九一八年に北海道庁立旭川高等女学校(現北海道旭川西高等学校)を卒業しているが、その同期生に、東京女子高等師範学校(現お茶の水女子大学)に進学した井村よりみがいた。よりみは社会主義婦人団体「赤瀾会」の講演会ポスターを学内掲示板に貼ったため退学処分を受け、同郷の安部浅吉と結婚、一九二四年長男をもうけた。安部ヨリミ名で『スフィンクスは笑ふ』(異端社、一九二四年)、安部頼実名で『光に背く』(洪文社、一九二五年)を上梓している。後に戦後アヴァンギャルドを代表する存在となる安部公房（一九二四―九三）の母である。文子とよりみの友情も終生変わることなく、松下家にはよりみから贈られた安部公房の著書が残されている。終生、尾崎翠の突出した文学的才能を疑うことのなかった文子が、いまひとりの本を読み書きする親友との間で翠のことを話題にしなかったとは考えがたい。

花田清輝が新鋭文学叢書第二巻『安部公房集』（筑摩書房、一九六〇年）の解説「ブラームスはお好き」において、安部公房を評するのに当時よく知られていたとはいいがたい尾崎翠にわざわざ言及し、「わたしのミューズ」と呼んだことは、翠の愛読者で知らぬ者のない伝説なのだが、花田ははたしてこの二十世紀の知的水脈と女たちのネットワークについて何かを知っていたのだろうか？

〔編集付記〕

一、本書に収録した作品は、それぞれ次に挙げる、作者が生前に手を入れた最後の版を底本とした。

「第七官界彷徨」　『第七官界彷徨』啓松堂、昭和八(一九三三)年七月刊

「歩行」　再録『文學クオタリイ』第一輯、大盛堂書店、昭和七(一九三二)年二月刊

「こおろぎ嬢」　初出『火の鳥』火の鳥編輯所、昭和七(一九三二)年七月号

「地下室アントンの一夜」　初出『新科學的』新科學的社、昭和七(一九三二)年八月号

「アップルパイの午後」　初出『女人藝術』女人藝術社、昭和四(一九二九)年八月号

「琉璃玉の耳輪」　昭和二年頃執筆。没後発見された手稿より(手稿は尾崎翠の親友松下文子氏ご遺族の所蔵)。

一、明らかな誤記、誤植と思われる箇所については、既刊の諸本と校合のうえ、適宜訂正した。

一、本文中に、今日の人権意識に照らして不適切と思われる表現があるが、原文の歴史性を考慮してそのままとした。

一、次頁の要領に従って表記替えをおこなった。

岩波文庫(緑帯)の表記について

近代日本文学の鑑賞が若い読者にとって少しでも容易となるよう、旧字・旧仮名で書かれた作品の表記の現代化をはかった。そのさい、原文の趣をできるだけ損なうことがないように配慮しながら、次の方針にのっとって表記がえをおこなった。

(一) 旧仮名づかいを現代仮名づかいに改める。ただし、原文が文語文であるときは旧仮名づかいのままとする。
(二) 「常用漢字表」に掲げられている漢字は新字体に改める。
(三) 漢字語のうち代名詞・副詞・接続詞など、使用頻度の高いものを一定の枠内で平仮名に改める。
(四) 平仮名を漢字に、あるいは漢字を別の漢字にかえることは、原則としておこなわない。
(五) 振り仮名を次のように使用する。
(イ) 読みにくい語、読み誤りやすい語には現代仮名づかいで振り仮名を付す。
(ロ) 送り仮名は原文どおりとし、その過不足は振り仮名によって処理する。
例、明に → 明《あきらか》に

(岩波文庫編集部)

第七官界彷徨《だいななかんかいほうこう》・琉璃玉《るりだま》の耳輪《みみわ》 他四篇

2014年6月17日　第1刷発行
2023年7月27日　第3刷発行

作　者　尾崎《おさき》 翠《みどり》

発行者　坂本政謙

発行所　株式会社 岩波書店
〒101-8002 東京都千代田区一ツ橋 2-5-5

案内 03-5210-4000　営業部 03-5210-4111
文庫編集部 03-5210-4051
https://www.iwanami.co.jp/

印刷・三秀舎　カバー・精興社　製本・中永製本

ISBN 978-4-00-311961-7　Printed in Japan

読書子に寄す

――岩波文庫発刊に際して――

岩波茂雄

真理は万人によって求められることを自ら欲し、芸術は万人によって愛されることを自ら望む。かつては民を愚昧ならしめるために学芸が最も狭き堂宇に閉鎖されたことがあった。今や知識と美とを特権階級の独占より奪い返すことはつねに進取的なる民衆の切実なる要求である。岩波文庫はこの要求に応じそれに励まされて生まれた。それは生命ある不朽の書を少数者の書斎と研究室とより解放して街頭にくまなく立たしめ民衆に伍せしめるであろう。近時大量生産予約出版の流行を見る。その広告宣伝の狂態はしばらくおくも、後代にのこすと誇称する全集がその編集に万全の用意をなしたるか。千古の典籍の翻訳企図に敬虔の態度を欠かざりしか。さらに分売を許さず読者を繫縛して数十冊を強うるがごとき、はたしてその揚言する学芸解放のゆえんなりや。吾人は天下の名士の声に和してこれを推挙するに躊躇するものである。このときにあたって、岩波書店は自己の責務のいよいよ重大なるを思い、従来の方針の徹底を期するため、すでに十数年以前より志して来た計画を慎重審議この際断然実行することにした。吾人は範をかのレクラム文庫にとり、古今東西にわたって文芸・哲学・社会科学・自然科学等種類のいかんを問わず、いやしくも万人の必読すべき真に古典的価値ある書をきわめて簡易なる形式において逐次刊行し、あらゆる人間に須要なる生活向上の資料、生活批判の原理を提供せんと欲する。この文庫は予約出版の方法を排したるがゆえに、読者は自己の欲する時に自己の欲する書物を各個に自由に選択することができる。携帯に便にして価格の低きを最主とするがゆえに、外観を顧みざるも内容に至っては厳選最も力を尽くし、従来の岩波出版物の特色をますます発揮せしめようとする。この計画たるや世間の一時の投機的なるものと異なり、永遠の事業として吾人は微力を傾倒し、あらゆる犠牲を忍んで今後永久に継続発展せしめ、もって文庫の使命を遺憾なく果たさしめることを期する。芸術を愛し知識を求むる士の自ら進んでこの挙に参加し、希望と忠言とを寄せられることは吾人の熱望するところである。その性質上経済的には最も困難多きこの事業にあえて当たらんとする吾人の志を諒として、その達成のため世の読書子とのうるわしき共同を期待する。

昭和二年七月